Le Premier Aigle

Du même auteur
dans la même collection

dans la collection Rivages/Thriller

hors collection

Tony Hillerman

Le Premier Aigle

Traduit de l'anglais (États-Unis) par
Danièle et Pierre Bondil

*Collection dirigée par
François Guérif*

Rivages/noir

Titre original : *The First Eagle*

© 1998, Tony Hillerman
© 1999, Éditions Payot & Rivages
pour la traduction française
© 2001, Éditions Payot & Rivages
pour l'édition de poche
106, boulevard Saint-Germain – 75006 Paris
ISBN : 2-7436-0838-2
ISSN : 0764-7786

Note de l'auteur

Depuis qu'ont débuté mes rapports romancés avec la Police Tribale Navajo, six de ses hommes ont été tués dans l'exercice de leurs fonctions. Peu nombreux et couvrant d'immenses étendues composées de montagnes, de canyons et de déserts, ils sont contraints de travailler principalement seuls. En cas de danger, les secours sont souvent distants de plusieurs heures, même si leurs appels radio pour obtenir des renforts sont captés.

Je dédie ce livre à ces six policiers et à leurs familles. Ils ont donné leur vie pour défendre les leurs.

Burton Begay, Tuba City, 1975
Loren Whitehat, Tuba City, 1979
Andy Begay, Kayenta, 1987
Roy Lee Stanley, Kayenta, 1987
Hoskie Gene Jr., Kayenta, 1995
Samuel Redhouse, Crownpoint, 1996

Remerciements

Tous les personnages de ce livre relèvent du domaine de la fiction. Qu'il soit ici particulièrement établi que Pamela J. Reynolds et Ted L. Brown, spécialistes du contrôle des vecteurs de transmission des maladies pour le service de la santé publique du Nouveau-Mexique, n'ont en rien servi de modèles pour les deux personnages pratiquant ce métier dans *Le Premier Aigle*... ils sont bien trop gentils et généreux pour le rôle. Ils ont, en revanche, tenté de m'inculquer leurs méthodes pour traquer les virus et bactéries qui dévastent nos montagnes et nos déserts, et sont allés jusqu'à revêtir leurs RAPF pour moi. Merci également à Patrick et Susie McDermott, Ph. D. et M.D. respectivement en microbiologie et en neurologie, pour avoir essayé de maintenir près de la réalité mes spéculations sur les microbes réfractaires aux traitements. Le Dr. John C. Brown du département de microbiologie de l'université du Kansas m'a fourni une liste d'ouvrages à lire et d'excellents conseils. Robert Ambrose, fauconnier et dresseur de rapaces, m'a procuré des renseignements sur les aigles. Grâce à mon ami Neal Shadoff, M.D., les professionnels de la médecine qui apparaissent dans ces pages tiennent des propos de professionnels. Et Robert Henry, juge à la dixième cour d'appel des États-Unis d'Amérique, m'a prodigué ses conseils relatifs à la loi fédérale régissant la peine de mort. Je les remercie tous.

Note des traducteurs

Le lecteur américain est tout aussi ignorant que le lecteur français des mœurs et coutumes des Indiens Navajo. Nous avons donc décidé de respecter le choix de l'auteur, qui a disséminé ici et là dans son roman les informations nécessaires à en assurer la bonne compréhension, et de ne pas alourdir le texte d'une quantité de notes explicatives et de termes en italiques. Toutefois, il nous a semblé utile de faire figurer en fin d'ouvrage un glossaire qui devrait permettre au lecteur qui en éprouverait le besoin d'avoir une meilleure vue d'ensemble de cette civilisation et de ses voisines. Les mots suivis d'un astérisque dans la traduction pourront renvoyer à ce glossaire. Nous avons en outre établi une carte des territoires concernés.

Par ailleurs, certaines particularités orthographiques (accords, majuscules notamment) se retrouvent dans le texte de Tony Hillerman ; et des termes d'origine indienne peuvent présenter des différences d'un livre à l'autre : quelques lignes extraites du remarquable ouvrage de Harry Hoijer, *A Navajo Lexicon*, University of California Press 1974, permettront aisément de comprendre pourquoi (extrait consacré aux noms, les verbes étant environ dix fois plus nombreux en navajo).

N 102 táščìžìì 'swallow (the bird)'.

N 103 -tášꞭòh 'hair of arms and legs'.

N 104 tàčééh 'sweathouse'.

N 105 -táál : hàtáál 'chant ; ceremony'. See S 139.

N 106 tááláhòòyàn 'Awatobi ruin'. táálá-? ; hòòyàn, N 303A.

N 107 -tàáꞭ- : hàtààꞭ 'singer (in ceremonies)'. Lit. 'one who sings'; see S 139.4 E 5.

N 108 tàžìì 'turkey'. See S 147.1.

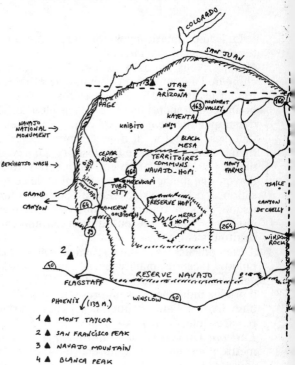

COLORADO

SAN JUAN

3 ▲ UTAH
ARIZONA

PAGE

163 MONUMENT VALLEY

160

KAIBITO

KAYENTA

NAVAJO
NATIONAL →
MONUMENT

HNM

BLACK
MESA

BEKIHATSO WASH →

CEDAR
RIDGE

LITTLE COLORADO

TERRITOIRES
COMMUNS
NAVAJO-HOPI

MANY
FARMS

160

TSAILE

GRAND
CANYON ←

64

TUBA
CITY

MOENKOPI

RESERVE HOPI

CANYON
DE CHELLY

CAMERON
GOLDTOOTH

89

MESAS
3 HOPI
1,2,3

264

WINDOW
ROCK

2
▲

40

FLAGSTAFF

RESERVE NAVAJO

PHOENIX (139 M.)

WINSLOW

40

1 ▲ MONT TAYLOR
2 ▲ SAN FRANCISCO PEAK
3 ▲ NAVAJO MOUNTAIN
4 ▲ BLANCA PEAK
5 ▲ MONT HESPERUS

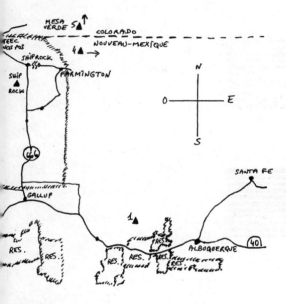

MESA
VERDE 5▲ ↑
COLORADO
NOUVEAU-MEXIQUE
TEEC
NOS POS
SHIPROCK 4▲ →
550
FARMINGTON
SHIP
▲
ROCK

N

O —— E

S

66

GALLUP

SANTA FE

1▲

RES.

RES. RES. RES. ALBUQUERQUE 40
RES.
RES.

0 10 20 30 MILES
   10 20 30 40 KM

1

Le corps d'Anderson Nez, recouvert d'un drap, attendait sur le lit à roulettes.

De l'endroit où Shirley Ahkeah était assise, à sa table du bureau des infirmières du service des urgences du Centre médical d'Arizona Nord, à Flagstaff, la forme blanche que dessinait le corps faisait penser à la Montagne du Ute-qui-Dort telle qu'elle apparaissait du hogan* de sa tante, près de Teec Nos Pos. Les pieds de monsieur Nez, à deux mètres de ses yeux à peine, soulevaient le drap et lui donnaient l'aspect de ce sommet. Par l'effet de la perspective, le restant du drap s'abaissait en bosses et crêtes comme la montagne semblait le faire sous sa couche de neige hivernale, quand Shirley était petite. Elle avait abandonné l'idée de terminer les tâches administratives qui accompagnaient sa garde de nuit. Ses pensées ne cessaient de dériver vers ce qui était arrivé à monsieur Nez et tentaient de déterminer s'il appartenait à la famille* Nez du clan* de l'Eau Amère qui détenait les droits de pacage jouxtant l'habitation de sa grand-mère à Short Mountain. Il y avait aussi la question de savoir si sa famille donnerait son accord pour l'autopsie. Elle avait gardé d'eux le souvenir de traditionalistes des camps à moutons, mais le docteur Woody, l'homme qui avait fait admettre Nez, assurait qu'il avait leur permission.

Le docteur Woody avait alors consulté sa montre, un bidule en plastique noir à affichage numérique qui n'avait visiblement pas été acheté pour impressionner les gens qui le sont par les montres de prix.

– Bon, avait-il dit, j'ai besoin de savoir l'heure où il est mort.

– C'était tôt ce matin, était intervenu le docteur Delano, l'air surpris.

Shirley avait été surprise, elle aussi, parce que Woody connaissait déjà la réponse.

– Non. Non. Non. Je veux dire à quel moment précis.

– Probablement aux alentours de deux heures du matin, avait répondu Delano.

Son expression disait qu'il n'avait pas l'habitude qu'on lui parle sur un ton dénotant pareille impatience. Il avait haussé les épaules, ajouté :

– Quelque chose comme ça.

Woody avait secoué la tête, fait la grimace.

– Qui est-ce qui le saurait exactement ? Je veux dire, à quelques minutes près ?

Il avait dirigé son regard d'un côté puis de l'autre dans le couloir de l'hôpital, et pointé le doigt sur Shirley.

– Il y avait forcément quelqu'un de garde. Le patient était en phase terminale. Je sais à quel moment il a été infecté, et celui où la fièvre a commencé à se manifester. Maintenant il faut que je sache avec quelle vitesse ça l'a tué. Tous les éléments d'information possibles concernant les processus de cette période terminale sont fondamentaux pour moi. Qu'est-ce qui se passait au niveau des différentes fonctions vitales ? J'ai besoin de toutes les données dont j'ai demandé le relevé quand je l'ai fait admettre. Absolument tout.

Étrange, avait pensé Shirley. Si Woody savait tout cela, pourquoi Nez n'avait-il pas été conduit à l'hôpital quand il y avait encore un espoir de le sauver ? Lorsqu'il avait été admis, la veille, il était brûlant de fièvre et déclinait rapidement.

– Je suis sûr que tout est là, avait fait Delano en désignant de la tête l'écritoire que Woody tenait à la main. Vous le trouverez sur sa feuille de maladie.

Shirley fit la grimace. Ces informations ne figuraient pas en totalité sur la feuille de Nez. Pas encore. Elles auraient dû y être, et y auraient été notées, même en tenant compte de cette garde particulièrement agitée, si Woody n'était pas arrivé en coup de vent, réclamant une autopsie, et pas seulement une autopsie d'ailleurs, mais tout un tas de trucs spéciaux. Cela avait entraîné la convocation immédiate de Delano, en sa qualité de directeur médical adjoint, tout embué de sommeil et pas franchement dans son assiette, qui, à son tour, avait appelé le docteur Howe, lequel s'était occupé du cas de Nez aux urgences. Howe, avait-elle remarqué, ne se laissait pas bousculer par Woody. Il était bien trop ancien dans le métier pour ça. Howe considérait chaque cas médical comme sa bataille personnelle, *mano a mano*, contre la mort. Mais quand c'était elle qui gagnait, comme cela se produisait souvent dans les unités de soins intensifs, il l'inscrivait dans la colonne des pertes et l'oubliait. Quelques heures plus tôt, il s'était inquiété pour Nez, il ne lui avait pas ménagé ses soins. Maintenant, il ne représentait plus que l'une de ces batailles qu'il était voué à perdre.

Alors quelle raison le docteur Woody avait-il de bousculer tout le monde comme ça ? Pourquoi insistait-il pour faire pratiquer l'autopsie ? Et pour y assister aux côtés du pathologiste ? De toute évidence la cause de la mort était la peste. Nez avait

15

été conduit aux urgences dès son admission. À ce moment-là déjà, les ganglions lymphatiques infectés étaient gonflés et les hémorragies sous-cutanées étendaient leurs taches sur l'abdomen et les jambes, ces décolorations qui avaient donné à la maladie son nom de « Mort Noire » au Moyen Âge, quand elle avait dévasté l'Europe, tuant des dizaines de millions de gens.

Comme la majorité du personnel des centres de santé de la région des Four* Corners, Shirley Ahkeah avait déjà vu la Mort Noire. Il n'y avait pas eu de cas sur la Grande Réserve pendant trois ou quatre ans, mais on en était déjà à trois depuis le début de l'année. Un des autres malades avait été contaminé du côté Nouveau-Mexique de la réserve et n'avait pas été hospitalisé à Flagstaff. Mais ce cas-là aussi avait été fatal, et le bruit courait que c'était une grande année pour cette bactérie des temps jadis... qu'elle avait ressurgi sous une forme exceptionnellement virulente.

Pour être virulente, elle l'avait été dans le cas de Nez. La maladie avait évolué rapidement des troubles glandulaires à l'affection pulmonaire. Les expectorations du malade, tout comme son sang, pullulaient de bactéries et nul n'entrait dans sa chambre sans se munir d'un masque de protection pour filtrer l'air.

Delano, Howe et Woody s'étaient lentement éloignés dans le couloir, hors de portée d'oreille de Shirley, mais le ton de leur conversation suggérait qu'ils étaient plus ou moins parvenus à un accord. Un supplément de travail pour elle, probablement. Elle fixa son regard sur le drap qui recouvrait Nez, se souvenant que l'homme qu'il dissimulait avait été rongé par la maladie, et souhaitant qu'ils l'emmènent ailleurs. Née à Farmington, elle était la fille d'un instituteur qui s'était converti au catholicisme. Par conséquent l'enseignement enjoignant aux Navajos « d'éviter les cadavres » était pour elle analogue aux interdits relatifs à l'alimentation chez les juifs : une manière intelligente de prévenir la propagation des maladies. Mais même sans croire au *chindi** malfaisant qui, ainsi que ne l'ignoraient pas les Navajos traditionalistes, allait accompagner la dépouille de Nez durant quatre jours, le corps qui reposait sous le drap provoquait de tristes pensées liées à la mortalité de l'espèce humaine et au chagrin qu'entraîne la mort.

Howe réapparut, l'air usé et fatigué, lui rappelant comme à chaque fois son grand-père maternel, en plus empâté.

– Shirley, ma grande, est-ce que, par le plus grand des hasards, je vous aurais confié une longue liste de choses spéciales que nous étions censés pratiquer sur Nez ? Un truc dont je me souviens, c'est qu'il voulait tout un paquet d'analyses de sang supplémentaires. Déjà, il voulait qu'on mesure l'interleukine six dans le sang, heure après heure. Vous imaginez un peu la gueulante qu'auraient poussée les gars qui vérifient les comptes du Service indien de la Santé, si on avait facturé ça ?

– Très bien. Mais non. Je n'ai vu aucune liste de ce genre. L'interleukine six, je m'en serais souvenue. (Elle rit.) J'aurais été obligée de chercher ce que c'est. Ça a un rapport avec la façon dont fonctionne le système immunitaire, non ?

– Ce n'est pas mon domaine non plus. Mais je crois que vous avez raison. Je sais que ça apparaît chez les malades du SIDA, du diabète, et dans les circonstances qui affectent l'immunité du patient. Enfin bon, nous allons mentionner sur les registres que cette liste n'est jamais arrivée sur votre bureau. Je pense que j'ai dû la rouler en boule et la bazarder.

– Mais c'est qui, ce docteur Woody ? C'est quoi, sa spécialité ? Et pourquoi il lui a fallu aussi long-temps pour faire admettre Nez ? Il devait avoir de la fièvre depuis des jours.

– Il n'est pas du tout docteur. Je veux dire qu'il n'exerce pas la médecine. Je crois qu'il a le diplôme, mais il fait surtout partie de ces médecins qui font de la recherche. Microbiologie. Pharmacologie. Chimie organique. Il publie des tas d'articles dans des revues, sur le système immunitaire, l'évolution des agents pathogènes, l'immunité des microbes aux antibiotiques, ce genre de choses. Il y a plusieurs mois, il a écrit un papier à l'usage du profane, dans le magazine *Science*, mettant le monde en garde contre le fait que nos médicaments miracles ne sont plus efficaces. Si les virus ne nous tuent pas, les bac-téries s'en chargeront.

– Oh, oui, fit Shirley. Je me souviens l'avoir lu, cet article. C'est lui qui en était l'auteur ? S'il sait autant de choses, comment se fait-il qu'il n'ait pas détecté cette fièvre ?

Howe secoua la tête.

– Je lui ai posé la question. Il m'a répondu que Nez venait tout juste de présenter les symptômes de la maladie. Il m'a dit qu'à titre préventif il l'avait déjà mis sous doxycycline à cause des recherches qu'ils font, mais qu'il lui avait injecté une dose de streptomycine pour renforcer le traitement et qu'il l'avait conduit ici de toute urgence.

– Vous ne le croyez pas, si ?

Howe fit la grimace.

– Je préférerais autant pas. Cette bonne vieille peste, on pouvait compter sur elle. Elle frappait ici ou là et nous donnait le temps de la guérir. Eh oui, c'était bien l'article de Woody. Du genre, ce n'est pas la peine d'angoisser à cause du réchauffement général de l'amosphère. Les petites bestioles invi-sibles nous auront avant.

– Euh, si je me souviens bien, j'étais d'accord avec une grande partie de ce qu'il disait. C'est complètement stupide la façon que vous avez, les médecins, de prescrire tout un tas d'antibiotiques chaque fois qu'une maman amène son gosse qui souffre d'une otite. Pas étonnant...

Howe leva la main.

– Épargnez votre salive, Shirley. Épargnez-la. Vous prêchez un converti.

D'un signe de tête, il désigna le drap qui recouvrait le lit à roulettes :

– Monsieur Nez n'est-il pas là pour nous démontrer que nous favorisons l'apparition de toute une nouvelle race de microbes qui résistent aux médicaments ? La vieille *pasteurella pestis*, comme on l'appelait à la glorieuse époque primitive où les médicaments faisaient de l'effet, c'était du gâteau pour une demi-douzaine d'antibiotiques. Maintenant, quel que soit le nom qu'on lui donne aujourd'hui, je crois que c'est *yersinia pestis*, elle est restée totalement imperméable à tout ce qu'on a essayé sur monsieur Nez. Nous venons d'assister à un cas où l'un de vos rites * guérisseurs navajo aurait pu lui être plus bénéfique que nous ne l'avons été.

– On nous l'a amené trop tard, c'est tout. On ne peut pas donner à la peste deux semaines d'avance sur nous et espérer...

Howe secoua la tête.

– Il n'y a pas eu deux semaines, Shirley. Si Woody a la plus petite idée de ce qu'il raconte, bon Dieu, c'était plus près de quelque chose comme un jour.

– Impossible, fit-elle en secouant la tête. Et comment il pourrait le savoir, de toute façon ?

– Il m'a dit qu'il avait retrouvé la puce sur Nez. Woody effectue une vaste étude sur les colonies de rongeurs porteuses. Le financement est assuré par les Instituts nationaux de la Santé et certaines compagnies pharmaceutiques. Il s'intéresse aux réservoirs de maladies chez les mammifères. Vous savez. Ces colonies de chiens de prairie qui sont infectées par la peste mais qui survivent on ne sait comment alors que toutes les autres colonies sont anéanties. Il y a eux, les rats kangourous et les souris qui ne sont pas exterminés par le hantavirus. Quoi qu'il en soit, Woody m'a dit que Nez et lui prenaient toujours un antibiotique à spectre large quand il y avait le moindre risque de piqûres de puces. Si jamais ça se produisait, ils devaient conserver la puce afin de pouvoir l'étudier et appliquer un traitement complémentaire si nécessaire. D'après Woody, Nez a trouvé la puce sur la face interne de sa cuisse et presque aussitôt il s'est senti mal et la fièvre s'est déclenchée.

— Aïe, aïe, aïe, fit Shirley.

— Ouais, confirma Howe. Comme vous dites.

— Je parie qu'une autre puce l'avait piqué il y a une quinzaine de jours. Vous vous êtes mis d'accord, pour l'autopsie ?

— Même réponse, ouais. Vous m'avez dit que vous connaissez la famille. Ou qu'en tout cas, vous connaissez des Nez. Vous croyez qu'ils vont s'y opposer ?

— Je suis ce qu'on appelle une Indienne urbanisée. Aux trois quarts navajo par le sang, mais je ne suis pas une experte, du point de vue de notre culture. (Elle haussa les épaules.) La tradition est contre le découpage des cadavres en petits morceaux, mais d'un autre côté, ça résout le problème de l'enterrement.

Howe soupira, appuya ses fesses rebondies contre le bureau, repoussa ses lunettes et passa la main sur ses yeux :

— C'est un truc qui m'a toujours plu, chez vous. Quatre jours de chagrin et de deuil pour l'esprit, et après, la vie reprend son cours. Comment on a fait, nous, les Blancs, pour se fourrer dans cette histoire de vénération des dépouilles mortelles ? C'est de la viande morte, un point c'est tout, et dangereuse par-dessus le marché.

Shirley se contenta de hocher la tête.

– Une lueur d'espoir, pour le gosse de la chambre quatre ? demanda Howe.

Il prit la feuille de maladie, la regarda, fit claquer sa langue contre son palais et secoua la tête. Il s'écarta du bureau et s'immobilisa, les épaules voû-tées, le regard fixé sur le drap qui couvrait le corps d'Anderson Nez.

– Vous savez, dit-il, autrefois, au Moyen Âge, les médecins avaient un autre remède contre cette maladie. Ils pensaient qu'il y avait un rapport avec le sens de l'odorat, et ils recommandaient aux gens de la conjurer en utilisant beaucoup de parfum et en portant des fleurs. Ça n'a empêché personne de mourir, mais ça prouve que l'homme a le sens de l'humour.

Shirley connaissait Howe depuis suffisamment longtemps pour savoir qu'elle devait lui tendre la perche afin qu'il puisse démontrer que lui-même n'en était pas dépourvu. Elle n'était pas d'humeur, mais dit cependant :

– Comment ça ?

– Ils en ont fait une chanson ironique... qui a sur-vécu jusqu'à nous sous la forme d'une comptine.

Howe la chanta d'une voix grinçante :

> *Ring around with roses*
> *Pockets full of posies.*
> *Ashes. Ashes.*
> *We all fall down* [1].

1. Faisons la ronde des roses,
   Des bouquets plein nos poches.
   Cendres. Cendres.
   Nous tombons tous. (*N.d.T.*)

Il lui adressa un regard interrogateur :

– Vous vous souvenez de l'avoir chantée, à la maternelle ?

Ce n'était pas le cas. Elle fit non de la tête.

Et le docteur Howe s'éloigna dans le couloir vers le lieu où un autre de ses patients se mourait.

2

Jim Chee, qui remplissait les fonctions de lieutenant au sein de la police tribale navajo mais était
« traditionaliste de cœur », avait placé sa caravane
avec la porte qui faisait face à l'est. Le 8 juillet, à
l'aube, il regarda en direction du soleil levant,
répandit une pincée de pollen* prélevée dans sa
bourse* à *medicine* afin de bénir la journée, puis
réfléchit à ce qu'elle allait lui apporter.

Il passa d'abord en revue les aspects désagréables.
Sur son bureau l'attendait son rapport mensuel
concernant juin (son premier mois comme responsable administratif d'une sous-agence de la police
navajo), à demi terminé et déjà en retard. Mais ce
serait un vrai plaisir d'en finir avec ces paperasseries
qu'il détestait, s'il comparait à son autre tâche
prioritaire : enjoindre à l'agent Benny Kinsman
d'apprendre à contrôler ses débordements de testos-
térone.

Le côté agréable de la journée concernait, indi-
rectement au moins, ses propres élans masculins.
Janet Pete quittait Washington et s'en revenait en
Pays Indien. Sa lettre était amicale quoique distante,
sans rien pour trahir la passion romantique. Néanmoins, elle revenait, et quand il en aurait fini avec
Kinsman, il avait l'intention de l'appeler. Ce serait

un appel test, à titre expérimental. Étaient-ils toujours fiancés ? Voulait-elle reprendre leur épineuse relation ? Combler le fossé qui les séparait ? Se marier pour de bon ? D'ailleurs, en avait-il envie lui-même ? Quelle que soit la réponse qu'il apporte à cette question, Janet revenait, et cela expliquait pourquoi il souriait en faisant la vaisselle du petit déjeuner.

Ce sourire s'évanouit quand il arriva à son bureau, au poste de police de Tuba City. L'agent Kinsman, qui avait reçu pour instruction de l'y attendre, ne s'y trouvait pas. Claire Dineyahze lui expliqua pourquoi.

– Il m'a dit qu'il fallait d'abord qu'il file à Yells Back Butte * pour attraper ce Hopi * qui braconne des aigles.

Chee respira à fond, ouvrit la bouche puis la referma brusquement. Madame Dineyahze aurait été choquée par les termes grossiers que méritait l'attitude de Kinsman.

Elle eut un sourire contraint et secoua la tête, partageant la désapprobation de Chee.

– Ça doit être le Hopi qu'il a déjà arrêté là-bas l'hiver dernier, avança-t-elle. Celui qu'ils ont relâché parce que Benny avait oublié de lui rappeler les droits qui lui sont garantis par la loi. Mais il n'a pas voulu me le dire. Il m'a juste regardée comme ça...

Elle adopta une expression hautaine.

– ... et il m'a dit qu'il tenait ses informations de source confidentielle.

Il était clair que madame Dineyahze était vexée d'avoir été exclue de la sorte. Elle acheva :

– Une de ses petites amies, probablement.

– Je le saurai, dit Chee en considérant qu'il était temps de changer de sujet. Il faut que je finisse le rapport du mois de juin. Il y a du nouveau, à part ça ?

– Eh bien, commença-t-elle avant de s'interrompre.

Chee attendit.

Elle haussa les épaules :

– Je sais que vous n'aimez pas les racontars. Mais comme vous allez vraisemblablement en entendre parler.

– De quoi ?

– Suzy Gorman a appelé ce matin. Vous savez ? La secrétaire de la police routière de l'Arizona, à Winslow. Elle a signalé qu'un de leurs hommes avait dû intervenir au milieu d'une bagarre, dans un bar de Flagstaff. Entre Benny Kinsman et un type de l'université d'Arizona Nord.

Chee lâcha un soupir.

– Ils ont rédigé un procès-verbal ?

– Elle m'a dit que non. Entre collègues.

– Ouf, fit Chee. On s'en passera bien.

– Ce n'est peut-être pas terminé, tout de même. Suzy dit que l'échange de coups a commencé parce que Benny faisait des avances déplacées à une femme, qu'il a refusé d'arrêter, et la femme a dit qu'elle allait porter plainte. Que ce n'était pas la première fois qu'il l'importunait. Sur les lieux de son travail.

– Merde, alors. Quoi d'autre ? Où est-ce qu'elle travaille ?

– C'était Catherine Pollard. Vous savez ? Elle a pour base ce petit bureau que le Service de la Santé d'Arizona a ouvert, après les deux cas de peste bubonique qu'il y a eu. Ces gens-là, on les appelle des contrôleurs des vecteurs de transmission des maladies.

Madame Dineyahze sourit et ajouta :

– Ils attrapent des puces.

– Il faut que j'aie fini mon rapport définitif avant midi, répéta Chee.

Il en avait entendu plus qu'assez sur Kinsman pour lui durer toute la matinée.

Madame Dineyahze, elle, n'en avait pas terminé.

– Est-ce que Bernie vous a parlé de Kinsman ?

– Non.

Elle ne l'avait pas fait, mais il avait entendu le grondement d'une rumeur sur le circuit des potins.

– Je lui ai dit qu'elle devait vous en parler, mais elle ne voulait pas vous déranger.

– Me parler de quoi ?

Bernie, c'était l'agent Bernadette Manuelito, jeune, inexpérimentée, et qui, à en juger par les bruits qui couraient, nourrissait un sérieux faible pour lui.

Madame Dineyahze prit l'air revêche.

– De harcèlement sexuel.

– Mais encore ?

– Il a eu une attitude déplacée à son égard.

Chee ne voulait pas en entendre davantage. Pas maintenant.

– Dites-lui de venir m'en parler, fit-il en entrant dans son bureau pour affronter ses tâches administratives.

S'il disposait de deux heures de calme et de tranquillité, il pouvait avoir fini pour le déjeuner. Il parvint à travailler une trentaine de minutes avant que la standardiste ne l'appelle.

– Kinsman demande un soutien, annonça-t-elle.

– Pour quoi ? demanda Chee. Où est-il ?

– Au-delà de Goldtooth. Près du versant ouest de Black Mesa *. La communication passait par bribes.

– C'est toujours comme ça là-bas.

En réalité, ces problèmes chroniques de communication radio constituaient un des sujets de doléances de son rapport.

– Nous avons quelqu'un à proximité ?

– J'ai peur que non.

– Je m'en occupe.

Quelques minutes après midi, Chee cahotait à la recherche de Kinsman sur une route caillouteuse, soulevant un nuage de poussière dans son sillage.

– Benny, à vous, appela-t-il dans le micro. Suis à une petite quinzaine de kilomètres au sud de Gold-tooth. Où êtes-vous ?

– Sous la paroi sud de Yells Back Butte, répondit Kinsman. Prenez la route du vieux hogan Tijinney. Garez-vous à l'endroit où l'arroyo* la traverse. Remontez-le sur huit cents mètres. Ne faites aucun bruit.

– Merde à la fin, grommela Chee.

Il se l'était dit pour lui-même, pas dans le micro. Kinsman était tout excité par la traque de son bra-connier hopi, si c'était après lui qu'il en avait, et il avait effectué sa transmission dans un murmure à demi compréhensible. Chose plus irritante encore, il coupait son récepteur de crainte qu'une réponse trop puissante n'alerte sa proie. Mais si c'était là la procédure normale à suivre dans certaines situations de grand danger, Chee doutait qu'en l'occurrence le péril fût suffisamment grand pour justifier ce genre d'ânerie.

– Enfin quoi, Kinsman, dit Chee. Tâchez de devenir adulte.

S'il devait apporter son soutien à l'opération qui occupait Benny, il lui serait utile de cerner le pro-blème. Ça l'aiderait également de savoir comment trouver la route qui menait au hogan Tijinney. Il connaissait pratiquement toutes les pistes de la partie est de la Grande Réserve, la Réserve-aux-Mille-Parcelles* encore mieux, et fort bien le ter-ritoire entourant le Mont Navajo. Mais il n'avait travaillé que très brièvement avec Tuba City pour base, quand il était tout jeune dans le métier, et il n'y avait retrouvé un poste que six semaines auparavant. Ce paysage de rocailles jouxtant la réserve hopi lui était relativement inconnu.

Il se souvenait que Yells Back Butte était une avancée de Black Mesa. Par conséquent, il ne devrait pas être trop difficile de trouver la route du hogan, puis l'arroyo, et enfin Kinsman. À ce moment-là, il avait l'intention de lui donner des instructions très explicites sur la façon de se servir de sa radio, et sur sa manière de se comporter avec les femmes. Et, pendant qu'il y était, lui ordonner de réfréner son comportement anti-hopi.

Cette attitude était le résultat du rattachement à la réserve hopi des terres sur lesquelles était située l'habitation de sa famille, quand le Congrès avait procédé au découpage de la zone occupée conjointement. La grand-mère de Kinsman, qui ne parlait que le navajo, avait été relogée à Flagstaff, où pratiquement personne ne parle cette langue. Chaque fois qu'il allait la voir, il revenait plein de colère.

Une de ces petites averses éparses qui servent de signes avant-coureurs de la saison des pluies sur le haut-pays désertique avait balayé le plateau de Moenkopi quelques minutes auparavant et produisait encore des grondements de tonnerre loin vers l'est. Maintenant, Chee traversait la traînée que la pluie avait laissée derrière elle, et les bourrasques de vent n'engloutissaient plus la voiture de police dans un nuage de poussière. L'air qui s'engouffrait par la fenêtre était imprégné des parfums de la sauge mouillée et de la terre humide.

Ne laisse pas le problème de Kinsman te gâcher toute ta journée, se dit-il. Sois heureux. Et il l'était. Janet Pete revenait. Ce qui signifiait quoi ? Qu'elle pensait pouvoir trouver assez de satisfactions loin de la culture de la haute société washingtonienne ? Apparemment. Ou allait-elle à nouveau tenter de l'y entraîner ? Et si oui, y parviendrait-elle ? Ces pensées le mirent mal à l'aise.

Avant la lettre de la veille, c'est à peine si, pendant des journées entières, il avait eu une pensée pour Janet. Un peu au moment de céder au sommeil, un peu à l'aube pendant qu'il faisait cuire les Spam [1] de son petit déjeuner. Mais il avait résisté à la tentation de ressortir sa lettre précédente et de la relire. Il en connaissait les éléments par cœur. Un des nombreux amis influents de sa mère lui avait fait savoir que sa candidature à un poste dépendant du ministère de la Justice était « considérée favorablement ». Comme elle était à moitié navajo, ses chances d'obtenir une nomination en Pays Indien étaient très bonnes. Puis était venu le dernier paragraphe.

« Je serai peut-être affectée en Oklahoma : il y a quantité de travail à faire là-bas avec cette lutte interne que se livrent les Cherokees. Sans oublier les affrontements sur la façon de faire appliquer la loi, à l'intérieur du Bureau des Affaires indiennes, qui pourraient m'obliger à rester à Washington. »

Rien, dans cette lettre-là, qui pût suggérer l'ancienne affection, antérieure à leur querelle. Avec pour résultat que Chee avait gâché une douzaine de feuilles de papier dans des tentatives avortées pour exprimer la réponse qui convenait. Dans certaines, il l'avait pressée de se servir de l'expérience qu'elle avait acquise en travaillant pour le programme d'assistance juridique de la tribu afin d'obtenir une nomination sur la Grande Réserve. Il lui disait de se hâter de revenir, lui disait qu'il avait eu tort de se défier d'elle. Qu'il avait mal interprété la situation. Qu'il avait réagi sous le coup d'une jalousie irraisonnée. Dans d'autres il lui avait dit ne reviens pas. Tu ne seras jamais satisfaite ici. Ça ne sera plus jamais pareil pour nous. Ne reviens pas à

---

1. Spam : depuis 1937, marque de viande en boîte consommée surtout au petit déjeuner. (*N.d.T.*)

moins de pouvoir être heureuse sans ta culture du Kennedy Center, tes amis de l'Ivy League [1], les expositions artistiques, la haute couture et les cocktails avec le gratin des célébrités, sans l'élite intellectuelle snob. Ne viens pas si tu ne peux pas être heureuse en vivant avec un garçon dont les buts n'incluent ni le luxe ni l'accession aux échelons supérieurs des classes sociales, avec un homme qui a trouvé la vie rêvée dans une caravane d'habitation rouillée.

Qui a trouvé la vie rêvée? Ou qui s'imagine l'avoir trouvée. Dans un cas comme dans l'autre, il savait qu'il parvenait enfin à l'oublier. Et dans le petit mot qu'il avait fini par lui envoyer, il avait pris grand soin de ne rien révéler. Puis était arrivée la lettre de la veille, avec sa dernière ligne qui disait « je rentre au pays!! »

Au pays. Au pays avec deux points d'exclamation. C'était à ça qu'il réfléchissait quand le stupide chuchotement de Kinsman l'avait brutalement ramené à la réalité. Et maintenant, Kinsman recommençait à murmurer. Des marmonnements inintelligibles d'abord, puis : « Lieutenant! Dépêchez-vous! »

Chee se dépêcha. Il avait été dans ses intentions de s'arrêter un moment à Goldtooth pour demander son chemin, mais il n'y avait plus que deux bâtiments en pierre au toit manquant, dont portes et fenêtres béaient sur le monde, et un hogan rond à l'ancienne qui semblait pareillement déserté. En cet endroit bifurquaient deux pistes qui disparaissaient dans les dunes sur la droite et sur la gauche. Il n'avait pas vu un seul véhicule depuis qu'il avait quitté la chaussée goudronnée, mais la piste du milieu portait l'empreinte de pneus. Il décida de

---

1. Ivy League : les huit prestigieuses universités de Nouvelle-Angleterre, avec leurs murs historiques couverts de lierre. (*N.d.T.*)

continuer à la suivre. En fonçant. Ayant bientôt dépassé les traces laissées par l'averse, il souleva désormais dans son sillage un nuage de poussière en forme de queue de coq. À soixante-cinq kilomètres sur sa droite, les Monts San Francisco dominaient l'horizon, et un orage s'amoncelait au-dessus du Pic Humphrey. Sur sa gauche se découpait la silhouette déchiquetée des mesas hopi, partiellement obscurcies par la pluie qu'un autre nuage tirait derrière lui. Alentour s'étendait le plateau désertique sculpté par le vent, ses dunes retenues par de hautes touffes de thé mormon, d'herbes-aux-serpents, de yucca et de sauge persistante. Tout à coup, Chee sentit à nouveau l'arôme que les averses abandonnent derrière elles. Plus de poussière. La piste était humide. Elle vira vers l'est, vers les parois d'une mesa précédées par la forme massive d'une butte. Les traces qui y menaient étaient masquées par une touffe de thé mormon et il faillit ne pas les voir. Il recula, effectua une nouvelle tentative avec sa radio, n'obtint rien d'autre que de la friture et roula sur les petites ornières qui prenaient la direction de la butte. Avant d'atteindre les falaises, il rencontra le lit de ruissellement des eaux que son subordonné avait mentionné.

La voiture de patrouille de Kinsman était garée près d'un bouquet de genévriers, et les traces du policier remontaient l'arroyo. Chee les suivit sur le lit sablonneux puis s'en écarta pour grimper la pente en direction de la paroi de grès verticale de la butte. La voix de Kinsman résonnait encore dans sa tête. Au diable les précautions pour le bruit. Il se mit à courir.

L'agent Kinsman était derrière une avancée de grès. Chee vit l'une des jambes de son pantalon d'uniforme, à demi cachée par une touffe d'agropyrum. Il ouvrit la bouche pour l'appeler mais se retint. Il distinguait une botte, maintenant. La pointe vers le sol. Anormal. Il sortit son revolver de l'étui, se rapprocha prudemment.

Derrière l'avancée de grès, lui parvint le bruit que font les bottes sur les cailloux, puis un grognement, une respiration laborieuse, une exclamation. Il ramena le cran de sûreté avec son pouce et s'avança à découvert.

Benjamin Kinsman gisait face contre terre, le dos de sa chemise d'uniforme maculé d'herbe et de sable qui étaient collés au tissu par le sang frais et rouge. À côté de Kinsman, accroupi, il y avait un homme jeune, les yeux levés vers Chee. Sa chemise, à lui aussi, était tachée de sang.

– Mettez vos mains sur la tête.

– Hé, fit l'homme. Ce gars...

– Les mains sur la tête, répéta Chee, dont la voix résonna à ses propres oreilles avec des accents âpres et mal assurés. Et couchez-vous sur le ventre.

L'homme regarda Chee, l'arme de poing qu'il tenait braquée sur son visage. Ses cheveux étaient répartis en deux tresses. Un Hopi, conclut le policier navajo. Bien sûr. Probablement le braconnier qu'il avait soupçonné Kinsman de vouloir retrouver. Et il l'avait effectivement retrouvé.

– Allongez-vous, réitéra Chee. Face contre terre.

L'homme se pencha et se laissa couler lentement sur le sol. Très souple, pensa Chee. Sa manche de chemise déchirée dévoilait une longue estafilade sur l'avant-bras droit où le sang figé traçait une ligne rouge incurvée en travers de la peau hâlée.

Chee ramena la main droite de l'inconnu derrière son dos, referma la menotte autour de son poignet dans un claquement, lui associa le poignet gauche. Alors il sortit un portefeuille en cuir marron usé de la poche revolver de l'inconnu, l'ouvrit. Sur la photo de son permis de conduire établi en Arizona, son prisonnier lui souriait. Robert Jano. Mishongnovi, Deuxième Mesa.

Robert Jano se tournait sur le côté, ramenait ses jambes vers sa poitrine et se préparait à se relever.

– Restez à terre, lui ordonna Chee. Robert Jano, vous avez le droit de ne rien dire. Vous avez le droit de...

– Pourquoi vous m'arrêtez ?

Une goutte de pluie tomba sur la roche près de Chee. Puis une autre.

– Pour homicide volontaire. Vous avez le droit de vous assurer les services d'un avocat. Vous avez le droit...

– Je ne crois pas qu'il soit mort, dit Jano. Il était vivant quand je suis arrivé.

– Ouais. Ça, je n'en doute pas.

– Et quand j'ai vérifié son pouls. Il y a tout juste trente secondes.

Chee s'agenouillait déjà à côté de Kinsman, la main sur son cou, remarquait d'abord le sang qui collait puis le pouls faible à l'extrémité de ses doigts et la chaleur de la peau au contact de sa paume.

Il fixa Jano.

– Espèce de salopard ! cria-t-il. Pourquoi vous lui avez brisé le crâne comme ça ?

– Ce n'est pas moi. Je ne l'ai pas frappé. Je suis monté et je l'ai trouvé là...

De la tête, il indiqua Kinsman :

– ... étendu là, comme ça.

– Mon œil, oui. Comment vous vous y êtes pris, alors, pour avoir tout ce sang sur vous, et le bras taillladé comme...

Un cri rauque et un fracas métallique, derrière lui, interrompirent net sa question. Il pivota sur lui-même, braquant son revolver. Un criaillement s'éleva derrière la saillie rocheuse où gisait Kinsman. Juste au-delà, une cage en métal était couchée sur le côté. Elle était grande, mais à peine assez pour contenir l'aigle qui se débattait à l'intérieur. Chee la souleva par l'anneau à son sommet, la posa sur la plaque de grès et fixa Jano.

– Un délit fédéral, dit-il. Braconnage à l'encontre d'une espèce en voie d'extinction. Pas aussi grave qu'agression caractérisée sur la personne d'un représentant de la force publique, mais...

– Attention ! cria Jano.

Trop tard. Chee sentit les serres du rapace déchirer le côté de sa main.

– C'est ce qui m'est arrivé aussi, expliqua Jano. C'est de là que vient tout ce sang.

Des gouttes de pluie glaciales frappèrent Chee sur l'oreille, la joue, l'épaule, sur sa main en sang. L'averse les engloutit, mêlant pluie et grêlons. Il protégea Kinsman avec sa veste et mit la cage à l'abri sous la roche. Il fallait rapidement qu'il appelle des secours pour le blessé, et il fallait que l'oiseau soit abrité. Si Jano disait la vérité, ce qui paraissait extrêmement peu vraisemblable, il y aurait du sang sur l'oiseau. Il ne voulait pas que l'avocat chargé de la défense du Hopi puisse prétendre qu'il avait laissé la pluie laver les preuves matérielles.

3

La limousine qui s'était garée devant la maison de Joe Leaphorn était un modèle à la carrosserie lustrée, d'un bleu tirant sur le noir, dont les chromes astiqués étincelaient au soleil matinal. Leaphorn l'avait regardée, derrière sa porte moustiquaire, espérant que les voisins de son quartier, situé aux confins de Window Rock, ne la remarqueraient pas. Ce qui revenait à espérer que des gosses jouant dans la cour de l'école, au bout de sa rue gravillonnée, ne remarqueraient pas un troupeau de girafes qui passeraient au trot. L'arrivée de la voiture, de si bon matin, signifiait que l'homme qui attendait patiemment derrière le volant avait dû quitter Santa Fe aux alentours de trois heures du matin. Ce qui avait incité Leaphorn à méditer sur ce que devait être la vie de larbin auprès de gens très riches... ce qui, assurément, devait être le cas de Millicent Vanders.

De toute façon, d'ici quelques minutes à peine, il aurait l'occasion de le découvrir. La limousine abandonnait maintenant une étroite route asphaltée dans les contreforts montagneux du nord-est de Santa Fe pour s'engager sur une allée de briques. Elle s'immobilisa devant une grille ouvragée.

– C'est ici ? demanda Leaphorn.

– Oui, fit le conducteur, ce qui correspondait à peu près à la longueur moyenne des réponses que Leaphorn avait obtenues avant de cesser de poser des questions.

Il avait commencé par les habituelles entrées en matière destinées à briser la glace : la consommation de la voiture, sa tenue de route, ce genre de choses. De là il en était venu à la durée depuis laquelle le chauffeur travaillait pour Millicent Vanders, qui s'était révélée être de vingt et un ans. Au-delà de ce point, ses essais pour forer plus avant s'étaient heurtés à du granit.

– Qui est madame Vanders ? avait-il questionné.

– Mon employeur.

Leaphorn avait ri.

– Ce n'est pas ce que j'ai voulu dire.

– C'est bien comme ça que je l'avais compris.

– Vous savez quelque chose sur ce travail qu'elle va me proposer ?

– Non.

– Sur ce qu'elle veut ?

– Cela ne me regarde pas.

Leaphorn avait donc tiré un trait. Il avait regardé le paysage, appris que dans la région, même les riches ne peuvent capter que de la vieille musique country sur leur radio, réglée sur KNDN pour écouter le programme navajo avec micro mis à la disposition du public. Quelqu'un avait perdu son portefeuille à la gare routière de Farmington et demandait à la personne qui l'avait trouvé de lui renvoyer son permis de conduire et sa carte de crédit. Une femme invitait des membres des clans de l'Eau Amère et du Rocher Debout, ainsi que tous les autres membres de sa famille et amis, à venir participer à un chant * yeibichai * qui devait se tenir pour Emerson Roanhorse, chez lui, au nord de Kayenta. Ensuite était venu le tour d'une voix qui semblait âgée, déclarant que la jument rouanne de Billy Etcitty avait disparu de chez lui, au nord de Burnt Water, et demandant aux gens de l'avertir s'ils l'apercevaient. «Comme, par exemple, à une vente aux enchères», avait ajouté la voix, laissant entendre que selon Etcitty, sa jument ne s'était pas égarée sans rencontrer une certaine assistance. Rapidement, Leaphorn s'était abandonné au luxe moelleux du siège de la limousine et il s'était assoupi. À son réveil, ils roulaient sur la I-25 et dépassaient les premières maisons de Santa Fe.

Il avait alors sorti la lettre de Millicent Vanders de sa poche de veste et l'avait relue.

Elle n'était pas, bien sûr, directement de sa main à elle. L'en-tête indiquait Peabody, Snell et Glick, suivis du genre d'initiales dont s'affublent les cabinets juridiques. L'adresse était située à Boston. Le moyen d'acheminement : le service prioritaire de Federal Express, du jour au lendemain.

Cher monsieur Leaphorn :
Recevez par la présente confirmation officielle de la proposition exposée ce jour par téléphone. Je vous écris à la demande de madame Millicent Vanders, dont certains intérêts sont représentés par notre cabinet. Madame Vanders m'a chargé de trouver un enquêteur possédant une connaissance approfondie de la Réserve navajo et dont la réputation d'intégrité et de circonspection est irréprochable.

Vous nous avez été recommandé comme étant quelqu'un qui répond à ces exigences. La présente a pour but de déterminer si vous accepteriez de rencontrer madame Vanders à sa résidence estivale de Santa Fe afin de vous entretenir avec elle de ses désirs. Si tel était le cas, veuillez m'appeler afin que nous puissions prendre les dispositions nécessaires pour que sa voiture puisse passer vous prendre et que nous puissions vous dédommager financièrement. Je dois ajouter que madame Vanders a exprimé un certain caractère d'urgence dans cette affaire.

La première réaction de Leaphorn avait été d'envoyer à Chistopher Peabody un « merci, mais non merci » poli, et de lui recommander de trouver pour sa cliente un détective privé possédant une autorisation légale d'exercer plutôt qu'un ancien policier.

Mais...

Il y avait le fait que Peabody, l'associé principal du cabinet juridique, selon toute vraisemblance, avait personnellement signé la lettre, la réputation de circonspection irréprochable qu'on lui faisait et, plus important que tout, l'indication du « caractère d'urgence » qui rendait digne d'intérêt le problème de cette femme. Il avait besoin de quelque chose d'intéressant. Il approchait du terme de sa première année de retraite de la police tribale navajo. Il avait depuis longtemps épuisé les choses qu'il avait à faire. Il s'ennuyait.

En conséquence, il avait rappelé monsieur Peabody et il se trouvait maintenant là, avec le chauffeur qui appuyait sur le bouton adéquat, la grille qui s'écartait en silence, la voiture qui franchissait un jardin paysagé luxuriant et se dirigeait vers une vaste demeure d'un étage que son plâtre marron clair et ses chaperons de brique identifiaient clairement comme appartenant à ce que les habitants de Santa Fe appellent le « style territorial », et ce que sa taille faisait rentrer dans la catégorie des manoirs.

Le chauffeur lui ouvrit la portière. Un homme jeune, vêtu d'une chemise d'un bleu passé et d'un jean, les cheveux blonds noués en une petite queue-de-cheval, l'attendait le sourire aux lèvres juste en deçà de la gigantesque porte à double battant.

– Monsieur Leaphorn, l'accueillit-il. Madame Vanders vous attend.

Millicent Vanders patientait dans une pièce que Leaphorn, de par une expérience qu'il tenait du cinéma et de la télévision, identifia comme un cabinet de travail ou comme un bureau. C'était une petite femme frêle, debout à côté d'une petite table frêle, et elle s'appuyait du bout des doigts sur la surface polie du meuble. Ses cheveux étaient presque blancs et pâle le sourire avec lequel elle l'accueillit.

– Monsieur Leaphorn. C'est extrêmement gentil à vous d'être venu. Extrêmement gentil de m'aider.

L'ancien policier, qui ne savait absolument pas encore s'il allait l'aider ou non, se contenta de lui rendre son sourire et de s'asseoir dans le fauteuil qu'elle lui indiquait de la main.

– Souhaiteriez-vous du thé ? Ou du café ? Un rafraîchissement ? Et dois-je vous appeler monsieur Leaphorn ou préférez-vous lieutenant ?

– Du café, je vous remercie, si cela ne vous dérange pas. Et monsieur convient très bien. J'ai pris ma retraite de la police tribale navajo.

Millicent Vanders regarda derrière lui en direction de la porte :

– Du café, donc. Et du thé, dit-elle.

Elle s'assit derrière la table de travail avec des mouvements lents, prudents, qui apprirent à Leaphorn que son hôtesse souffrait de l'une ou l'autre de la centaine de formes adoptées par l'arthrite. Mais elle sourit à nouveau, un signal qui se voulait rassurant. Il y détecta la douleur. En regardant sa femme mourir, il était devenu extrêmement doué pour repérer ce genre de manifestation. Emma lui avait tenu la main, lui disant de ne pas s'inquiéter, dissimulant la souffrance qu'elle ressentait, promettant qu'un jour prochain, elle irait bien à nouveau.

Madame Vanders triait des papiers sur son meuble de travail, les classant dans un dossier, nullement gênée par l'absence de conversation. Leaphorn n'avait vu que de rares exemples de cette attitude chez les Blancs, et il en éprouvait de l'admiration quand il la rencontrait. Elle sortit d'une enveloppe deux clichés au format 20 × 24, en scruta un, l'ajouta au dossier, puis examina l'autre. Un heurt sourd brisa le silence : un geai des pins pignons inattentif qui venait de heurter une vitre. L'oiseau prit la fuite d'un vol mal assuré. Madame Vanders continua à s'absorber dans la contemplation de la photo, perdue dans le souvenir de quelque chagrin lointain, nullement dérangée par l'incident ni par le regard de Leaphorn fixé sur elle. Une personne intéressante, pensa-t-il.

Une jeune femme grassouillette apparut à côté de son coude, un plateau à la main. Elle déposa une serviette, une soucoupe, une tasse et une cuiller sur la table voisine, remplit la tasse à l'aide d'un récipient en porcelaine de Chine blanche, puis répéta le processus au bureau, versant le thé avec un pot en argent. Madame Vanders interrompit son observation attentive de la photo, la glissa dans le dossier qu'elle remit à la femme.

– S'il vous plaît, Ella, vous voulez bien remettre ceci à monsieur Leaphorn ?

Ella s'en acquitta et partit aussi silencieusement qu'elle était venue. Il posa le dossier sur ses cuisses, avala une gorgée. La tasse était en porcelaine de Chine translucide, fine comme du papier. Le café chaud, riche en arôme, excellent.

Madame Vanders l'observait.

– Monsieur Leaphorn, dit-elle. Je vous ai demandé de venir ici parce que j'espère que vous allez accepter de faire quelque chose pour moi.

– Il est possible que j'accepte. De quoi s'agirait-il donc ?

– Tout doit demeurer absolument confidentiel. Vous ne rendriez compte qu'à moi. Pas à mes représentants légaux. Ni à personne d'autre.

Leaphorn réfléchit, goûta une nouvelle gorgée de café, reposa la tasse.

– Dans ce cas, je ne vais peut-être pas pouvoir vous aider.

Madame Vanders prit l'air surpris.

– Pourquoi cela ?

– J'ai passé la majorité de ma vie à exercer le métier de policier. Si ce que vous envisagez m'amène à découvrir quoi que ce soit d'illégal, je...

– Si cela se produisait, je le signalerais moi-même aux autorités, déclara-t-elle d'un ton plutôt guindé.

À la manière typique des Navajos, Leaphorn laissa passer les instants de silence nécessaires pour s'assurer que madame Vanders avait dit tout ce qu'elle avait à dire. C'était bien le cas, mais l'absence de réponse de l'ancien lieutenant toucha une corde sensible.

– Bien sûr que je le ferais, ajouta-t-elle. Il n'y a pas le moindre doute.

– Mais si, pour une raison ou une autre, vous ne le faisiez pas, vous comprenez que j'y serais obligé. L'accepteriez-vous ?

Elle le dévisagea. Puis elle hocha la tête.

– Je crois que nous sommes en train d'inventer un problème là où il n'y en a pas.

– Probablement.

– Je voudrais que vous retrouviez une jeune femme. Ou, à défaut, que vous découvriez ce qui lui est arrivé.

Elle montra le dossier de la main. Leaphorn l'ouvrit.

La photo du dessus était un portrait posé représentant une femme aux cheveux et aux yeux foncés, portant sur sa tête la coiffe universitaire. Son visage était étroit et intelligent, l'expression de ses traits sévère. Pas une personne dont on dirait qu'elle est « mignonne », pensa-t-il. Pas jolie non plus, d'ailleurs. Possédant des traits réguliers, peut-être. Avec beaucoup de caractère. Assurément un visage qu'il serait facile de garder en mémoire.

La photo suivante représentait la même femme, portant veste et pantalon de jean, appuyée à la portière d'un pick-up truck [1] et regardant vers l'objectif. Il la trouva athlétique et plus âgée sur cette photo. Peut-être un peu plus de trente ans. Au dos de chacun des clichés était écrit le même nom : Catherine Anne.

Leaphorn posa un regard sur madame Vanders.

– Ma nièce, dit-elle. La fille unique de ma défunte sœur.

Leaphorn rangea les épreuves dans le dossier et en sortit une liasse de papiers tenus ensemble. La feuille du dessus fournissait des données biographiques.

Catherine Anne Pollard était son nom complet. La date de naissance lui donnait trente-trois ans, son lieu de naissance était Arlington, en Virginie, son adresse actuelle, Flagstaff, Arizona.

– Catherine a fait des études de biologie, déclara madame Vanders. Elle s'est spécialisée dans les mammifères et les insectes. Elle travaillait pour le Service indien de la Santé, mais en fait je pense que c'est surtout pour le Département de la Santé de l'État d'Arizona. Division environnement. Le nom de son métier, c'est « spécialiste du contrôle des vecteurs de transmission des maladies ». J'imagine que vous savez de quoi il s'agit ?

Leaphorn hocha affirmativement la tête.

Madame Vanders fit la grimace.

– Elle dit qu'en fait, on lui donne le surnom de « chasseuse de puces ». Je suis persuadée qu'elle

---

1. Pick-up truck : omniprésent dans les États de l'Ouest, il s'agit d'un camion léger, en général monté sur un châssis d'automobile, dont l'arrière ouvert autorise tous les transports. (*N.d.T.*)

aurait pu faire une belle carrière comme joueuse de tennis. Sur le circuit, vous savez. Elle a toujours adoré le sport. Le ballon rond. Elle était la meilleure marqueuse de points de l'équipe de volley-ball de son université. Quand elle était au collège, ça l'embêtait d'être plus solidement bâtie que les autres filles. Je crois qu'elle a trouvé une compensation en excellant dans différents sports.

Leaphorn hocha à nouveau la tête.

– La première fois qu'elle est venue me voir après avoir obtenu ce poste, je lui ai demandé comment on appelait ça et elle m'a répondu « chasseuse de puces ». (Son visage exprimait la tristesse.) Elle utilisait ce terme elle-même, alors je pense que ça lui est égal.

– C'est un travail important.

– Elle voulait faire carrière en biologie. Mais « chasseuse de puces » ?

Elle secoua la tête, poursuivit :

– À ce que j'ai compris, elle et plusieurs autres personnes travaillaient sur l'origine des cas de peste bubonique de ce printemps. Ils ont un petit laboratoire à Tuba City et ils vont voir les endroits où les victimes ont pu contracter la maladie. Ils capturent les rongeurs avec des pièges.

Elle hésita, ses traits reflétant le dégoût :

– C'est comme ça qu'ils chassent les puces. Ils les récupèrent sur les rongeurs. Et ils prélèvent des échantillons de leur sang. Ce genre de choses...

Elle repoussa l'ensemble d'un geste de la main.

– ... Et puis, la semaine dernière, tôt le matin, elle est partie au travail et elle n'est jamais revenue.

Elle laissa sa phrase en suspens, les yeux braqués sur Leaphorn.

– Elle est partie au travail seule ?

– Seule. C'est ce qu'on m'a dit. Je n'en suis pas si sûre.

Leaphorn y reviendrait plus tard. Pour l'instant il avait besoin de faits avérés. Les spéculations pouvaient attendre.

– Partie travailler où ?

– L'homme que j'ai appelé m'a dit qu'elle était juste passée par le bureau pour prendre le matériel qu'elle utilise dans son travail et qu'elle avait continué son chemin. Je ne sais pas pour où, quelque part dans la nature où elle attrapait ses rongeurs.

– Est-ce qu'elle devait retrouver quelqu'un à l'endroit où elle avait l'intention de travailler ?

– Apparemment non. Pas officiellement en tout cas. L'homme à qui j'ai parlé ne pensait pas que quelqu'un était parti avec elle.

– Et vous pensez qu'il lui est arrivé quelque chose. Vous en êtes-vous entretenue avec la police ?

– Monsieur Peabody en a parlé à des gens qu'il connaît au FBI. Il m'a dit qu'ils n'intervenaient pas dans des choses de ce genre. Ils n'auraient le droit légal d'intervenir que s'il y avait eu un enlèvement avec demande de rançon ou...

Elle hésita, abaissa son regard sur ses mains.

– ... ou tout autre genre de crime qualifié. Ils ont dit à monsieur Peabody qu'il leur fallait la preuve qu'une loi fédérale avait été violée.

– Quelle preuve y a-t-il eu ?

Il était pratiquement sûr de connaître la réponse. Ce serait aucune. Rien de rien.

Elle secoua la tête.

– En fait, on pourrait dire, je crois, que la seule preuve, c'est qu'une femme a disparu. Uniquement des présomptions liées aux circonstances.

– Le véhicule. Où a-t-il été retrouvé ?

– Il ne l'a pas été. Pas à ma connaissance.

Ses yeux étaient intensément fixés sur l'ancien policier, surveillant sa réaction.

Si cela n'avait pas été le cas, il se serait permis un sourire, en pensant à la tâche sans espoir qu'avait dû affronter monsieur Peabody quand il avait essayé de convaincre les agents fédéraux. En réfléchissant aux paperasseries que cette histoire de véhicule disparu entraînerait au Département de la Santé d'Arizona, à la façon dont la police des routes de l'État aurait interprété les choses, si un dossier concernant une personne disparue avait été ouvert, aux autres complications. Mais madame Vanders considérerait un sourire comme une marque de cynisme.

– Avez-vous une théorie ?

– Oui, dit-elle en s'éclaircissant la voix. Je crois qu'elle doit être morte.

Elle, qui avait paru frêle et de santé fragile, donnait maintenant le sentiment d'être franchement malade.

– Ça va ? Vous tenez vraiment à ce que nous continuions ?

Elle parvint à faire un faible sourire, sortit un petit récipient blanc de la poche de sa veste, le lui montra.

– Je suis cardiaque. C'est de la nitroglycérine. Avant, ça se prescrivait sous forme de comprimés, mais maintenant le patient n'a plus qu'à s'en pulvériser sur la langue. Veuillez m'excuser. Ça va aller bien à nouveau dans un petit moment.

Elle lui tourna le dos, porta un court instant le tube à ses lèvres puis le rangea dans sa poche.

Leaphorn attendit, se remémorant le peu qu'il savait sur l'utilisation de la nitro comme traitement pour le cœur. Elle servait à dilater les artères et donc à augmenter le flux de sang. Aucune des deux personnes qu'il connaissait pour en avoir fait usage n'avait vécu très longtemps. Peut-être cela expliquait-il l'urgence que Peabody avait mentionnée dans sa lettre.

Madame Vanders soupira.

– Où en étions-nous ?

– Vous veniez de me dire qu'à votre avis votre nièce devait être morte.

– Assassinée, je pense.

– Quelqu'un avait-il un mobile ? Ou est-ce qu'elle était en possession de quelque chose qui aurait pu attirer un voleur ?

– Elle était harcelée. Par un homme nommé Victor Hammar. Un étudiant de troisième cycle dont elle avait fait la connaissance à l'université du Nouveau-Mexique. Un cas assez typique, je dirais, dans ce genre de choses. Il était originaire d'Allemagne de l'Est, ce qui était l'Allemagne de l'Est avant, je veux dire, sans amis ni famille ici. Un homme très seul, j'imagine. Et c'est en ces termes que Catherine m'a parlé de lui. Ils partageaient des intérêts communs à l'université. Biologistes tous les deux. Lui, il étudiait les petits mammifères. Ce qui les amenait à travailler beaucoup ensemble au laboratoire. Je suppose que Catherine l'a pris en pitié.

Elle secoua la tête :

– Les ratés ont toujours eu un certain attrait à ses yeux. Si sa mère s'apprêtait à lui acheter un chien, elle voulait qu'il vienne de la fourrière. Il lui fallait quelque chose à plaindre. Mais en ce qui concerne cet homme... (Elle fit la grimace.) Enfin, bref, elle n'arrivait plus à s'en débarrasser. Je la soupçonne d'avoir abandonné son troisième cycle pour s'éloigner de lui. Après, quand elle a eu ce travail, en Arizona, il n'arrêtait pas de débarquer à Phoenix quand elle y était. Ça a été pareil quand elle a commencé à travailler à Flagstaff.

– L'avait-il menacée ?

– Je le lui ai demandé et ça l'a fait rire. Pour elle, il était parfaitement inoffensif. Elle m'a dit de penser à lui comme à un tout petit chaton égaré. Quelque chose qui ne peut causer que des embêtements.

– Mais pour vous, il représentait une menace ?

– Je crois que c'était un homme extrêmement dangereux. Si les circonstances s'y prêtaient, en tout cas. Quand il est venu ici avec elle, une fois, il m'a paru assez poli. Mais il y avait une sorte de...

Elle se tut, cherchant comment exprimer sa pensée.

– ... Je suis persuadée qu'il y avait beaucoup de colère prête à exploser, sous cet aspect tout beau tout gentil.

Leaphorn attendit une explication plus détaillée. Madame Vanders avait seulement l'air inquiète.

– J'ai dit à Catherine que même les chatons, quand on leur fait mal, ils vous griffent.

– C'est exact. Si je décide que je peux vous apporter une aide quelconque, il va me falloir son nom et son adresse.

Il réfléchit, poursuivit :

– Et je pense qu'il est important de trouver le véhicule qu'elle conduisait. Je pense que vous devriez offrir une récompense. Une somme assez substantielle pour attirer l'attention. Pour que les gens en parlent.

– Bien sûr, fit-elle. Offrez ce que vous voulez.

– Il va me falloir tous les renseignements biographiques pertinents qui se rapportent à elle. Les gens qui peuvent la connaître, ou savoir quelque chose sur ses habitudes. Leurs noms, leurs adresses, ce genre de choses.

– Tout ce dont je dispose se trouve dans le dossier que vous avez là. Il y a un rapport concernant ce qu'un des juristes du cabinet Peabody a découvert, et un autre d'un homme de loi de Flagstaff aux services duquel il a fait appel pour rassembler les informations qu'il pouvait. Ça ne va pas bien loin. Je crains que cela ne vous aide pas beaucoup.

– Quand a-t-elle vu ce Hammar pour la dernière fois ?

– C'est une des raisons qui m'incitent à le soupçonner. C'était juste avant sa disparition. Il s'était rendu à Tuba City où elle travaillait. Elle m'avait appelée pour me dire qu'elle allait venir me voir ce week-end-là. Ce Hammar se trouvait là-bas, à Tuba City, quand elle m'a appelée.

– Est-ce qu'elle vous a dit quelque chose qui vous a fait penser qu'elle avait peur de lui ?

– Non, répondit-elle en riant. Je ne crois pas que Catherine ait jamais eu peur de quoi que ce soit. Elle a hérité des gènes de sa mère.

Leaphorn fronça les sourcils :

– Elle vous a dit qu'elle allait vous rendre visite, mais au lieu de venir, elle a disparu. Est-ce qu'elle vous avait dit pourquoi elle venait ? Une visite de pure forme ou est-ce qu'elle avait une idée en tête ?

– Elle envisageait de quitter son travail. Elle ne supportait pas son chef. Un individu nommé Krause.

Elle montra du doigt le dossier :

– Très arrogant. Et elle n'était pas d'accord avec sa façon de diriger leur recherche.

– Des irrégularités ?

– Je ne sais pas. Elle m'a dit qu'elle ne voulait pas m'en parler au téléphone. Mais ça devait être très sérieux pour qu'elle envisage de démissionner.

– Quelque chose de personnel, vous pensez ? Vous a-t-elle jamais laissé entendre qu'il pourrait s'agir de harcèlement sexuel ? Ce genre de choses ?

– Elle n'a pas vraiment suggéré ça. Mais il était célibataire. Quoi qu'il ait pu faire, c'était suffisant pour la pousser à abandonner un travail qu'elle adorait.

Leaphorn émit un doute sur ce point en levant les sourcils.

– Ce travail la passionnait. Elle travaillait depuis des mois à essayer de trouver les rongeurs qui ont causé la récente résurgence de peste bubonique sur votre réserve. Catherine a toujours été quelqu'un d'obsessionnel, dès sa plus tendre enfance. Et depuis qu'elle a commencé à travailler pour le Service de la Santé, son obsession a été la peste. Elle a passé une visite entière chez moi à m'en parler. À me raconter la façon dont cette maladie a tué la moitié de la population européenne au Moyen Âge. Comment elle se répand. Pourquoi ils commencent à penser que les bactéries sont en pleine mutation. Tout cela. Pour elle, c'est une croisade personnelle. Ça a un caractère presque religieux, je dirais. Et elle pensait qu'elle avait peut-être trouvé plusieurs des rongeurs qui propagent l'épidémie. Elle en avait parlé à ce Hammar et, à mon avis, ça lui a servi d'excuse pour rappliquer.

Elle eut un geste méprisant :

– En tant qu'étudiant spécialiste des souris, des rats et autres rongeurs, ça lui donne sans doute une excuse. Elle m'a dit qu'il était possible qu'il l'accompagne sur le terrain afin de l'aider, pour les rongeurs. Apparemment, il n'était pas avec elle quand elle est partie de Tuba City, mais je me suis dit qu'il avait pu la suivre. Je suppose qu'ils les prennent au piège, qu'ils les empoisonnent ou je ne sais quoi. Comme elle m'a dit que c'était dans un endroit difficile d'accès, elle lui a peut-être demandé de l'aider à porter le matériel dont ils se servent pour ça. C'est à la limite de la réserve hopi. Un endroit qui s'appelle Yells Back Butte.

– Yells Back Butte, répéta Leaphorn.

– Ça paraît étrange, comme nom. Il doit bien y avoir une histoire derrière ça.

– Probablement. Je crois que c'est un nom que les gens du coin donnent à un petit doigt de roche qui avance de Black Mesa. À la limite de la réserve hopi. Et quand devait-elle s'y rendre ?

— Le lendemain du jour où elle m'a appelée. Ça fera une semaine vendredi prochain.

Leaphorn hocha la tête, remettant de l'ordre dans certains souvenirs. Cela correspondait au 8 juillet, pratiquement le jour... Non. Précisément le jour où l'agent Benjamin Kinsman avait eu le crâne défoncé à l'aide d'une pierre en un lieu extrêmement proche de Yells Back Butte. Même moment. Même endroit. Leaphorn n'avait jamais appris à croire aux coïncidences.

— Très bien, madame Vanders, dit-il, je vais voir ce que je peux trouver.

4

Chee ne se tenait pas à la fenêtre de la salle d'attente uniquement pour regarder le parking du Centre médical d'Arizona Nord et les montagnes de l'autre côté de la vallée, que les nuages pommelaient de leurs ombres. Il repoussait le moment douloureux où il lui faudrait entrer dans la chambre de Benjamin Kinsman et lui offrir « l'ultime possibilité », exigée par les textes et vouée d'avance à l'échec, de lui dire qui l'avait assassiné.

En réalité, ce n'était pas encore un assassinat. Le neurologue responsable avait appelé Shiprock la veille pour signaler que Kinsman était désormais dans un coma dépassé et que les procédures pouvaient par conséquent débuter afin de mettre un terme à ses épreuves. Mais cela allait nécessiter un processus juridiquement compliqué et socialement sensible. L'appréhension était palpable au bureau du procureur de l'État. Convertir l'accusation qui pesait sur Jano de tentative d'homicide en meurtre qualifié devait s'effectuer selon une procédure exacte. C'est pourquoi J.D. Mickey, qui remplissait temporairement les fonctions d'adjoint du procureur et avait été chargé de conduire l'accusation, avait décidé que le policier ayant procédé à l'arrestation devait être présent au moment où l'on débrancherait les appareils. Il voulait que Chee puisse témoigner qu'il était là pour recueillir d'éventuelles dernières paroles. Ce qui signifiait que l'avocat de la défense devait également y être.

Chee ne comprenait absolument pas pour quelle raison. Tous les gens concernés dépendaient de la même administration. Étant indigent, Jano serait représenté par un avocat dépendant également du ministère de la Justice. Lequel avocat (Chee consulta sa montre) avait onze minutes de retard. Mais c'était peut-être son véhicule qui entrait sur le parking. Non. C'était un pick-up truck. Même en Arizona, les avocats du ministère de la Justice n'arrivent pas au volant d'un petit camion.

En fait, ce véhicule ne lui était pas inconnu : les pick-up Dodge Ram du début des années quatre-vingt-dix se ressemblaient beaucoup avec l'espace derrière le siège du conducteur, mais celui-ci était équipé d'un treuil, fixé sur le pare-chocs avant, et les dommages subis par l'une des ailes avaient été recouverts d'une peinture dont la couleur ne correspondait pas exactement. C'était le camion de Joe Leaphorn.

Chee poussa un soupir. Le destin semblait le mettre une nouvelle fois en présence de son ancien supérieur, réactivant indéfiniment le complexe d'infériorité qu'il ressentait en présence du Légendaire Lieutenant.

Mais il se sentit un petit peu mieux quand il eut réfléchi. Il était impossible que le meurtre de Kinsman puisse concerner Leaphorn. Le Légendaire Lieutenant était à la retraite depuis l'année précédente. Kinsman, qui était une toute nouvelle recrue, n'avait jamais travaillé pour lui. Il n'y avait entre eux aucun lien clanique à sa connaissance. Leaphorn avait dû venir voir un ami malade. C'était forcément l'une de ces coïncidences dont l'ancien lieutenant lui avait dit, une centaine de fois peut-être, de se méfier. Chee se détendit. Il regarda une Chevrolet blanche, qui roulait trop vite, franchir le portail d'entrée du parking en chassant de l'arrière. Une voiture appartenant au parc auto-mobile fédéral. L'avocat de la défense, enfin. Main-tenant on pouvait débrancher les appareils, arrêter les machines qui avaient permis aux poumons de Kinsman de continuer à se gonfler et à son cœur de battre durant tous ces jours, depuis que le vent de la vie qui avait soufflé en lui s'en était allé, emportant la conscience qu'il avait des choses vers sa dernière grande aventure.

Maintenant, les avocats allaient s'accorder, au vu de la gravité de l'affaire, pour ne pas tenir compte des objections que la famille de Kinsman pourrait formuler, et pratiquer une inutile autopsie. Laquelle prouverait que le coup porté à la tête avait entraîné la mort et qu'en conséquence, le Peuple des États-Unis d'Amérique pourrait décréter la peine capitale et exécuter Robert Jano afin de rétablir l'équilibre. Le fait que ni les Navajos, ni les Hopis, ne prêtent foi à cette philosophie du « œil pour œil, dent pour dent » des hommes blancs n'entrerait pas en ligne de compte.

Deux étages en contrebas, la Chevy blanche s'était garée. La portière du conducteur s'ouvrit, deux jambes de pantalon noir apparurent, puis une main tenant une mallette.

– Lieutenant Chee, dit une voix familière, juste derrière lui. Est-ce que je pourrais vous parler un instant ?

Joe Leaphorn se tenait sur le seuil, son Stetson gris défoncé entre ses mains, avec l'air de quelqu'un qui s'excuse.

Autant pour les coïncidences.

5

– Dans un endroit plus tranquille, peut-être, avait dit Leaphorn en signifiant un lieu où personne ne pourrait l'entendre.

Chee l'avait donc guidé dans le couloir jusqu'à la salle d'attente déserte du service d'orthopédie. Il écarta une chaise de la table, et en indiqua une autre avec sa main.

– Je sais que vous n'avez qu'une minute, dit le lieutenant en s'asseyant. Le défenseur de l'accusé vient d'arriver en voiture.

– Oui.

Chee se disait que non seulement Leaphorn avait trouvé moyen de le trouver dans cet endroit improbable, mais qu'il savait également pourquoi il y était et ce qui se passait. Vraisemblablement, il en savait davantage que lui-même. Ce qui l'irritait mais ne le surprenait pas.

– Je voulais vous demander si le nom de Catherine Anne Pollard vous dit quelque chose. Si un dossier de disparition a été ouvert à son nom. Ou un dossier concernant un vol de véhicule. Quelque chose de ce genre ?

– Pollard ? Je ne crois pas. Ça ne me dit rien.

Heureusement, Leaphorn ne se mêlait pas de l'affaire Kinsman. C'était déjà assez compliqué comme ça.

– Une femme d'un peu plus de trente ans, travaillant pour les Services indiens de la Santé. Contrôle des vecteurs de transmission des maladies. Elle cherche l'origine de cette recrudescence de cas de peste bubonique. Elle étudie les rongeurs. Vous savez comment ces gens-là travaillent.

– Oh, oui, fit Chee. J'en ai entendu parler. Quand je rentrerai à Tuba City, je regarderai dans nos dossiers. Il me semble que quelqu'un de la division de la surveillance de l'environnement ou des Services indiens de la Santé a appelé Window Rock pour signaler qu'elle n'était pas revenue de l'endroit où elle travaillait et qu'on nous a transmis l'appel. (Il haussa les épaules.) J'ai eu le sentiment qu'ils redoutaient davantage d'avoir perdu la Jeep du service.

Leaphorn lui adressa un sourire forcé.

– On ne peut pas vraiment parler de crime du siècle.

– Non, abonda Chee. Si elle avait autour de treize ans, vous iriez voir dans les motels. À son âge, si elle veut partir quelque part sans prévenir personne, ça la regarde. Tant qu'elle ramène la Jeep.

– Elle ne l'a pas fait, alors ? On ne l'a toujours pas retrouvée ?

– Je l'ignore. Si elle l'a ramenée, les Services de la Santé ont oublié de nous le signaler.

– Ce qui n'aurait rien d'exceptionnel.

Chee hocha la tête et regarda Leaphorn. Il aurait aimé une explication sur cet intérêt pour un fait qui paraissait à la fois évident et dépourvu d'importance.

– Quelqu'un de sa famille pense qu'elle est morte. Qu'on l'a tuée.

Leaphorn laissa ses mots faire leur chemin un moment puis arbora une expression d'excuse :

– Je sais que c'est ce que pensent généralement les membres de la famille. Mais cette fois, il y a le soupçon qu'un amoureux transi ait épié ses faits et gestes.

– Ce qui n'aurait rien d'exceptionnel non plus.

Chee se sentait vaguement déçu. Juste après sa mise à la retraite, Leaphorn avait brièvement effectué un travail de détective privé, mais cela avait été dans l'intention de régler une affaire demeurée sans réponse durant sa carrière, de boucler une ancienne énigme. Cette fois, ses motivations semblaient purement mercantiles. Le Légendaire Lieutenant en était-il réduit à accomplir des tâches de détective privé de pure routine ?

Leaphorn sortit un calepin de sa poche de chemise, le regarda, en tapota le plateau de la table. Il vint à l'esprit de Chee que la situation embarrassait le lieutenant, et à son tour il en ressentit de la gêne. Totalement imperturbable quand il était à la tête du service, le Légendaire Lieutenant ne savait pas comment s'y prendre maintenant qu'il avait le statut de civil. Comment demander des services. Chee ne savait pas comment faire non plus. Il remarqua que les cheveux du lieutenant, coiffés en brosse, longs et noirs parsemés de gris, étaient devenus gris parsemés de noir.

– Il y a quelque chose que je peux faire ?

Leaphorn rangea le calepin dans sa poche.

– Vous savez ce que je pense des coïncidences, dit-il.

– Oui, confirma Chee.

– Eh bien, celle-là est si improbable que je déteste ne serait-ce que l'idée d'en parler.

Il secoua la tête.

Chee attendit.

– D'après ce que je sais maintenant, la dernière fois que quelqu'un a entendu parler de cette femme, elle quittait Tuba City pour aller vérifier parmi les colonies de chiens de prairie s'il y avait des rongeurs morts. L'un des endroits qui figuraient sur sa liste était la zone qui entoure Yells Back Butte.

Chee réfléchit un instant à cette déclaration, puis il respira à fond en se disant qu'il avait été trop optimiste. Mais cette « zone qui entoure Yells Back Butte » ne constituait pas une coïncidence énorme avec l'affaire Kinsman dont il s'occupait. Le verbe « entourer » pouvait inclure un territoire d'une très vaste étendue. Il attendit pour voir si Leaphorn en avait terminé. Mais non.

– C'était le 8 juillet au matin.

– Le 8 juillet, répéta Chee en fronçant les sourcils. J'y étais, là-bas, ce matin-là.

– C'est bien ce que je me disais. Écoutez, je pars à Window Rock, là, et tout ce que je sais, jusqu'ici, provient de vérifications préliminaires effectuées par un avocat pour le compte de la tante de Catherine Pollard. Je n'ai pas pu joindre le supérieur de la jeune femme au téléphone, et dès que j'y serai parvenu, j'irai lui parler à Tuba City. Si j'apprends quoi que ce soit d'intéressant, je vous le ferai savoir.

– Je vous en serai reconnaissant. J'aimerais en savoir davantage là-dessus.

– Il n'y a probablement absolument aucun rapport avec l'affaire Kinsman. Je ne vois pas comment il pourrait y en avoir. À moins que vous ne connaissiez une raison d'être d'un avis différent. Je pensais seulement...

Une voix forte venue du seuil de la salle l'interrompit dans sa phrase.

– Chee !

Celui qui avait parlé était un homme jeune et replet, aux cheveux blond-roux, dont le teint avait souffert d'un trop grand nombre d'heures passées exposé à l'air sec et au soleil d'altitude. La veste de son costume bleu foncé était déboutonnée, sa cravate légèrement desserrée, sa chemise blanche fripée, l'expression de ses traits irritée.

– Mickey veut se débarrasser de cette fichue corvée, dit-il. Il vous réclame là-bas.

Il pointait le doigt sur Chee en violation des règles de convenance du Dine*. Puis, du même doigt, il fit signe à Chee de le rejoindre, un geste grossier dans quantité d'autres cultures.

Chee se leva et son visage s'assombrit d'un ton.

– Monsieur Leaphorn, dit-il avec un geste en direction du nouveau venu, ce gentleman est l'agent Edgar Evans, du Bureau Fédéral d'Investigations. Il a été nommé ici il y a tout juste deux mois.

Leaphorn reçut cette information avec un signe de la tête à l'adresse d'Evans.

– Chee, insista l'agent du FBI. Mickey est dans une foutue...

– Dites à monsieur Mickey que je serai là dans à peu près une minute.

Puis, s'adressant à Leaphorn :

– Je vous appellerai de mon bureau quand je saurai de quoi nous disposons.

Leaphorn sourit à Evans et se retourna vers Chee :

– Je suis particulièrement intéressé par cette Jeep. Les gens ne laissent pas les véhicules de qualité comme ça. C'est étrange. Quelqu'un les repère, en parle à quelqu'un d'autre, et l'information circule.

Chee eut un petit rire. (Davantage, pensa Leaphorn, destiné à Evans qu'à lui-même.)

– C'est exact. Et très vite, les gens commencent à se dire que plus personne n'en veut, et on commence à voir réapparaître des pièces et des morceaux sur des véhicules appartenant à d'autres personnes.

– J'aimerais diffuser l'information selon laquelle une récompense ira à quiconque signalera l'emplacement de cette Jeep, déclara Leaphorn.

Evans se racla la gorge bruyamment.

– De combien ? demanda Chee.

– Que pensez-vous de mille dollars ?

– Ça me semble convenir, répondit Chee en se tournant vers la porte.

Il eut un geste destiné à l'agent Evans :

– C'est bon, dit-il. Allons-y.

La chambre de Benjamin Kinsman était éclairée par le soleil qui se déversait par les deux fenêtres, et par une batterie de lumières fluorescentes au plafond. Pour entrer, il fallait s'insinuer à côté d'un solide infirmier et de deux jeunes femmes vêtues de ces sortes de blouses bleu pâle que portent les médecins. L'adjoint au procureur par intérim, J.D. Mickey, se tenait à côté des fenêtres. Le corps du policier gisait dans un garde-à-vous rigide au centre du lit, recouvert d'un drap. Un des écrans de contrôle des fonctions vitales, sur le mur au-dessus du lit, présentait une ligne blanche horizontale. L'autre écran était vide.

Mickey regarda sa montre, puis Chee, jeta un coup d'œil vers les portes et fit oui de la tête.

– Vous êtes le policier qui avez procédé à l'arrestation ?

– C'est bien ça, répondit Chee.

– Ce que je veux que vous fassiez, c'est demander au blessé ici présent s'il peut vous dire quoi que ce soit sur l'identité de la personne qui l'a tué. Ce qui s'est passé. Tout ça. Nous voulons simplement que ça figure dans le dossier au cas où la défense tenterait une manœuvre tordue.

Chee s'humecta les lèvres, s'éclaircit la gorge, regarda le corps.

– Ben, prononça-t-il. Est-ce que tu peux me dire qui t'a tué ? Est-ce que tu m'entends ? Est-ce que tu peux me dire quoi que ce soit ?

– Rabattez le drap, ordonna Mickey. Dégagez son visage.

Chee fit non de la tête.

– Ben, dit-il. Je suis désolé de ne pas être arrivé plus tôt. Que ton voyage se fasse dans le bonheur.

L'agent Evans tirait sur le drap, l'abaissant pour révéler le visage cireux de Benjamin Kinsman.

Chee lui agrippa le poignet. Durement.

– Non, dit-il. Ne faites pas ça.

Il remonta le drap.

– Ça ne fait rien, fit Mickey en consultant à nouveau sa montre. Je pense que nous en avons terminé ici.

Il se tourna vers la porte.

Sur le seuil, le regard posé sur Chee, sur eux tous, se tenait Janet Pete.

– Mieux vaut tard que jamais, commenta Mickey. J'espère que vous êtes arrivée assez tôt pour savoir que tous les droits de votre client ont été respectés.

Janet Pete, le teint très pâle, fit oui de la tête. Elle s'écarta pour les laisser passer.

Derrière Chee, l'équipe médicale s'activait à débrancher fils et tubes... et commençait à faire rouler le lit vers la sortie latérale. Là, supposa Chee, les reins du policier décédé seraient prélevés, son cœur aussi peut-être, et peut-être toute autre partie de son corps dont quelqu'un pouvait avoir besoin. Mais Ben était loin, bien loin maintenant. Seul son *chindi* allait s'attarder en ce lieu. À moins qu'il n'accompagne le corps vers d'autres chambres ? À l'intérieur d'autres corps ? La théologie navajo ne couvrait pas pareilles éventualités. Les cadavres sont dangereux, à l'exception uniquement de ceux des nouveau-nés qui meurent avant leur premier rire, et des vieilles gens qui décèdent de mort naturelle. Ce qu'il y avait de bon chez Benjamin Kinsman allait partir avec son esprit. La partie de sa personnalité qui avait perdu l'harmonie resterait en arrière sous la forme du *chindi*, entraînant des maladies. Chee se détourna du cadavre.

Janet était toujours debout sur le seuil.

Il s'immobilisa.

– Bonjour, Jim.

– Bonjour, Janet.

Il emplit ses poumons d'air :

– C'est bon de te revoir.

– Même dans ces conditions ? fit-elle avec un geste faible en direction de la pièce et une tentative pour sourire.

Il ne répondit pas. Il se sentait pris de vertige, de malaise, abattu.

– J'ai essayé de t'appeler mais tu n'es jamais chez toi. Je suis la représentante légale de Robert Jano. Je suppose que tu le savais ?

– Non, je l'ignorais. Avant d'entendre ce que monsieur Mickey a dit.

– C'est toi qui as procédé à l'arrestation, à ce qu'il paraît ? C'est vrai ? Dans ce cas, il faut que je te parle.

– Très bien, fit Chee. Mais je ne peux pas, là, tout de suite. Et pas ici. Ailleurs, loin d'ici.

Il ravala sa bile :

– Si on dînait ensemble ?

– Ce soir, je ne peux pas. Monsieur Mickey nous réunit tous pour parler de l'affaire. Et Jim, tu as l'air épuisé. Je crois que tu dois travailler trop.

– Non, dit-il. Et toi, tu as très bonne mine. Est-ce que tu seras là demain ?

– Il faut que je descende à Phoenix.

– Que dirais-tu du petit déjeuner, alors ? À l'hôtel.

– Parfait, dit-elle, et ils fixèrent l'heure.

Mickey se tenait dans le couloir.

– Ms [1] Pete, appela-t-il.

– Il faut que j'y aille, dit-elle en se détournant avant de regarder Chee à nouveau. Jim, fatigué ou non, tu as belle allure.

– Toi aussi, dit-il.

Et il ne mentait pas. Elle avait la beauté classique et parfaite que l'on voit en couverture de *Vogue*, ou de n'importe quel autre magazine de mode.

Il s'appuya contre le mur et la regarda s'éloigner dans le couloir, tourner au coin et disparaître, tout à ses regrets de ne pas avoir trouvé quelque chose de plus romantique à lui dire que « Toi aussi ». À ses regrets de ne pas savoir que faire par rapport à elle. Par rapport à eux. De ne pas savoir s'il pouvait lui faire confiance ou non. Regrettant que la vie, bon sang, soit aussi compliquée.

---

1. Ms : prononcée « miz », cette abréviation récente permet de ne plus marquer la différence entre femme célibataire (Miss) et mariée (Mrs). (*N.d.T.*)

6

Il paraissait évident à Leaphorn que la personne la plus susceptible de lui apprendre quelque chose d'important sur Catherine Anne Pollard était Richard Krause, à la fois son patron et le biologiste chargé de déraciner la cause de la plus récente manifestation de la peste sur la réserve. Une vie entière passée à chercher des gens dans l'immense territoire vide des Four Corners et plusieurs coups de téléphone futiles lui avaient appris que Krause devait s'être rendu dans un endroit où on ne pouvait le joindre. Il avait essayé de l'appeler dès son retour de Santa Fe à Window Rock. Il avait à nouveau essayé la veille avant de reprendre la route de Flagstaff. Le numéro était maintenant enregistré dans sa mémoire aussi bien que sur le bouton de répétition du dernier appel. Il s'empara du combiné et appuya sur la touche en question.

– Santé publique, annonça une voix masculine. Krause.

Leaphorn se présenta.

– Madame Vanders m'a demandé...

– Je sais, l'interrompit Krause. Elle m'a appelé. Elle a peut-être raison. De commencer à s'inquiéter, je veux dire.

– Mademoiselle Pollard n'est pas encore de retour, alors ?

– Non, confirma Krause. Mademoiselle Pollard ne s'est toujours pas présentée sur son lieu de travail. Pas plus qu'elle n'a pris la peine de téléphoner ou d'entrer en contact d'une façon ou d'une autre. Mais je dois vous dire que c'est le genre de choses dont on apprend à s'attendre de la part de mademoiselle Pollard. Les règlements sont faits pour les autres.

– Vous avez des nouvelles concernant le véhicule qu'elle conduisait ?

– Pas moi, non. Et pour vous dire la vérité, je commence moi aussi à me faire un peu de souci. Au début j'étais juste furieux contre elle. Cathy n'est pas une fille avec qui il est facile de travailler. Elle est profondément attachée à sa manière à elle de faire les choses, si vous voyez ce que je veux dire. Je me suis juste dit qu'elle s'était trouvé un truc beaucoup plus urgent que ce que je lui avais demandé de faire. Qu'elle avait redéfini elle-même ses propres tâches, vous voyez.

– Oui, je vois, dit Leaphorn en repensant à l'époque où Jim Chee avait été son assistant.

Néanmoins, même s'il lui avait causé de nombreuses difficultés par le passé, il avait eu plaisir à le voir la veille. C'était quelqu'un de bien et d'exceptionnellement intelligent.

– Vous pensez toujours que ça pourrait être une possibilité ? Que Pollard soit partie de son côté sur un projet à elle et qu'elle n'ait simplement pas pris la peine d'en parler à quiconque ?

– Peut-être. Ça ne la gênerait en rien de me laisser mijoter dans mon coin un moment, mais pas aussi longtemps.

Il serait ravi de dire à Leaphorn ce qu'il savait sur Pollard et son travail, mais pas aujourd'hui.

Aujourd'hui, il était très pris, absolument enseveli sous le travail. Avec Pollard qui n'était pas là, il abattait le travail de deux personnes. Mais demain matin il pouvait trouver un moment... et le plus tôt serait le mieux.

Ce qui laissa Leaphorn sans rien d'autre à faire qu'attendre le coup de téléphone que lui avait promis Chee. Mais ce dernier devait revenir de Flagstaff à Tuba City ce matin, et il ne se plongerait pas dans ses dossiers tant qu'il ne se serait pas occupé des problèmes qui s'étaient accumulés pendant son absence. S'il trouvait quelque chose d'intéressant, il appellerait probablement après midi. Plus vraisemblablement, il n'aurait aucune raison d'appeler.

Leaphorn n'avait jamais été très doué pour attendre que le téléphone sonne, ni pour attendre quoi que ce soit d'ailleurs. Il mit deux tranches de pain à griller, appliqua de la margarine et de la gelée de raisin dessus et s'assit à la cuisine où il mangea en contemplant la carte du Pays Indien accrochée au mur au-dessus de la table.

Elle était piquetée de têtes d'épingles, rouges, blanches, bleues, noires, jaunes et vertes, associées à une variété de formes sur lesquelles il s'était rabattu une fois épuisées toutes les couleurs disponibles. Accrochée sur le mur de son bureau depuis le début de sa carrière, elle avait vu s'accumuler les épingles. Quand il avait pris sa retraite, le policier qui avait hérité de la pièce avait suggéré qu'il souhaitait peut-être la garder, et il avait répondu qu'il ne voyait vraiment pas pourquoi. Mais il l'avait gardée néanmoins, et pratiquement chacune des épingles qui y étaient plantées ravivait un souvenir.

Les premières (des épingles de couturière toutes simples à tête métallique) y avaient été enfoncées afin de garder la trace des endroits et des dates où des gens signalaient qu'ils avaient vu un avion disparu, le problème qui, à cette époque-là, occupait ses pensées. Les rouges étaient venues ensuite, établissant le réseau de livraison d'un camion-citerne qui transportait également des narcotiques pour ses clients de la Réserve-aux-Mille-Parcelles. Les plus fréquentes étaient noires, représentant les faits de sorcellerie signalés. Personnellement, Leaphorn avait perdu toute foi dans l'existence de ces porteurs-de-peau * quand il était en première année à l'université de l'État d'Arizona, mais jamais dans la réalité du problème qu'entraîne la croyance en leur existence.

Il était rentré chez lui pour les vacances de mi-semestre, imbu d'une maturité et d'un cynisme fraîchement acquis à la faculté. Il avait réussi à convaincre Jack Greyeyes de se joindre à lui pour aller inspecter un repaire réputé de porteurs-de-peau et, de la sorte, se prouver qu'ils étaient libérés des traditions. Ils étaient partis de Shiprock, roulant vers le sud, avaient dépassé Rol-Hay Rock et Table Mesa en direction de l'affreux jaillissement de basalte noir où, à en croire les murmures qui circulaient chez les gens de leur âge, les porteurs-de-peau se réunissaient dans une salle souterraine pour procéder aux hideuses initiations qui transformaient leurs recrues en sorciers. C'était une nuit d'hiver pluvieuse, ce qui atténuait les risques d'être aperçus et accusés eux-mêmes d'être des sorciers. Maintenant, après plus de quatre décennies, les pluies hivernales continuaient de déclencher, le long de sa colonne vertébrale, des frissons liés à ce souvenir.

Cette nuit-là demeurait l'un des moments les plus vivaces dans sa mémoire. Les ténèbres, la pluie froide qui transperçait son blouson, les prémices de la peur. Quand ils avaient atteint la base du piton basaltique, Greyeyes avait décidé que cette idée était folle.

– Tu sais quoi, lui avait-il dit. Si on le faisait pas et si on disait qu'on l'a fait.

Et Leaphorn s'était donc vu confier la lampe-torche, il avait regardé Greyeyes s'estomper dans les ténèbres et avait attendu que son courage revienne. En vain. Il était resté là, les yeux levés vers l'énorme excroissance de roches jetées les unes sur les autres. Soudain, il lui avait fallu faire face en même temps à une terrifiante angoisse et à la certitude absolue que ce qu'il faisait en cet instant précis allait déterminer le genre d'homme qu'il serait. Il avait déchiré sa jambe de pantalon et s'était écorché le genou en grimpant. Il avait découvert le trou béant décrit dans les murmures, avait dirigé le faisceau de sa torche à l'intérieur sans en apercevoir le fond puis était descendu suffisamment bas pour voir où cela menait. Les rumeurs avaient décrit une salle dont le sol était couvert de tapis et jonché de fragments de cadavres. Il n'avait trouvé qu'une accumulation de sable et d'herbes-qui-roulent que le vent avait chassés jusque-là durant l'été.

L'expérience lui avait apporté la confirmation de son scepticisme vis-à-vis de la mythologie des porteurs-de-peau, exactement comme sa carrière dans la police tribale navajo avait confirmé sa croyance dans le mal qu'ils symbolisaient. Il avait perdu tous les doutes qui pouvaient encore subsister en lui pendant sa toute première année dans le métier de policier. Quand on l'avait averti qu'un ouvrier de pompage des champs de pétrole navajo croyait que deux voisins avaient ensorcelé sa fille, causant ainsi sa maladie fatale, il avait rejeté cette information en riant.

Aussitôt atteint le terme des quatre jours de deuil que réclame la tradition, l'ouvrier avait tué les sorciers avec son fusil de chasse.

Il y repensait maintenant tout en mâchant son toast. Huit épingles noires étaient concentrées dans les alentours immédiats de cette avancée de Black Mesa vers le nord qui incluait Yells Back Butte. Pourquoi y en avait-il autant ? Probablement parce que cette zone avait à deux reprises été à l'origine de cas de peste bubonique, et une fois de hantavirus mortel. Les sorciers fournissent une explication facile pour des maladies inexpliquées. Au nord, Short Mountain et les environs de Short Mountain Wash* avaient attiré une autre concentration d'épingles noires. Leaphorn était à peu près certain qu'elles étaient l'œuvre de John McGinnis, qui tenait le comptoir d'échanges de Short Mountain. Non pas que ces épingles signifient un nombre plus élevé d'incidents relatifs à la sorcellerie du côté de Short Mountain. Elles attestaient du remarquable talent de McGinnis comme collectionneur et propagateur de rumeurs. Le vieil homme avait une prédilection pour les récits de sorciers, et ses clients navajo, connaissant cette faiblesse, lui signalaient toutes les apparitions de porteurs-de-peau et les actes de sorcellerie qu'ils parvenaient à réunir. Mais n'importe quel type de racontars satisfaisait amplement le vieillard. Avec cette idée en tête, Leaphorn tendit la main vers la nouvelle édition de l'annuaire des téléphones de la Compagnie navajo des communications.

Le numéro du comptoir d'échanges de Short Mountain n'y était plus recensé. Il appela le bâtiment* administratif de Short Mountain. Le comptoir d'échanges était-il toujours ouvert ? La femme qui avait répondu au téléphone fit entendre un petit rire.

– Ben, fit-elle, la réponse serait sans doute plus ou moins.

– Est-ce que John McGinnis est toujours là ? Toujours vivant ?

Le gloussement se mua en un rire franc.

– Oh, oui, bien sûr. Il est toujours solide au poste. Est-ce que les *bilagaana** n'ont pas un proverbe qui dit que seuls les meilleurs meurent jeunes ?

Joe Leaphorn finit son toast, enregistra un message pour Chee sur son répondeur au cas où il appellerait effectivement, monta dans son pick-up et quitta Shiprock vers le nord-ouest à travers la Nation navajo. Il se sentait beaucoup plus enjoué.

Les années qui s'étaient écoulées depuis sa dernière visite au comptoir d'échanges n'avaient pas apporté de nombreuses modifications... et certainement aucune amélioration. Le parking sur le devant était toujours en argile durcie, trop sèche et trop compacte pour encourager les herbes sauvages. Le vieux camion GMC auprès duquel il s'était garé des années auparavant reposait toujours, sans roues, sur des blocs où il rouillait lentement. Le pick-up Chevrolet de 1968, rangé à l'ombre d'un genévrier, à l'angle des enclos à moutons, ressemblait à celui que McGinnis avait toujours conduit, et un panneau décoloré, cloué sur la grange à foin, proclamait toujours MAGASIN À VENDRE, RENSEIGNEMENTS À L'INTÉRIEUR. Mais aujourd'hui, les bancs de la galerie ombragée étaient vides, et dessous s'entassaient des débris poussés par le vent. Les fenêtres paraissaient encore plus poussiéreuses que dans son souvenir. En fait, le comptoir d'échanges semblait déserté et la brise qui soufflait en rafales, chassant poussière et herbes-qui-roulent devant le perron, ajoutait au sentiment de désolation. Leaphorn éprouva une impression de malaise, mêlé de tristesse, en pensant que la femme du bâtiment administratif s'était trompée. Que même ce vieux dur à cuire de John McGinnis s'était révélé vulnérable à un trop grand nombre d'années et à de trop nombreuses déceptions.

La brise était le résultat d'un nuage que Leaphorn regardait s'amonceler au-dessus de Black Mesa depuis plus de trente kilomètres. Il était trop tôt, dans l'été, pour envisager une pluie sérieuse mais, vu le triste état que présentait la route pour regagner la chaussée goudronnée, une simple averse pouvait présenter un problème dans le lit de Short Mountain Wash. Leaphorn mit pied à terre au son d'un roulement de tonnerre et se hâta vers le magasin.

John McGinnis apparut sur le seuil et lui tint la porte moustiquaire en le dévisageant. Le vent chassait en travers de son front sa tignasse de cheveux blancs et il semblait trop maigre de dix kilos pour la salopette dans laquelle il disparaissait.

– Je veux bien être pendu, dit-il. C'était donc vrai, ce qu'on m'a raconté, qu'ils ont fini par vous renvoyer des forces de police. Un moment, j'ai cru que c'était un client qui venait me voir. Ils ne vous ont pas laissé garder l'uniforme ?

– *Ya'eeh te'h*, salua Leaphorn. Ça fait plaisir de vous voir.

Et il était sincère. Ce qui le surprenait un peu. Peut-être, comme McGinnis, la solitude commençait-elle à lui peser.

– Ah, bon Dieu, entrez donc, que je puisse refermer cette porte et empêcher la terre de rentrer à l'intérieur. Et laissez-moi aller vous chercher quelque chose pour vous humecter le gosier. Vous autres, les Navajos, on vous a jamais appris à fermer une porte.

Leaphorn suivit le vieillard dans la pénombre du magasin où régnait une odeur de renfermé, remarquant que McGinnis était plus voûté que dans son souvenir, qu'il se déplaçait en boîtant, que de nombreuses étagères qui couraient le long des murs étaient à demi vides, que derrière la vitrine poussiéreuse où il conservait les bijoux déposés en gage, il n'y avait pas beaucoup d'objets, que les présentoirs qui avaient autrefois accueilli un grand choix de ces tapis de sol aux couleurs un peu criardes et de ces couvertures de selle que fabriquaient les tisserands de Short Mountain étaient vides désormais. Lequel mourra le premier, se demanda l'ancien policier, le comptoir d'échanges ou le négociant ?

McGinnis le fit pénétrer dans sa pièce de derrière (séjour, chambre et cuisine à la fois) et lui indiqua un fauteuil inclinable recouvert de velours rouge usé. Il transféra des glaçons de son réfrigérateur dans un verre de Coca-Cola qu'il remplit à l'aide d'une bouteille de Pepsi de deux litres avant de le tendre à Leaphorn. Puis il prit sur sa table de cuisine une bouteille de bourbon et une tasse graduée en plastique, s'installa dans un fauteuil à bascule en face de Leaphorn et entreprit de se verser à boire avec beaucoup d'attention.

– Si je me souviens bien, déclara-t-il en laissant couler le bourbon d'un geste parcimonieux, vous ne buvez pas d'alcool. Si je me trompe, dites-le-moi et je vous servirai quelque chose de mieux que cette boisson gazeuse.

– C'est parfait, l'assura Leaphorn.

McGinnis leva la tasse graduée, l'examina devant la lumière qui tombait des vitres sales, secoua la tête et remit quelques gouttes dans la bouteille avec une grande précision. Il vérifia une nouvelle fois le niveau, sembla satisfait et but une petite gorgée.

– Vous voulez qu'on discute d'abord un peu de choses et d'autres ou vous préférez qu'on en vienne tout de suite au but de votre visite ?

– C'est égal. Je ne suis pas pressé. Je suis à la retraite, maintenant. Un civil, rien de plus. Mais vous le savez, ça.

– On me l'a dit. Je la prendrais moi aussi, ma retraite, si je pouvais trouver quelqu'un d'assez stupide pour m'acheter ce magasin paumé.

– Ça vous occupe beaucoup ? interrogea Leaphorn en tentant d'imaginer quelqu'un qui se porterait acquéreur de ce lieu.

C'était encore plus dur que de s'imaginer McGinnis en train de le vendre si quelqu'un lui faisait une proposition. Où irait-il ? Que ferait-il alors ?

McGinnis laissa la question sans réponse.

– En tout cas, dit-il, si vous êtes venu pour acheter de l'essence, c'est dommage pour vous. Les distributeurs me font payer un supplément pour me l'apporter jusqu'ici, au fin fond de nulle part, et je suis obligé de rajouter un petit quelque chose au prix de vente pour rembourser ça. De toute façon, l'essence, j'en avais uniquement pour rendre service aux irréductibles qui s'acharnent à vivre ici. Mais ils ont pris l'habitude de remplir leur réservoir quand ils vont à Tuba ou à Page, alors le carburant que je me faisais livrer pour leur être agréable, il restait là dans mes cuves à s'évaporer. Ils peuvent bien aller se faire voir ailleurs. Je m'embête plus avec ça.

McGinnis avait débité son discours d'une voix que le whisky avait rendue éraillée : une explication qu'il avait fournie assez souvent pour la connaître par cœur. Il regarda Leaphorn en quête de compréhension.

– Je ne peux pas vous donner tort, dit celui-ci.

– Ben, c'est la moindre des choses. Quand ces salopards oubliaient et qu'ils laissaient leur aiguille pointer sur réservoir vide, ils rappliquaient, regonflaient leurs pneus, remplissaient leur radiateur avec mon eau, lavaient leur pare-brise avec mes torchons et me prenaient sept ou huit litres. Juste assez pour aller jusqu'à une de ces pompes où ils pratiquent des remises.

Leaphorn secoua la tête, exprimant sa désapprobation.

– Et ils voulaient que je leur fasse crédit pour l'essence, ajouta McGinnis, en avalant une seconde gorgée, longue et assoiffée.

– Mais j'ai remarqué en arrivant que vous avez toujours un réservoir sur votre rampe de chargement. Avec une pompe à main. Vous le gardez juste pour votre pick-up à vous ?

McGinnis se balança un petit moment, réfléchissant à la question. Et se demandant probablement, pensa Leaphorn, si l'ancien lieutenant avait remarqué que le pick-up était doté d'un double réservoir, comme la majorité des véhicules évoluant en terrain désertique, et qu'il ne devait pas avoir besoin de faire souvent le plein.

– Ah, merde, vous savez comment ils sont, les gens. Ils se pointent ici avec le réservoir vide et cent dix kilomètres à faire avant la station-service la plus proche, alors faut bien avoir quelque chose pour eux.

– Je suppose que oui, fit Leaphorn.

– Si vous n'avez pas d'essence à leur donner, ils restent là à traîner et à vous faire perdre votre temps avec leurs racontars. Après, ils veulent utiliser le téléphone pour demander à des amis de leur apporter un bidon.

Il fixa un regard furieux sur Leaphorn, but une gorgée de bourbon.

– Vous avez déjà vu un Navajo pressé ? Vous les avez dans les pattes pendant des heures. Ils boivent votre eau et épuisent votre réserve de glaçons.

Son visage avait légèrement rosi : la gêne causée par cet aveu d'humanité.

– Alors finalement, j'ai arrêté de régler les factures et la compagnie des téléphones a coupé ma ligne. Je me suis dit que ça me reviendrait moins cher d'avoir un peu d'essence en réserve.

– Probablement.

McGinnis le fusilla à nouveau du regard, s'assurant que Leaphorn n'allait pas voir dans cette attitude une volonté de se comporter de manière socialement responsable.

– Et d'abord, pourquoi vous êtes venu jusqu'ici ? C'est juste parce que vous avez plein de temps à perdre maintenant que vous êtes plus flic ?

– Je me demandais si vous aviez jamais eu des clients nommés Tijinney ?

– Tijinney ? répéta McGinnis d'un air songeur.

– Ils habitaient sur ce qui était, avant, la réserve exploitée en commun. Vers l'angle nord-ouest de Black Mesa. En plein sur la frontière navajo-hopi.

– Je ne savais pas qu'il en restait, de cette famille. Plutôt souffreteux, comme gens, si je me souviens bien. Il y en avait toujours un qui arrivait ici pour que je l'emmène chez le docteur à Tuba, ou à la clinique de Many Farms. Et ils avaient souvent recours à la vieille Margaret Cigaret et à plusieurs autres shamans*, pour organiser des rites guérisseurs. Ils arrêtaient pas de venir me demander de leur faire don d'un mouton pour contribuer à nourrir les gens qui venaient aux chants.

– Vous vous souvenez de cette carte que j'avais ? demanda Leaphorn. Celle où je gardais la trace des choses qu'il ne fallait pas que j'oublie ? Je l'ai regardée ce matin et j'ai remarqué que j'avais signalé beaucoup d'histoires de porteurs-de-peau, du côté où ils habitaient. Vous pensez que toutes ces maladies pourraient expliquer ça ?

– Bien sûr, confirma McGinnis. Mais j'ai comme l'impression que je sais où vous voulez en venir. Ce jeune Kinsman que le Hopi a tué, ce n'était pas par là-bas, sur le vieux droit de pacage des Tijinney ?

– Je crois que oui.

McGinnis présentait sa tasse graduée à la lumière, clignant à demi des yeux pour mesurer le niveau. Il ajouta une cinquantaine de millilitres.

– Vous le « croyez », c'est tout ? Je me suis laissé dire que les fédéraux avaient bouclé leur enquête. Ce jeune policier qui travaillait avec vous, avant, il a arrêté le criminel sur le fait ? Il l'a pris en flagrant délit, à ce qu'on m'a dit.

– Vous voulez parler de Jim Chee ? Oui, il a arrêté un Hopi nommé Jano.

– Alors, qu'est-ce qui vous amène jusqu'ici ? Je sais que ce n'est pas simplement une visite de courtoisie. Vous n'êtes pas censé être à la retraite ? Qu'est-ce que vous manigancez ? Vous êtes passé de l'autre côté ?

Leaphorn haussa les épaules.

– J'essaye seulement de comprendre des choses.

– Non, sans blague ? Et moi qui croyais que vous essayiez de trouver un moyen d'établir que ce n'est pas ce Hopi qui l'a assassiné !

– Qu'est-ce qui peut bien vous donner une idée pareille ?

– Cowboy Dashee est passé, pas plus tard que l'autre jour. Vous vous souvenez de lui ? L'adjoint au bureau du shérif ?

– Bien sûr.

– Eh bien, Cowboy m'a affirmé que ce n'est pas le jeune Jano qui a fait ça. Il dit que Chee n'a pas arrêté le bon coupable.

Leaphorn haussa les épaules, se disant que Jano avait probablement des liens familiaux avec Dashee, ou qu'il était membre de la même kiva*. Les Hopis vivent dans un monde beaucoup plus restreint que les Navajos.

– Est-ce que Cowboy vous a dit qui est le vrai ?

McGinnis avait cessé de se balancer. Il scrutait Leaphorn, l'air perplexe.

– Je me suis trompé, hein ? Vous allez me le dire, ce que vous manigancez ?

– J'essaye de voir si je peux découvrir ce qui est arrivé à une jeune femme qui travaillait pour les

Services indiens de la Santé. Elle enquêtait sur les cas de peste bubonique. Elle est partie de Tuba City il y a plus d'une semaine et elle n'est toujours pas revenue.

McGinnis n'avait pas cessé de se balancer, sa tasse graduée dans la main gauche, le coude gauche posé sur le bras du fauteuil, l'avant-bras bougeant juste assez pour compenser le mouvement, empêcher le bourbon d'éclabousser, maintenir le niveau du liquide horizontal. Mais il ne le surveillait pas. Ses yeux étaient braqués sur la fenêtre poussiéreuse. Pas sur l'extérieur, comprit Leaphorn. Il observait une araignée de taille moyenne qui œuvrait à une toile, entre le cadre de la fenêtre et une étagère haute. Il arrêta de se balancer, se leva du siège en craquant de partout.

– Regardez-moi ça, fit-il. Ces saloperies, elles apprennent pas vite.

Il s'approcha de la fenêtre, sortit de sa poche un mouchoir qu'il roula en boule, s'en servit pour chasser l'araignée sur sa toile, replia avec précaution le tissu autour de l'insecte, ouvrit l'écran de protection de la fenêtre et secoua le mouchoir à l'extérieur pour faire tomber l'araignée. Visiblement, le vieillard possédait une longue expérience de la capture de ces insectes. Leaphorn se souvint qu'il l'avait vu, une fois, attraper une guêpe de la même manière, et l'expulser par la même fenêtre sans lui faire de mal.

McGinnis récupéra son verre et se réinstalla dans son fauteuil en grognant.

– Cette saloperie, elle va re-rentrer dès qu'elle verra la porte ouverte.

– J'ai connu des gens qui se contentaient de les écraser, fit Leaphorn en se souvenant que sa mère les traitait de la même manière que McGinnis.

– C'est ce que je faisais avant. J'avais même des bombes contre les insectes. Mais quand on vieillit, on les regarde plus attentivement et on commence à réfléchir. On en vient à se dire qu'elles ont le droit de vivre, elles aussi. Elles ne me tuent pas. Je ne les tue pas. Quand on écrase un scarabée, c'est comme un petit meurtre.

– Et quand on mange du mouton ? demanda Leaphorn.

McGinnis avait repris son balancement et il ne lui prêta pas attention.

– De très très petits meurtres, je suppose qu'il faudrait dire. Mais une chose en amène une autre.

Leaphorn but son Pepsi.

– Du mouton ? Il y a bien longtemps que j'ai arrêté de manger de la viande. Mais vous n'avez pas fait tout ce chemin jusqu'ici pour discourir sur mes habitudes alimentaires. Ce qui vous intéresse, c'est cette femme du Département de la Santé qui s'est enfuie avec leur véhicule.

– Vous en avez entendu parler ?

– Une femme qui s'appelle Cathy je ne sais pas quoi, non ? La Chasseuse-de-puces, comme disent les gens de par ici, parce qu'elle prélève ces saletés. Elle est venue ici une fois ou deux me poser des questions. Une fois, elle voulait de l'essence. Elle m'a acheté une boisson gazeuse, des crackers. Une boîte de Spam aussi. Et ce n'était pas un camion, d'ailleurs, maintenant que j'y repense. C'était une Jeep. Une noire.

– En ce qui concerne cette Jeep noire. La famille offre une récompense de mille dollars à qui la retrouvera.

McGinnis but une autre gorgée, la savoura, regarda par la fenêtre.

– Ils n'ont pas l'air de croire qu'elle s'est enfuie avec un homme.

– Non. Ils pensent que quelqu'un l'a tuée. Quel genre de questions vous a-t-elle posé quand elle est venue ?

– Sur les gens qui étaient malades. Où ils avaient pu attraper les puces qu'ils avaient sur eux et qui leur avaient transmis la peste. Est-ce qu'ils avaient des chiens de berger ? Est-ce que quelqu'un avait remarqué que des chiens de prairie mouraient ? Ou vu des cadavres d'écureuils ? De rats kangourous ? (Il haussa les épaules.) Elle était boulot-boulot. Elle m'a donné l'impression d'être une femme drôlement coriace. Pas de temps à perdre à rigoler. Un vrai mur en béton. Et j'ai remarqué que quand elle marchait, elle arrêtait pas de scruter le plancher. Elle cherchait des crottes de rat. Et ça, ça m'a un peu fichu en rogne. Alors je lui ai dit : « Mam'zelle, pourquoi vous allez regarder là-bas derrière le comptoir ? Vous avez perdu quelque chose ? » Et elle, elle me répond : « Je cherche des déjections de souris. »

McGinnis émit un rire éraillé et abattit sa paume sur l'accoudoir de son fauteuil :

– Elle m'a sorti ça comme ça sans la moindre hésitation, et elle a continué à regarder comme avant. Une sacrée femme, je vous dis, moi.

– Vous avez entendu des bruits sur ce qui a pu lui arriver ?

Il rit, trempa les lèvres dans son bourbon.

– Bien sûr. Ça donne un sujet de conversation aux gens. J'ai entendu toutes sortes de choses. J'ai entendu qu'elle s'était peut-être enfuie avec Krause... ce type avec qui elle travaille. (Il gloussa.) Ce serait comme si Golda Meir s'était enfuie avec Yasser Arafat. On m'a dit qu'elle était peut-être partie avec un autre homme, jeune, qui était avec elle, une fois ou deux, quand elle est venue ici. Un étudiant en sciences, je crois, je ne sais pas trop laquelle. Il m'a paru plutôt bizarre.

– À vous entendre, vous n'avez pas l'air de penser qu'elle et son patron s'entendaient bien.

– Ils sont venus ici seulement à deux reprises, dans mon souvenir. La première, ils ne se sont pas adressé la parole une seule fois. Ça doit pas être triste quand on est enfermé dans le même véhicule la journée entière. La deuxième fois, ils étaient tout le temps à se bouffer le nez. De manière agressive.

– On m'a dit qu'elle ne l'aimait pas.

– C'était réciproque. Il était en train de me payer des trucs qu'il m'achetait et quand elle est passée à sa hauteur pour sortir, il a dit : « Salope. »

– Assez fort pour qu'elle l'entende ?

– Si elle l'écoutait, oui.

– Vous croyez qu'il aurait pu lui défoncer le crâne et se débarrasser du cadavre quelque part ?

– À mon avis, il doit être la terreur des rongeurs et des puces, ce genre de bestioles. Mais pas des humains.

Il réfléchit un instant et ricana à nouveau :

– Bien sûr, il y a deux ou trois de mes clients qui pensent que c'est les porteurs-de-peau qui l'ont enlevée.

– Qu'est-ce que vous en pensez, vous ?

– Pas grand-chose. Les porteurs-de-peau, c'est toujours de leur faute, par ici. Quand y a le chien qui meurt. La voiture qui tombe en panne. Le gosse qui attrape la varicelle. Une fuite dans le toit. C'est de la faute aux porteurs-de-peau.

– Il semble qu'elle ait pris la direction de Yells Back Butte pour aller travailler là-bas. J'ai l'impression qu'on a toujours raconté beaucoup d'histoires de sorcellerie dans ce coin-là.

– Beaucoup d'histoires sur ce coin-là, confirma McGinnis. Il avait sa propre légende. Grand-Père Tijinney était un sorcier, à ce qu'il paraît. Il avait un tonneau rempli de pièces d'un dollar en argent enterré quelque part. Une pleine baignoire, y en a certains qui disent. Quand le dernier membre de la famille a fini par mourir, des gens ont creusé des trous de partout là-bas. Certains mômes venus de la ville ont même pas respecté le tabou du hogan habité par la mort. On m'a dit qu'ils y avaient creusé aussi.

– Ils ont trouvé quelque chose ?

McGinnis secoua la tête, but.

– Vous avez déjà rencontré ce docteur Woody, dans ce coin-là ? Il passe par ici une ou deux fois, quasiment chaque été. Il travaille à je ne sais pas quel projet de recherche sur les rongeurs, ici et là, et je crois qu'il dispose de je ne sais pas quel genre d'installation, près de la butte. Il est venu il y a trois ou quatre semaines, chercher des marchandises et me raconter une nouvelle histoire de porteur-de-peau. Je crois que c'est un de ses passe-temps favoris. Il les collectionne. Il les trouve drôles.

– De qui il les tient ? demanda Leaphorn.

Les Navajos qui acceptent de transmettre des récits de porteurs-de-peau à quelqu'un qu'ils ne connaissent pas bien sont plutôt rares.

McGinnis savait visiblement avec précision à quoi Leaphorn pensait.

– Oh, cela fait des années qu'il vient. Depuis assez longtemps pour bien parler navajo. Il va, il vient. Il engage des gens du coin pour réunir des renseignements sur les rongeurs. Un type sympa.

– Et il vous a raconté une histoire de porteur-de-peau toute récente ? Quelque chose qui s'est passé près de Yells Back ?

– Je ne sais pas si elle était vraiment récente. Il m'a dit que Grand-Père Saltman lui a signalé qu'il avait vu un porteur-de-peau qui se tenait près d'un amas de gros rochers, au pied de la butte, un peu après le coucher du soleil, puis qu'il avait disparu derrière et, quand il était réapparu, il s'était changé en chouette et il s'était éloigné en sautillant en l'air comme s'il avait une aile brisée.

– Et il était quoi avant de se changer en chouette ?

McGinnis parut surpris par la question.

– Ben, un homme. Vous savez comment ça se passe. Hosteen* Saltman a dit que l'oiseau n'arrêtait pas de sautiller de droite et de gauche comme s'il voulait qu'on le suive.

– Ouais. Et il ne l'a pas suivi, bien sûr. C'est comme ça que l'histoire se termine en général.

McGinnis rit.

– Je me souviens que la première ou la deuxième fois que je vous ai vu, je vous ai demandé si vous croyiez aux porteurs-de-peau, et vous m'avez répondu que vous croyiez seulement aux gens qui y croient et à tous les ennuis que cela cause. Vous n'avez pas changé ?

– Pas franchement.

– Dans ce cas, je vais vous en raconter une que vous n'avez pas encore entendue, je vous en fais le pari. Il y a une vieille femme qui vient ici après la tonte, chaque printemps, pour me vendre trois ou quatre sacs de laine. Des fois, les gens l'appellent Grand-Mère Charlie, je crois, mais je pense que son nom, c'est Vieille Femme Notah. Elle était ici pas plus tard qu'hier, à me raconter qu'elle a vu un porteur-de-peau.

McGinnis leva son verre à la santé de Leaphorn.

– Maintenant, écoutez bien celle-là. Elle m'a dit qu'elle s'occupait d'un petit troupeau de chèvres qu'elle a, du côté de Black Mesa, juste à la limite de la réserve hopi, et voilà qu'elle remarque quelqu'un plus bas sur la pente, qui a l'air occupé avec quelque chose, par terre. Comme s'il essayait de trouver un truc. Enfin bon, ce type disparaît une minute ou deux derrière les genévriers puis il ressort, et voilà qu'il est différent. Il est plus enveloppé, il est tout en blanc avec une grosse tête ronde, et quand il s'est tourné vers elle, son visage tout entier lui a renvoyé un flash.

– Un flash ?

– Elle m'a dit que c'était comme la lumière qui jaillit sur le petit appareil photo de sa fille.

– À quoi il ressemblait quand il a arrêté d'être un sorcier ?

– Elle n'est pas restée assez pour le savoir. Mais attendez une minute. Vous avez pas encore tout entendu. Elle m'a dit que quand le porteur-de-peau s'était retourné, on aurait dit qu'il avait une trompe d'éléphant qui lui sortait du dos. Alors, qu'est-ce que vous dites de ça ?

– Vous avez raison. C'en est une nouvelle.

– Et maintenant que j'y pense, vous pouvez l'ajouter à vos histoires de Yells Back Butte. C'est dans ce coin-là que Vieille Femme Notah a son droit de pacage.

– Eh bien dites donc, fit Leaphorn. Je vais peut-être essayer d'aller lui en parler. J'aimerais bien qu'elle me donne plus de détails.

– Moi aussi, renchérit McGinnis avant de rire. Elle m'a dit que ce porteur-de-peau ressemblait à un bonhomme de neige.

7

Ils s'étaient mis d'accord pour se retrouver au petit déjeuner, tôt parce que Janet devait prendre la route de Phoenix, au sud, et que Chee avait un trajet à peu près aussi long à faire vers le nord, jusqu'à Tuba City.

– Disons sept heures pile, et pas d'après l'heure * navajo, avait-elle dit.

Il y était, un peu avant sept heures, à l'attendre à une table de la petite cafétéria de l'hôtel, repensant au soir où il était venu la voir dans son appartement de Gallup. Il apportait des fleurs, une bande vidéo de la cérémonie navajo traditionnelle du mariage, et l'idée qu'elle allait pouvoir chasser, par ses explications, l'impression qu'il avait d'avoir été utilisé et...

Il ne voulait pas repenser à ça. Pas maintenant, et plus jamais. Qu'est-ce qui pouvait modifier le fait qu'elle avait obtenu des informations de sa bouche et les avait transmises au professeur de droit, à l'homme qu'elle avait prétendu détester ?

Avant de s'endormir enfin, il avait décidé de lui demander seulement s'ils étaient toujours fiancés. « Janet », lui dirait-il, « est-ce que tu veux toujours m'épouser ? » Il irait droit au but. Mais ce matin, la tête pleine de pensées mélancoliques, il n'en était plus aussi certain. Tenait-il vraiment à ce qu'elle lui dise oui ? Il décida que c'était probablement ce qu'elle allait répondre. Elle avait laissé son existence de jeune femme appartenant à la bonne société de Washington *intra muros* pour revenir en Pays Indien, ce qui signifiait qu'elle l'aimait vraiment. Mais cela ne manquerait pas d'inclure, d'une manière subtile, sa certitude qu'il allait accepter de gravir les échelons du succès et accéder aux couches sociales dans lesquelles elle se sentait à l'aise.

Il y avait une autre possibilité. Elle avait pris son premier poste sur la réserve pour échapper à son amant, le professeur de droit. Ce retour signifiait-il seulement qu'elle souhaitait qu'il se lance une nouvelle fois à sa poursuite ? Chee repoussa cette idée et se souvint à quel point la vie avait été douce avant qu'elle ne le trahisse (ou, selon sa façon à elle de voir les choses, avant qu'il ne l'insulte, à cause de sa jalousie irraisonnée). Il pourrait obtenir un emploi à Washington. Est-ce qu'il lui serait possible d'y vivre heureux ? Il se vit dans la peau d'un ivrogne lamentable, se mourant d'une maladie du foie incurable. Était-ce là ce qui avait tué le père navajo de Janet ? S'était-il noyé dans le whisky pour échapper à sa mère, issue de la classe dirigeante ?

Une fois épuisés tous les sombres recoins que recelait ce scénario, il s'était tourné vers une autre possibilité. Janet lui était revenue. Elle serait d'accord pour vivre sur la Grande Réserve, pour être la femme d'un policier, logée dans ce que ses amis considéreraient comme un taudis, en un lieu où le degré supérieur de la culture consistait en une reprise cinématographique. Dans cette ligne de pensée, l'amour triomphait de tous les obstacles. Mais ce ne serait pas le cas. Elle se languirait de la vie à laquelle elle aurait renoncé. Il s'en apercevrait. Ils seraient malheureux.

Enfin, il avait considéré la situation où Janet était l'avocate commise d'office et lui, le policier ayant procédé à l'arrestation. Mais quand elle arriva, exactement à l'heure, il en était à nouveau à la voir comme un papillon voletant au gré de la vie sociale sur la côte Est du pays, une vision qui conférait à cette salle à manger de Flagstaff un aspect vieillot et minable qu'il n'avait encore jamais remarqué.

Il dégagea une chaise afin qu'elle s'assoie.

– Tu es sûrement habituée à des endroits beaucoup plus classe à Washington, dit-il en regrettant instantanément d'avoir touché de manière aussi irréfléchie le nerf de leur désaccord.

Le sourire de Janet se fit hésitant. Elle le dévisagea un moment, gravement, et détourna le regard.

– Je parie que le café est meilleur ici.

– En tout cas, il est toujours frais, dit-il. Ou presque toujours.

Un adolescent leur apporta deux grandes tasses et un bol rempli de sachets contenant des doses individuelles de « crème garantie sans produit laitier ».

Janet l'observa au-dessus de sa tasse.

– Jim.

Il attendit.

– Oui ?

– Oh, rien. Je suppose que le moment est plutôt à la discussion professionnelle.

– Alors nous enlevons nos chapeaux d'amis et nous coiffons ceux d'adversaires ?

– Pas vraiment. Mais j'aimerais savoir si tu es absolument certain que Robert Jano a tué le policier.

– Bien sûr que j'en suis certain, répondit-il en sentant le sang lui monter au visage. Tu as dû lire le rapport de l'arrestation. J'y étais, non ? Et qu'est-ce que tu fais si je te dis que je n'en suis pas sûr ? Tu racontes au jury que le policier qui a procédé à l'arrestation t'a dit lui-même qu'il avait un doute raisonnable ?

Il avait tenté d'empêcher la colère de transparaître dans sa voix mais le visage de Janet lui apprit qu'il n'y était pas parvenu. Un autre nerf sensible de touché.

– Je n'en ferai absolument rien. C'est juste parce que Jano me jure que ce n'est pas lui le coupable. Je vais travailler avec lui. J'aimerais le croire.

– N'en fais rien.

Il but et reposa la tasse. Prit conscience qu'il n'avait pas remarqué le goût du café. Il s'empara d'un des sachets :

– « Crème garantie sans produit laitier », lut-il. Fabriqué, à ce qu'il semble, dans une ferme garantie sans produit laitier.

Janet parvint à sourire.

– Tu sais quoi ? Est-ce que ce que nous vivons en ce moment ne te rappelle pas notre première rencontre ? Tu te souviens ? Dans la salle d'attente de la prison du comté de San Juan, à Aztec. Tu essayais de m'empêcher d'obtenir la libération sous caution de ce vieux monsieur.

– Et toi, tu essayais de m'empêcher de lui parler.

– Mais j'ai réussi à le faire sortir, fit-elle en lui adressant un large sourire.

– Mais pas avant que j'aie réussi à obtenir les informations que je voulais.

– D'accord, fit-elle en continuant à sourire. On va dire que cette fois-là, ça s'est terminé par un match nul. Même si tu as été obligé de tricher un peu.

– Et notre opposition suivante ? Tu te souviens du vieil ivrogne ? Tu croyais que Leaphorn et moi, nous nous acharnions injustement contre lui. Jusqu'à ce que ton client plaide coupable.

– Une affaire triste, très triste, commenta-t-elle avant de boire son café. Il y a des choses qui continuent à m'embêter dans cette histoire. Tout comme il y en a aussi qui m'embêtent cette fois-ci.

– Comme quoi ? Le fait que Jano soit un Hopi et que les Hopis soient un peuple pacifique ? Non violent ?

– Il y a ça, bien sûr. Mais tout ce qu'il m'a dit est empreint d'une sorte de logique, et la plus grande partie peut être vérifiée.

– Comme quoi ? Qu'est-ce qui peut être vérifié ?

– Comme, par exemple, quand il me dit qu'il était parti capturer un aigle dont sa kiva avait besoin pour une cérémonie. Ses frères au sein du groupe religieux peuvent le confirmer. Ça en faisait un pèlerinage religieux, au cours duquel aucune pensée mauvaise n'est autorisée.

– Telle que des pensées de vengeance ? Telle que régler une dette avec Kinsman pour l'arrestation antérieure ? Le genre de pensées que le procureur voudra suggérer aux jurés s'il tente d'obtenir l'intention criminelle, la préméditation. Ce qui conduit à la peine capitale.

– Exactement.

– Ils confirmeraient qu'il voulait attraper l'aigle, et l'accusation concéderait ce point. Mais comment peux-tu prouver qu'au plus profond de lui, Jano ne voulait pas se venger ?

Elle haussa les épaules.

– J.D. Mickey va certainement exposer les choses ainsi dans sa déclaration liminaire. Il dira que Jano est parti sur la réserve navajo pour braconner un aigle... un délit en soi. Il dira que Benjamin Kinsman, l'agent de la police tribale navajo, l'avait précédemment arrêté, l'année dernière, pour ce même délit, et que Jano avait été relâché en raison d'une erreur de procédure. Il dira que quand il a vu que Kinsman allait à nouveau l'arrêter, Jano a été pris de fureur. Et qu'au lieu de relâcher l'oiseau, de se débarrasser des preuves et de tenter de prendre la fuite, il s'est laissé attraper par Kinsman, a profité d'un moment d'inattention et lui a défoncé le crâne.

– C'est comme ça que Mickey va s'y prendre ?

– Ce n'est qu'une supposition.

– Je ne doute pas un seul instant qu'il essaiera d'obtenir la peine de mort. Ce serait la première depuis que le Congrès de 1994 a autorisé les peines capitales fédérales et ça déclencherait un vaste battage médiatique.

Janet altéra son café en y versant de la crème garantie sans produit laitier, le goûta.

– Mickey au Congrès, entonna-t-elle. Votre candidat garant de la loi et de l'ordre.

– C'est comme ça que je vois les choses, reconnut Chee. Mais les tribunaux devront statuer que Kinsman agissait en tant que policier fédéral.

– Les spécialistes de droit pénal disent que c'est le cas.

Chee haussa les épaules.

– Probablement.

– Ce qui a conduit le ministère de la Justice à débrancher les différents appareils qui le maintenaient en vie artificiellement. Afin que Benjamin Kinsman se dépêche de devenir la victime d'un homicide volontaire plutôt que celle d'une agression caractérisée. Permettant de la sorte de simplifier la procédure.

– Allez, Janet, protesta Chee. Sois honnête. Ben était déjà mort. Les appareils respiraient à sa place, entretenaient les battements de son cœur. L'esprit de Kinsman s'en était allé.

Elle buvait son café.

– Il y a un point sur lequel tu as raison, dit-elle. Ce caoua est bon et frais. Rien à voir avec ce truc au parfum bizarre que les bars à yuppies te vendent quatre dollars la tasse.

– Qu'est-ce qu'il y a d'autre à vérifier ? poursuivit Chee. Dans la version de Jano.

Janet leva la main.

– D'abord, autre chose. Cette autopsie ? La loi exige qu'il y en ait une dans les cas d'homicide, plus ou moins, mais beaucoup de Navajos répugnent à cette idée et parfois on passe outre. Et j'ai entendu un des docteurs parler de dons d'organes ?

– Kinsman était mormon. Ses parents aussi. Il s'était fait établir une carte de donneur. (Il l'étudiait tout en parlant.) Mais tu le savais déjà. Tu as dit ça pour détourner la conversation.

– Je suis l'avocate de la défense. Tu penses que mon client est coupable. Il faut que je fasse attention à ce que je dis.

Chee hocha la tête.

– Mais s'il y a quelque chose qui peut être vérifié et qui m'ait échappé, quelque chose qui pourrait lui être bénéfique, je devrais être au courant. Je ne vais pas aller là-bas pour détruire des éléments de preuve. Tu n'as...

Il avait voulu dire : « Tu n'as pas confiance en moi ? » Mais elle lui aurait répondu que si. Après elle lui aurait renvoyé la question et il n'avait aucune idée de la façon dont il pouvait y répondre.

Elle était penchée en avant, les coudes sur la table, le menton posé sur ses mains jointes, attendant qu'il achève sa phrase.

– Déposition terminée, dit-il. Bien sûr que je le crois coupable. J'y étais. Si j'avais été un tout petit peu plus rapide, j'aurais pu l'en empêcher.

– Cowboy ne le croit pas coupable.

– Cowboy ? Cowboy Dashee ?

– Oui. Ton vieil ami, l'adjoint au shérif Cowboy Dashee. Il m'a dit que Jano est son cousin. Il le connaît depuis l'enfance. Ils étaient copains de jeux. Ce sont des amis très proches. Cowboy m'a dit que de penser que Jano puisse tuer quelqu'un avec une pierre, c'est comme de penser que Mère Teresa puisse étrangler le Pape.

– Vraiment ?

– C'est ce qu'il a dit. Ses mots exacts, en fait.

– Comment se fait-il que tu l'aies contacté ?

– Je ne l'ai pas contacté. C'est lui qui a appelé le bureau du procureur. Il a demandé à qui on allait confier la défense de Jano. Ils lui ont dit que ce serait quelqu'un de nouveau qui allait en être chargé, et il a laissé un message pour que cette personne le rappelle. C'était moi, alors je l'ai appelé.

– Mais bon sang, s'exclama Chee. Pourquoi il ne m'a pas contacté, moi ?

– Je n'ai pas besoin de te l'expliquer, si ? Il a eu peur que tu penses qu'il essayait...

– Oui, fit Chee. Bien sûr.

Janet avait l'air de comprendre sa réaction :

– Ça rend les choses pires pour toi, n'est-ce pas ? Je sais que vous vous connaissez depuis très longtemps tous les deux.

– Ouais, c'est sûr. Des amis comme Cowboy, je n'ai pas dû en avoir beaucoup dans ma vie.

– Mais bon, il est policier lui aussi. Il comprendra.

– Il est hopi, aussi. Et un sage nous a dit un jour que le sang est plus épais que l'eau. (Il soupira.) Qu'est-ce qu'il t'a dit ?

– Il m'a dit que Jano avait attrapé son aigle. Qu'il repartait avec. Il a entendu des bruits. Il est allé voir. Il a trouvé le policier à terre, saignant de la tête.

Chee secoua la tête.

– Je sais. C'est la déposition qu'il nous a faite. Quand il a fini par accepter d'en parler.

– Ça pourrait être la vérité.

– Bien sûr que ça pourrait être la vérité. Mais qu'est-ce que tu fais de l'entaille qu'il a à l'avant-bras, et de son sang qui était mélangé à celui de Ben ? Et du fait qu'il n'y avait pas de sang sur l'aigle ? Et où est le coupable, si ce n'était pas Jano ?

Ben Kinsman ne s'est pas tapé sur la tête tout seul avec cette pierre. Ce n'était pas un suicide.

– L'aigle s'est envolé. Et arrête de te montrer sarcastique.

Chee en resta muet. Il demeura sans bouger un long moment à la dévisager.

Elle eut l'air surprise.

– Qu'est-ce qu'il y a ?

– Il t'a dit que l'aigle s'était envolé ?

– Absolument. Quand il l'a attrapé, il était sous des broussailles ou je ne sais quoi. Un piège, je suppose, avec quelque chose d'attaché par une corde pour servir d'appât. Il a essayé de saisir l'aigle par les pattes et n'en a eu qu'une, si bien que le rapace lui a ouvert le bras et qu'il l'a relâché.

– Janet. L'aigle ne s'est pas envolé. Il était dans une cage en fer à trois mètres à peu près de l'endroit où Jano se tenait, au-dessus de Kinsman.

Elle reposa sa tasse de café.

Chee fronça les sourcils :

– Il t'a dit qu'il s'était échappé ? Mais il savait qu'on l'avait. Pourquoi il est allé te raconter ça ?

Elle haussa les épaules. Baissa les yeux sur ses mains.

– Et il n'y avait pas de sang sur ses plumes. En tout cas, moi, je n'en ai pas vu. Je suis sûr que le labo a dû vérifier qu'il n'y en avait pas.

Il tendit le bras, présentant la blessure qui continuait à cicatriser sur le tranchant de sa main :

– Si tu crois que je mens, regarde. J'ai pris la cage pour la déplacer. C'est là que sa serre m'a eu. Elle a déchiré la peau.

Le visage de Janet s'était empourpré.

– Tu n'étais pas obligé de me montrer quoi que ce soit. Je ne t'accusais pas de mentir. Je vais demander à Jano. Peut-être que j'ai mal compris. C'est sûrement ça.

Chee vit qu'elle était embarrassée.

– Je parierais que je sais ce qui s'est passé, proposa-t-il. Jano ne voulait pas parler de l'aigle parce que ça se rapprochait trop d'une violation des règles entourant le secret des kivas. Je crois que l'aigle devient un messager symbolique envoyé à Dieu, au monde des esprits. Son rôle est obligatoirement sacré. Il ne pouvait tout simplement pas en parler, alors il t'a dit qu'il l'avait libéré.

– Peut-être, admit-elle.

– Je parie qu'il voulait simplement détourner ton attention. Parler de quelque chose d'autre que d'un sujet sensible touchant à la religion.

L'expression de Janet lui indiqua qu'elle en doutait.

– Je vais le lui demander, répéta-t-elle. Je n'ai pas eu vraiment beaucoup l'occasion de lui parler. Quelques minutes à peine. Je viens d'arriver.

– Mais il t'a dit qu'il n'avait pas tué Kinsman. Est-ce qu'il t'a dit qui l'a fait ?

– Ben, fit Janet avant d'hésiter. Tu sais, Jim, il faut que je fasse attention quand je parle de ça. Disons simplement que, d'après moi, la personne qui a frappé Kinsman avec cette pierre a dû entendre Jano arriver et est partie. Jano m'a dit qu'il a commencé à pleuvoir à peu près au moment où tu es arrivé. Le temps que tu l'aies ramené menotté dans ta voiture, que tu aies appelé les secours, et que tu aies essayé d'installer Kinsman au mieux, toutes les traces avaient sûrement été effacées par la pluie.

Chee ne fit pas de commentaire. Il devait faire attention, lui aussi.

– Tu ne crois pas ? insista-t-elle. Ou est-ce que tu as trouvé d'autres traces ?

– Tu veux dire, autres que celles de Jano ?

– Bien sûr. Est-ce que tu as eu la possibilité d'en chercher avant qu'il commence à pleuvoir ?

Il réfléchit à la question, se demanda pour quelle raison elle l'avait posée et si elle en connaissait déjà la réponse.

– Tu reveux du café ?

– D'accord, dit-elle.

Chee fit signe au garçon en réfléchissant à ce qu'il s'apprêtait à faire. C'était loyal si sa tentative à elle pour l'inciter à déclarer qu'il n'avait pas cherché d'autres traces l'était aussi.

– Écoute, Janet, il t'a dit comment il avait reçu ces profondes estafilades au bras. Est-ce qu'il t'a précisé quand, exactement, ça lui est arrivé ?

Le garçon apporta le café, remplit leurs tasses, leur demanda s'ils étaient prêts à commander leur petit déjeuner.

– Donnez-nous encore une minute, lui répondit Chee.

– Quand ? reprit Janet. Ce n'est pas évident ? C'était forcément pendant qu'il attrapait l'aigle ou qu'il le mettait dans la cage. Ou quelque part entre les deux. Je ne l'ai pas soumis à un interrogatoire en règle, là-dessus.

– Mais est-ce qu'il te l'a dit ? À quel moment exact ?

– Tu veux dire, par rapport à quoi ? demanda-t-elle en lui adressant un sourire forcé. Allez, Jim. Dis-le. Les gens du laboratoire de la police t'ont signalé que le sang de Jano était mélangé à celui de Kinsman, sur la chemise du policier. Le labo est probablement en train de se livrer à un de leurs nouveaux exercices de magie moléculaire qui leur dira si celui de Jano a été exposé à l'air plus longtemps que celui de Kinsman, si oui, de combien, et tout et tout.

– Ils peuvent faire ça maintenant ? demanda-t-il en regrettant d'avoir insisté sur ce point et de l'avoir mise en colère pour rien. Ils le feront probablement

s'ils en sont capables parce que la théorie officiellement soutenue pour ce crime sera que Jano s'est
battu contre Kinsman et qu'il s'est ouvert le bras sur
sa boucle de ceinture.

– S'ils peuvent le faire? Je n'en sais rien. Vraisemblablement. Mais comment peut-on se couper
sur une boucle de ceinture?

– Kinsman aimait transgresser un peu les règlements à l'occasion. Mettre une plume à son chapeau
d'uniforme, ce genre de chose. Il portait une boucle
fantaisie à sa ceinture pour voir combien de temps il
me faudrait avant de lui ordonner de l'enlever.
Enfin bon, c'est pour cette raison que le moment où
ces événements se sont produits paraît important.

– Alors vas-y. Demande-le-moi. À la minute
près, à quel moment exactement Jano a-t-il reçu
cette blessure au bras?

– D'accord, fit Chee. Exactement, précisément à
quel moment?

– Ha! se récria-t-elle. Tu empiètes sur le droit de
mon client à la confidentialité.

– Comment ça?

– Tu le sais très bien. Je vois d'ici J.D. Mickey
s'adressant aux jurés avec sa toute nouvelle coupe
de cheveux qui va chercher dans les cent dollars et
un costume en soie italien. « Mesdames et messieurs. Le sang de l'accusé a été retrouvé mêlé à
celui de la victime sur l'uniforme du policier. » Et
après, le voilà lancé dans tous ces trucs de chimie
sanguine.

Elle leva la main et prit une voix grave pour donner une piètre imitation des effets auxquels se livrait
Mickey dans la salle d'audience.

– « Mais! Mais! Il a déclaré à un des intervenants
officiels de ce procès qu'il ne s'était fait cette blessure au bras que plus tard. Après avoir déplacé la
victime. »

– Je dois en conclure que tu ne vas pas me le dire ?

– Exactement.

Elle posa le menu sur la table, scruta Chee. Le visage grave.

– Il y a un petit moment, ajouta-t-elle, je te l'aurais peut-être dit.

Chee laissa son expression poser la question à sa place.

– Comment est-ce que je peux te faire confiance alors que toi, tu ne me fais pas confiance ?

Il attendit.

Elle secoua la tête.

– Je ne suis pas une avocate pourrie qui essaie seulement de se faire une réputation grâce à un acquittement obtenu par des moyens douteux. Je veux vraiment savoir si Robert Jano est innocent. Je veux savoir ce qui s'est passé.

Elle posa son menu et étudia Chee, l'invitant à répondre.

– Je comprends ton point de vue, dit-il.

– Je respecte... commença-t-elle.

Sa voix s'étrangla. Elle se tut un instant, détourna le regard :

– Quand je t'ai parlé des traces, je n'essayais pas de te piéger. Je t'ai posé la question parce que je pense que si quelqu'un d'autre se trouvait sur place et en avait laissé, tu les aurais vues. Enfin, si quelqu'un au monde était capable de les voir. Et s'il n'y en avait pas, c'est que je me trompe peut-être et que Robert Jano a peut-être réellement tué ton policier, et que je ferais peut-être bien de le persuader de parvenir à un accord avec le procureur. Alors je te pose la question, mais toi, tu n'as pas confiance et tu détournes la conversation.

Chee avait posé le menu pour écouter cette tirade. Il le reprit, l'ouvrit.

– Et maintenant, une fois de plus, je pense que nous devrions parler d'autre chose. Comment c'était, à Washington?

– Je ne vais vraiment pas avoir assez de temps pour le petit déjeuner.

Elle repoussa le menu, dit :

– Merci pour le café.

Et quitta la pièce.

8

– Il n'y a qu'une seule chose que je puisse vous dire et dont je me sente absolument certain, déclara Richard Krause sans lever les yeux de la boîte remplie de choses diverses dans laquelle il farfouillait. Cathy Pollard n'est pas partie avec notre Jeep comme ça, là. Il lui est arrivé quelque chose. Mais ne me demandez pas quoi.

Leaphorn hocha la tête.

– C'est ce que pense la personne qui m'emploie.

La personne qui m'emploie. C'était la première fois qu'il se servait de cette expression, et il n'aimait pas la façon dont elle sonnait. Était-ce cela, qu'il était en train de devenir ? Un détective privé ?

Krause devait approcher de la cinquantaine, pensa-t-il. Forte ossature, mince et nerveux, vraisemblablement un athlète quand il était à l'université, avec une tignasse de cheveux filasse qui commençaient tout juste à virer au gris. Il était assis sur un haut tabouret derrière une table, vêtu d'une chemise de travail d'un vert passé, et partageait son attention entre Leaphorn et les tas de sacs transparents à fermeture facile qui semblaient contenir des insectes morts, puces ou poux. À moins que ce ne soit des tiques.

– Vous travaillez sans doute pour les gens de sa famille, dit Krause.

Il ouvrit un autre sac, en sortit une puce qu'il posa sur une lamelle de verre et plaça sous un microscope à deux branches :

– Ils ont des théories ?

– Il y a des idées dans l'air.

Il se demandait si l'éthique des enquêteurs privés, à considérer qu'ils en aient une, les autorisait à révéler l'identité de leurs clients. Un problème qu'il résoudrait quand les circonstances l'exigeraient.

– Les hypothèses évidentes, ajouta-t-il. Un crime d'origine sexuelle. Une dépression nerveuse. Un petit ami éconduit. Ce genre de choses.

Krause procéda à la mise au point du microscope, regarda dans les oculaires, émit un grognement et retira la plaque de verre. Dans une existence antérieure, son laboratoire temporaire avait été une maison mobile extra-large achetée à très bas prix, et la chaleur du soleil estival irradiait à travers le toit d'aluminium. Le ventilateur humidificateur grande puissance vrombissait, réglé sur vitesse maximum, ajoutant de l'air moite à la chaleur desséchante. Sur l'étagère, derrière Krause, les rangées de bocaux renfermant des spécimens transpiraient. Krause aussi. Leaphorn aussi.

– Je doute vraiment beaucoup qu'il y ait un petit ami impliqué là-dedans, remarqua le chercheur. Elle n'avait pas l'air d'en avoir un. Elle n'en a jamais parlé, en tout cas.

Il transféra la puce dans un autre sac à fermeture automatique, écrivit quelque chose sur une étiquette adhésive qu'il colla.

– Bien sûr, il pourrait y en avoir un qu'elle aurait largué et qui traînerait ici ou là dans le passé. Ça ne serait pas le genre de choses dont Cathy viendrait discuter, si elle était du genre à discuter. Ce qui n'était pas vraiment le cas.

Le laboratoire de fortune encombré rappelait à Leaphorn son parcours d'étudiant à l'université de l'État d'Arizona, lequel, en cette époque lointaine, requérait un lot de cours de sciences naturelles même si l'on se spécialisait en anthropologie. Puis il prit conscience que cela ne venait pas tant de ce qu'il voyait que de ce qu'il sentait : ces produits chimiques, destinés à la préservation des tissus, qui résistaient au savon et faisaient pénétrer l'odeur de la mort jusqu'au fond des pores des étudiants les plus propres.

– Cathy était une femme très sérieuse. Qui ne se dispersait pas. Elle ne parlait que du travail. Elle faisait une fixation sur la peste bubonique. Elle trouvait qu'il était ni plus ni moins criminel de protéger les citadins des classes moyennes de ces maladies infectieuses et de laisser les vecteurs de propagation agir à leur guise ici, au fin fond de nulle part, où ils ne tuaient que le prolétariat. Cathy tenait parfois des discours marxistes à l'ancienne.

– Parlez-moi de la Jeep, dit Leaphorn.

Krause s'interrompit dans son occupation et étudia l'ancien policier en fronçant les sourcils.

– La Jeep ? Qu'est-ce que vous voulez que je vous en dise ?

– S'il y a eu acte de malveillance, c'est probablement par la Jeep que nous parviendrons à élucider l'affaire.

Krause secoua la tête. Rit.

– C'était une Jeep noire, rien de plus. Elles se ressemblent toutes.

– Il est plus difficile de se débarrasser d'un véhicule, précisa Leaphorn.

– Que d'un corps ? Certes. Je vois ce que vous voulez dire. Eh bien, en fait, c'était un modèle plutôt luxueux. Il paraît que c'était une de celles qui avaient été confisquées par les gars de la DEA [1] lors d'un coup de filet mené contre des trafiquants, et mise à la disposition du Service de la Santé. Elle avait une bande blanche. Radio haute fréquence très moderne avec haut-parleurs spéciaux. Téléphone de voiture. Le modèle pour cowboy. Pas de toit. Arceaux de sécurité. Treuil à l'avant. Crochets de remorquage pour des chaînes et fixation pour caravane à l'arrière. Je crois qu'elle avait trois ans, mais vous savez qu'ils ne les changent pas beaucoup, ces modèles-là. Je l'ai conduite un peu moi-même avant que Cathy ne me la prenne.

– Comment ça s'est fait ?

– Ce qu'elle voulait, elle l'obtenait, fit-il en haussant les épaules. En réalité, elle avait un très bon argument pour ça. Elle passait plus de temps sur des terrains accidentés, alors que moi je faisais des travaux d'écriture.

– J'essaye de faire passer l'information qu'une récompense a été promise pour quiconque découvrira ce véhicule. Mille dollars.

Krause leva les sourcils.

– La famille a l'air sérieuse, alors, dit-il avec un sourire. Et si elle revient se garer ici comme si de rien n'était ? Je peux appeler et réclamer l'argent ?

– Sans doute pas, mais j'apprécierais que vous le fassiez.

– J'aurais plaisir à le faire.

– Que pouvez-vous me dire d'un certain Victor Hammar ? Il semble qu'ils se connaissaient. Vous ne le rangeriez pas dans la catégorie des petits amis ?

Krause parut surpris.

– Hammar ? Je ne crois pas.

Il secoua la tête avec un sourire.

---

1. DEA : Drug Enforcement Administration : organisme chargé de lutter contre le trafic et l'usage des stupéfiants. (*N.d.T.*)

– Selon l'une des hypothèses, poursuivit Leap-horn, Hammar était amoureux d'elle. D'après ce qu'on dit, c'était un sentiment qu'elle ne partageait pas, mais elle ne parvenait pas à se débarrasser de lui.

– Nan, fit Krause. Je ne crois pas. En fait, elle l'a invité à venir ici, il y a un petit moment de ça. Il tra-vaille à un doctorat de biologie des vertébrés. Il s'intéresse à ce que nous faisons.

– Seulement à ce que vous faites ? Pas à la femme qui le fait ?

– Oh, ils sont amis. Et il ressent vraisemblable-ment des pulsions. Un individu de sexe masculin, jeune, n'est-ce pas. Et il l'aime bien, mais je pense que c'est parce qu'elle l'a un peu materné quand il est arrivé dans le pays. Il a un drôle d'accent. Pas d'amis à l'université, je serais prêt à parier. D'après ce que j'ai vu de lui, certainement pas beaucoup d'amis ailleurs non plus. Et puis voilà Cathy qui arrive. Elle est comme beaucoup de ces gosses qui grandissent dans l'opulence. Ils aiment faire des choses pour les opprimés de la classe ouvrière. Alors elle l'a aidé. Ils se sentent moins coupables de faire partie des parasites privilégiés de la société.

– Quand on y réfléchit, pourtant, ce que vous m'avez décrit me semble représentatif de ces meur-triers qui traquent leurs victimes. Vous savez, la jeune femme au cœur tendre qui prend le pauvre gars en pitié et lui, il s'imagine que c'est par amour.

– Je pense que vous pourriez lui poser la ques-tion. Il est revenu, là, et il m'a dit qu'il allait passer chercher des éléments concernant nos statistiques de mortalité.

– De mortalité ?

– D'ailleurs, il est en retard, fit Krause en consul-tant sa montre. Ouais, de mortalité. Les animaux qui crèvent lorsque des épidémies de peste, de myxomatose, de hantavirus, ce genre de chose, ravagent telle ou telle communauté de mammifères. Combien de rats kangourous survivent si on compare aux écureuils des terriers, aux rats des bois, aux chiens de prairie, etc. Mais ce que je veux dire, c'est que ce sont ces données qui le font venir, pas Cathy. Prenez aujourd'hui, par exemple. Il sait qu'elle n'est pas là, mais il vient quand même.

– Il a appris qu'elle a disparu ?

– Il a appelé deux ou trois jours après celui où elle n'est pas venue. Il voulait lui parler.

Leaphorn médita cette information.

– Vous en avez gardé un souvenir précis, de cette conversation ?

Krause eut l'air surpris, fronça les sourcils.

– Comment ça ?

– Vous savez : « il a dit » et « j'ai répondu, alors lui, il a dit ». Ce genre de chose. Comment a-t-il réagi ?

Krause rit.

– Vous n'êtes pas facile à convaincre, hein ?

– Juste curieux.

– Eh bien, d'abord il m'a demandé si nous avions terminé notre travail sur les cas de peste. Je lui ai répondu que non, nous ne savions toujours pas où la dernière victime l'avait contractée. Je lui ai dit que Cathy y travaillait toujours. Puis il m'a demandé si nous avions trouvé des rats kangourous vivants du côté du hogan Disbah. C'est l'un des endroits où un cas de hantavirus s'est manifesté. Je lui ai répondu que non...

Krause arracha une feuille à un rouleau de papier absorbant et en tamponna son front luisant de sueur.

– ... Voyons voir. Après, il m'a dit qu'il avait un peu de temps devant lui et qu'il allait venir et peut-être accompagner Cathy si elle faisait toujours la chasse aux chiens de prairie et aux puces porteuses de la peste. Il voulait lui demander si ça l'embêterait. Je lui ai répondu qu'elle n'était pas là. Il m'a demandé quand elle serait de retour. Alors je lui ai dit qu'elle ne s'était plus présentée au travail. Ça faisait deux jours, je crois, à ce moment-là.

Leaphorn attendit. Krause secoua la tête. Se remit à faire du tri dans ses sacs. Maintenant, l'odeur chimique rappelait à l'ancien policier l'hôpital du Service indien de la Santé à Gallup, le lit qui, poussé dans le couloir, emportait Emma loin de lui. Le docteur qui lui expliquait... Il emplit ses poumons d'air, éprouvant le désir d'en terminer. De sortir de ce laboratoire.

– Elle ne vous a pas annoncé qu'elle partait ?

– Elle m'a seulement laissé un message. Me disant qu'elle remontait à Yells Back Butte pour prélever des puces.

– Rien d'autre ?

Krause fit non de la tête.

– Est-ce que je pourrais voir son message ?

– Si je le retrouve. Il est probablement passé à la poubelle mais je vais le chercher.

– Comment Hammar a-t-il réagi à ce que vous lui avez dit ?

– Je ne sais pas. Je crois qu'il a dit quelque chose du genre, comment ça ? Où est-ce qu'elle est allée ? Qu'est-ce qu'elle vous a dit ? Où est-ce qu'elle a laissé la Jeep ? Ce genre de chose. Puis il a paru inquiet. Qu'est-ce que la police a dit ? Est-ce que quelqu'un est à sa recherche ? etc.

Leaphorn réfléchit. Cette réaction semblait normale. Ou soigneusement préparée.

Il y eut un chuintement de pneus sur le gravier, un claquement de portière.

– C'est sûrement Hammar, dit Krause. Posez-lui la question directement.

9

Au bout d'un mois environ de son premier semestre à l'université de l'État d'Arizona, Leaphorn avait surmonté cette tendance qu'ont les jeunes Navajos à trouver que tous les Blancs se ressemblent. Mais le fait était que Victor Hammar avait tout de l'haltérophile style Richard Krause en plus solide et en moins tanné par le soleil. En y regardant à deux fois, Leaphorn remarqua également que Hammar avait quelques années de moins, que ses yeux étaient d'une nuance de bleu plus pâle, ses oreilles un peu plus collées contre son crâne et, puisque les policiers ont le réflexe conditionné pour chercher des « signes distinctifs », qu'une minuscule cicatrice, à côté de son menton, avait défié le bronzage et était demeurée blanche.

Hammar témoigna moins d'intérêt envers Leaphorn. Il lui serra la main, exhiba des dents irrégulières dans un sourire de pure forme et alla droit au but.

– Elle est de retour, maintenant ? demanda-t-il à Krause. Vous avez eu de ses nouvelles ?

– Ni l'un ni l'autre, répondit Krause.

Hammar lâcha un juron violent inconnu en langue anglaise. Un gros mot en allemand, sans doute. Puis il s'assit sur un tabouret en face de Leaphorn, secoua la tête, jura à nouveau, en anglais cette fois.

– Oui, fit Krause. Ça m'inquiète, moi aussi.

– Et la police, dit Hammar. Qu'est-ce qu'ils font ? Rien, à mon avis. Qu'est-ce qu'ils vous disent ?

– Rien, confirma Krause. Je crois qu'ils ont placé la Jeep sur la liste des véhicules recherchés et...

– Rien ! Comment ça se pourrait ?

– Elle est adulte. Il n'y a pas trace de crime, si ce n'est le fait qu'elle ait fichu le camp avec notre véhicule. Je suppose...

– C'est idiot ! Idiot ! Bien sûr qu'il lui est arrivé quelque chose. Ça fait trop longtemps qu'elle est partie. Il lui est arrivé quelque chose.

Leaphorn se racla la gorge.

– Vous avez une idée, là-dessus ?

Hammar le dévisagea :

– Quoi ?

Krause expliqua :

– Monsieur Leaphorn est un policier à la retraite. Il essaie de retrouver Catherine.

Hammar gardait le regard rivé sur lui.

– Policier à la retraite ?

Leaphorn confirma d'un signe de tête, se disant que Hammar ne pouvait avoir aucune idée de ce qu'il savait et de ce qu'il ignorait, et essayant de décider de la façon dont il allait aborder le sujet.

– Est-ce que vous vous souvenez de l'endroit où vous étiez le 8 juillet ? Est-ce que vous étiez ici, à Tuba, ce jour-là ?

– Non, répondit Hammar sans cesser de le regarder fixement.

Leaphorn attendit.

– J'étais déjà reparti. À l'université.

– Vous faites partie du corps enseignant d'une université ?

– Je suis seulement un étudiant de troisième cycle chargé de travaux dirigés. À l'université d'État d'Arizona. J'avais des cours ce jour-là. Introduction au laboratoire pour les premières années. (Il fit la grimace.) Introduction à la biologie. Un cours épouvantable. Des étudiants stupides. Et pourquoi me posez-vous ces questions. Vous... ?

– Parce qu'on m'a demandé d'essayer de retrouver cette femme.

Il venait de violer ses propres règles et celles de la politesse navajo en interrompant quelqu'un pendant qu'il parle. Mais il voulait couper court à toute question de sa part.

– Je vais simplement vous demander quelques petits renseignements supplémentaires et m'en aller en vous laissant retourner à votre travail, messieurs. Je me demande si mademoiselle Pollard aurait laissé des papiers ici, au bureau. Si c'était le cas, ils pourraient m'être utiles.

– Des papiers ? reprit Krause. Eh bien, elle avait une sorte de registre dans lequel elle inscrivait ses notes de travail. C'est de ça que vous voulez parler ?

– Probablement, dit Leaphorn.

– Sa tante m'a appelé de Santa Fe, hier, et elle m'a dit que vous alliez passer, dit Krause en déplaçant des documents empilés sur un bureau dans l'angle de la pièce. Je crois qu'elle s'appelle Vanders. Quelque chose comme ça. Cathy avait prévu d'aller la voir le week-end dernier. Je me suis dit que c'était peut-être là qu'elle était allée.

– Vous travaillez pour la vieille madame Vanders, conclut Hammar en continuant de dévisager Leaphorn.

– Voici le genre de choses qui pourrait vous être utile, annonça Krause en tendant à Leaphorn un dossier à soufflet qui renfermait un fouillis de papiers. Elle va en avoir besoin si elle revient.

– Quand elle reviendra, dit Hammar. Quand, pas si.

Leaphorn parcourut les feuillets, remarquant que la plupart des notes de Catherine avaient été rédigées d'une petite écriture irrégulière et hâtive, difficile à lire et plus dure encore à interpréter pour le non-initié. Comme ses propres notes, elles se composaient d'abréviations qui ne parlaient qu'à elle.

– Fort C, dit Leaphorn. C'est quoi ?

– Le Centre de Contrôle des Maladies, explicita Krause. Les services fédéraux qui s'occupent du labo de Fort Collins.

– SIS. Le Service indien de la Santé ?

– Exactement. En réalité, c'est pour eux que nous travaillons ici, mais en principe, nous travaillons pour les services de la santé de l'État d'Arizona. Tout ça, c'est la même grande famille, un peu compliqué.

Leaphorn était directement passé à la fin.

– Beaucoup de références à A. Nez, remarqua-t-il.

– Anderson Nez. Un des trois décès causés par la dernière manifestation de la peste. Monsieur Nez est le plus récent, et le seul pour lequel nous n'avons pu déterminer l'origine de la contagion.

– Et qui est ce Woody ?

– Ah, intervint Hammar. Ce crétin !

– C'est Albert Woody, reprit Krause. Al. Lui, son domaine, c'est la biologie cellulaire, mais je pense qu'on pourrait dire qu'il est immunologiste. Ou pharmacologiste. Microbiologiste. Ou peut-être... je ne sais pas.

Il étouffa un petit rire :

– Quel est son statut, Hammar ? Il est plus près de votre domaine que du mien.

– C'est un foutu crétin, oui, dit Hammar. Il a eu une bourse de l'Institut des Allergies et de l'Immunologie, mais il paraît qu'il travaille pour Merck, pour Squibb, ou pour une des autres compagnies pharmaceutiques. À moins que ce soit pour toutes.

– Hammar ne l'aime pas. Hammar avait placé des pièges à rongeurs quelque part cet été et Woody l'a accusé de venir mettre en péril un de ses projets à lui. Il vous a crié dessus, non ?

– J'aurais dû lui botter les fesses.

– Lui aussi, il fait des recherches sur la peste ?

– Non. Non. Pas vraiment. Cela fait des années qu'il travaille par ici, depuis que nous avons eu un début d'épidémie dans les années quatre-vingt. Il étudie comment certains porteurs de vecteurs (comme les chiens de prairie, ou les souris des champs, etc.) peuvent être infectés par des bactéries ou des virus et demeurer en vie alors que d'autres individus de la même espèce sont tués. Par exemple, la peste arrive et élimine à peu près un milliard de rongeurs, et sur cent ou deux cents kilomètres à la ronde vous n'avez plus que des terriers vides et rien d'autre que des squelettes. Mais ici et là, vous trouvez une colonie qui a survécu. Les individus sont porteurs, mais ça ne les a pas tués. Ce sont un peu des colonies réservoirs. Ils se reproduisent, renouvellent la population des rongeurs puis l'épidémie revient. Et ce sont probablement eux qui la propagent. Mais personne ne sait vraiment de manière certaine comment ça fonctionne.

– C'est la même chose pour les lapins à pattes blanches dans le nord de la Finlande, fit remarquer Hammar. Et dans votre Alaska arctique. Des bactéries différentes, mais le même système. Ça suit un cycle de sept ans, là-bas, réglé comme une horloge. Des lapins partout, puis la fièvre balaie tout en ne laissant que des lapins morts, et il faut sept ans pour tout repeupler, après quoi la fièvre revient et les décime à nouveau.

– Et ce sont les fabricants de médicaments qui financent Woody ?

– C'est de l'argent gâché, dit Hammar.

Il alla jusqu'à la porte, l'ouvrit et regarda à l'extérieur.

– Disons plutôt qu'ils sont à la recherche de la Toison d'Or, dit Krause. Je n'ai qu'une vague idée de ce que Woody fabrique, mais je crois qu'il essaye de déterminer ce qui se passe dans le corps d'un mammifère pour qu'il puisse vivre avec un agent pathogène qui tue ses congénères. S'il apprend ça, ce n'est peut-être qu'un petit pas vers la compréhension de la chimie intercellulaire. Mais c'est peut-être une découverte qui va chercher dans les billions de dollars.

Leaphorn laissa cette déclaration sans réponse tandis qu'il fouillait dans ses souvenirs des cours de chimie organique numéro 211 et de biologie 331, à l'époque où il était lui-même étudiant. C'était diffus dans son esprit, mais il se souvenait, comme si ça datait de la veille, de ce que lui avait dit le chirurgien qui avait opéré la tumeur au cerveau d'Emma. Il revoyait le praticien et entendait la colère dans sa voix. C'était une infection toute simple due à un staphylocoque, lui avait-il dit, et quelques années auparavant une douzaine d'antibiotiques différents auraient tué cette bactérie. Mais plus maintenant. « Maintenant, ce sont les microbes qui gagnent la guerre », lui avait-il dit. Et le corps frêle d'Emma, allongé sous le drap, sur le lit à roulettes qui s'éloignait dans le couloir, en apportait la preuve.

– Bon, c'est peut-être de l'exagération, reprit Krause. Ça ne vaudrait peut-être que quelques centaines de milliards.

– Vous parlez d'une manière de fabriquer de meilleurs antibiotiques ? C'est ça qu'essaye de découvrir Woody ?

– Pas exactement. Plus vraisemblablement, il aimerait trouver la manière dont le système immunitaire d'un mammifère s'ajuste afin de pouvoir tuer le microbe. Ce serait sans doute plus proche du vaccin.

Leaphorn leva le regard du journal de bord.

– Mademoiselle Pollard semble établir un lien entre lui et Nez. Ce qu'elle a inscrit dit : « Vérifier auprès de Woody pour Nez. » Je me demande ce que cela peut bien signifier.

– Je n'en ai aucune idée, dit Krause.

– Peut-être que Nez était le gars qui travaillait pour lui, suggéra Hammar. Un type plutôt petit, aux cheveux coupés vraiment court. Il posait les pièges pour Woody et il l'aidait à prélever des échantillons de sang sur les animaux. Des trucs comme ça.

– Peut-être bien, convint Krause. Je sais qu'au fil des ans, Woody a localisé un lot de colonies de chiens de prairie qui donnent l'impression de résister à la peste. Et il collectionnait aussi les rats kangourous, les souris et tout. Le genre de rongeurs qui disséminent le hantavirus. Cathy m'a dit qu'il travaille depuis un bon moment sur une de ces colonies, près de Yells Back Butte. Ça pourrait être pour cette raison qu'elle y allait. Si Nez travaillait pour Woody, peut-être qu'elle montait là-haut afin de voir s'il savait où Nez était quand il a été infecté.

– Est-ce que monsieur Nez aurait pu avoir été piqué à cet endroit ? s'enquit Leaphorn. Il semble qu'il y ait eu deux victimes de la peste dans cette région, par le passé.

– Je ne crois pas, répondit Krause. Elle avait assez bien circonscrit les endroits où Nez était allé pendant la période où il a été infecté. C'était surtout au sud d'ici. Entre Tuba et Page.

Krause n'avait pas cessé de trier ses préparations en parlant. Maintenant il leva le regard sur Leaphorn.

– Vous vous y connaissez bien, en bactéries ?

– Juste le savoir de base. Biologie, niveau débutant.

– Eh bien, en ce qui concerne la peste, les puces injectent une quantité minimale dans votre flux sanguin et, après, il faut habituellement cinq ou six jours, parfois plus longtemps, pour que les bactéries se multiplient assez avant que vous commenciez à présenter des symptômes, généralement de la fièvre. Si jamais vous vous faites piquer par un paquet de puces, ou si elles sont porteuses d'une forme vraiment virulente, ça va plus vite. Par conséquent, on remonte de quelques jours à partir du moment où la fièvre s'est déclarée et on trouve où la victime était entre cette date et, disons, une semaine auparavant. Quand on sait ça, on commence à aller voir dans ces endroits s'il y a des mammifères morts et des puces infectées.

Hammar regardait toujours par la porte. Il déclara :

– Pauvre monsieur Nez. Tué par une puce. Dommage qu'elle n'ait pas piqué Al Woody.

10

Pour Leaphorn, elle était à mettre sur le compte de la solitude, cette mauvaise habitude qu'il avait prise de parler trop. Et maintenant, il en payait le prix. Au lieu d'attendre d'être arrivé à la petite maison de Louisa Bourebonette, à Flagstaff, pour lui relater ses aventures, le vide silencieux de sa chambre de motel de Tuba City l'avait incité à en bavarder au téléphone. Il lui avait parlé de sa visite chez John McGinnis et de sa conversation avec Krause. Il lui avait tracé un portrait hâtif de Hammar et lui avait demandé si elle pouvait réfléchir à un moyen facile de vérifier son alibi sans faire de vagues.

– Tu ne peux pas tout bêtement appeler la police de Tempe et leur demander de le faire ? Je croyais que c'était comme ça qu'on procédait.

– Si j'étais encore dans la police je pourrais, à condition que nous possédions assez d'indices pour penser qu'un crime a été commis et une raison de croire que monsieur Hammar figure au nombre des suspects de ce crime.

– Le lieutenant Chee serait prêt à le faire.

– Dans ce cas, ça résoudrait le problème numéro un. Mais nous nous retrouverions quand même avec les problèmes deux et trois. Comment Chee irait-il expliquer à la police de Tempe pourquoi il veut qu'ils s'immiscent dans la vie privée d'un citoyen alors qu'il n'y a même pas eu de crime dont on puisse le soupçonner ?

– Oui, fit Louisa. Je vois. Les universitaires sont très chatouilleux en ce qui concerne ce genre de situation. Je vais m'en occuper moi-même.

Ce qui laissa Leaphorn momentanément incapable de faire autre chose que respirer dans l'appareil. Puis il dit :

– Quoi ?

– Hammar devait conduire des travaux dirigés en laboratoire le 8 juillet, ce n'est pas ce qu'il a dit ? Et moi j'ai un ami, dans notre département de biologie, qui connaît des gens du département de biologie de l'université d'État d'Arizona. Il contacte quelqu'un de son réseau de bons copains à Tempe, lequel se renseigne à son tour, et si monsieur Hammar a séché ses cours ce jour-là, ou s'il a demandé à quelqu'un de les assurer à sa place, nous le saurons. Ça te convient comme ça ?

– Ça me paraît impeccable.

Cela aurait également été l'endroit impeccable pour mettre un terme à la conversation, pour préciser juste qu'il serait chez elle ce soir, pour le dîner, et lui dire au revoir. Mais, hélas, il avait continué à discourir.

Il lui avait parlé du docteur Woody et de sa recherche. Même si le champ d'activité de Louisa était l'ethnologie et, pire encore, la mythologie (à l'extrême opposé de la microbiologie sur le spectre des sujets d'études universitaires), elle avait entendu parler de lui. Elle avait précisé que le collègue à qui elle allait demander d'appeler Tempe travaillait parfois avec Woody, effectuant des analyses de sang et de tissus dans son laboratoire de microbiologie à l'université d'Arizona Nord.

Ainsi les moments paisibles dont il avait rêvé avec Louisa s'étaient-ils transformés en une soirée à trois avec le professeur Michael Perez, invité à se joindre à eux.

– C'est un des plus intelligents, avait dit Louisa en le situant par cette déclaration en marge de la majorité des membres de la faculté des sciences appliquées qu'elle trouvait trop bornés à son goût. Il va être intéressé par ce que tu fais, et il pourra peut-être te dire quelque chose qui te rendra service.

Leaphorn en doutait. En fait, il se demandait s'il apprendrait jamais quelque chose d'utile sur Catherine Pollard. Il avait rangé ce que McGinnis lui avait dit dans la catégorie des renseignements intéressants, sans plus, et la journée précédente l'avait conduit à se demander pourquoi il consacrait autant d'énergie à ce qui ressemblait de plus en plus à une cause perdue. Il avait passé des heures épuisantes à chercher l'emplacement du campement à moutons où Anderson Nez avait résidé durant les mois de pacage. Comme il s'y était attendu, le tabou qui interdisait aux Navajos de parler des morts n'avait fait qu'ajouter au caractère d'ordinaire taciturne des gens du monde rural quand ils s'adressent à quelqu'un qui vient de la ville. À l'exception d'un adolescent qui se souvenait d'une visite antérieure de Catherine Pollard pour prélever des puces sur leurs chiens de berger, inspecter les terriers des rongeurs et interroger tout le monde sur les lieux que Nez avait pu fréquenter, il n'avait pratiquement rien appris au camp hormis la confirmation de ce que Hammar lui avait dit. Oui, assurément, Nez travaillait à temps partiel depuis plusieurs étés pour le docteur Woody qu'il aidait à attraper des rongeurs.

Il arriva à la maison de Louisa juste avant le crépuscule alors que les cristaux de glace de haute altitude en climat aride parsemaient la stratosphère de reflets rouges. La place où, d'habitude, il garait son pick-up truck, sur l'allée étroite, était occupée par une Saab dégradée par les intempéries. Son propriétaire se tenait sur le seuil à côté de Louisa lorsque Leaphorn grimpa les marches : un personnage dégingandé au visage étroit et à la fine barbichette, dont les yeux bleu vif détaillèrent le nouveau venu avec une curiosité non dissimulée.

– Joe. Je te présente Mike Perez qui va nous en apprendre, à tous les deux, beaucoup plus que nous n'avons envie d'en savoir sur la biologie moléculaire.

Ils échangèrent une poignée de main.

– Sur les bactéries aussi, ou sur l'immunologie, compléta Perez avec un grand sourire. Nous ne comprenons pas encore le système viral, mais ça ne nous empêche pas de faire comme si.

Louisa avait pensé que Leaphorn, étant navajo, aimait le mouton, aussi le plat de résistance se composait-il de côtelettes d'agneau. Ayant été élevé dans les campements à moutons navajo, il était à la fois totalement lassé de cette viande et beaucoup trop poli pour le dire. Il mangea sa côtelette avec de la gelée à la menthe verte et écouta le professeur Perez leur exposer le travail de Woody sur les rongeurs. Deux ou trois questions, posées au début du repas, avaient établi que Perez ne semblait absolument rien savoir qui puisse établir un lien entre le chercheur et Catherine Pollard. Mais il savait énormément de choses sur la carrière et la personnalité du docteur Albert Woody.

– Mike pense que Woody va devenir un grand ponte, dit Louisa. Lauréat du prix Nobel, avec des biographies écrites sur lui. L'Homme qui a sauvé l'Humanité. Un géant de la science médicale. Ce genre de choses.

Perez parut gêné par cette déclaration.

– Louisa a tendance à exagérer. C'est un risque professionnel chez les spécialistes de la mythologie, vous savez. En réalité Hercule n'était pas plus fort que Curious George[1], et les cheveux de Méduse étaient torsadés à la mode rasta ; quant au bœuf bleu de Paul Bunyan[2], il était en fait marron. Mais ce dont je suis effectivement persuadé, c'est que Woody a sa chance d'y parvenir. Peut-être une sur cent. Mais c'est déjà plus qu'en pariant sur des numéros qui tournent en rond.

Louisa proposa une autre côtelette à Leaphorn.

– Tous ceux qui travaillent dans les sciences appliquées font les gros titres en ce moment, dit-elle. C'est la saison de « la découverte du mois ». Quand ce n'est pas une nouvelle manière de cloner les champignons qui se développent entre les doigts de pied, c'est la redécouverte de la vie sur Mars.

– J'ai vu un article sur cette histoire de vie sur Mars, confirma Leaphorn. Ça ressemblait aux « molécules sur l'astéroïde » qu'on avait découvertes dans les années soixante. Je croyais que les géologues avaient discrédité cette idée ?

Perez hocha la tête.

– Ce coup-là, c'est un truc publicitaire de la NASA. Ils venaient d'accumuler leur succession habituelle de bévues et de fiascos, alors ils sont allés dénicher un astéroïde constitué des minéraux voulus et ils ont à nouveau dupé les journalistes. C'est une nouvelle génération de reporters scientifiques, aucun ne se souvenait de cette vieille histoire et ça faisait mieux à la télévision que des images d'astronautes prouvant qu'ils peuvent obtenir des bulles de

1. Curious George, Georges le curieux, personnage principal d'un manuel d'apprentissage de la lecture en primaire. (N.d.T.)
2. Paul Bunyan, bûcheron géant accompagné de son bœuf bleu, également gigantesque, personnage créé par la publicité en 1920 et devenu héros du folklore national. (N.d.T.)

chewing-gum plus grosses et autres prouesses tout aussi prétentieuses que superficielles dont ils se vantent à longueur de temps.

Louisa rit :

– Mike est furieux contre la NASA parce qu'elle siphonne les crédits de recherche fédéraux qui devraient être affectés à sa chère recherche microbiologique. Il doit y avoir une raison.

Perez parut légèrement offensé.

– Je ne suis pas furieux contre notre programme « Des Clowns dans l'Espace ». Ça amuse les gens. Mais ce sur quoi Woody travaille est extrêmement sérieux.

– Comme quand il relève la pression sanguine des chiens de prairie, avança Louisa.

Leaphorn la regarda tendre à Perez le saladier de pommes de terre nouvelles à la vapeur. Il avait décidé de prendre du recul par rapport à cette conversation et d'en être spectateur.

Perez prit une petite pomme de terre. Regarda Louisa d'un air songeur. En prit une autre.

– Pas plus tard que ce matin, dit-il, j'ai lu un article de l'un des spécialistes de microbiologie des INS.

Il s'interrompit pour goûter les pommes de terre.

– Les INS, poursuivit-il avec un sourire à l'adresse de Louisa, ce sont les Instituts Nationaux de la Santé, au cas où les spécialistes de la mythologie l'ignoreraient.

Louisa tenta de ne pas relever cette remarque mais n'y parvint pas.

– Pas affiliés à l'ONU, alors. L'organisation qui, au cas où les spécialistes de la biologie l'ignoreraient, regroupe les Nations point Unies point.

Perez rit.

– Compris, fit-il. La paix soit avec nous tous. Ce que je voulais dire, c'est que ce type signalait un truc effroyable. Par exemple, vous vous souvenez du choléra ? Virtuellement éliminé dans les années soixante. Eh bien, il y a eu presque cent mille nouveaux cas déclarés rien qu'en Amérique du Sud durant ces deux dernières années. Et la tuberculose, la vieille « peste blanche » qu'on avait fini par éradiquer vers 1970. Eh bien, le nombre de gens qui meurent de cette maladie est remonté à trois millions par an... et l'agent pathogène est une mycobactérie RM.

Louisa adressa un regard désabusé à Leaphorn :

– Comme je l'écoute souvent, j'apprends son jargon. Il essaye de nous dire que le germe de la tuberculose est devenu réfractaire aux médicaments.

– Ce que nous, nous appellerions le suspect, fit Leaphorn.

– Merveilleux sujet de conversation pour un dîner, remarqua-t-elle. Le choléra et la tuberculose.

– C'est quand même plus gai que de vous parler des copies de la session d'été que je suis en train de corriger. Mais j'aimerais entendre ce que monsieur Leaphorn a à dire sur cette biologiste disparue qu'il tente de retrouver.

– Il n'y a pas grand-chose à dire. Elle s'occupe du contrôle des vecteurs de transmission des maladies pour le Service indien de la Santé, à moins que ce ne soit pour les Services de la Santé d'Arizona. Ils fonctionnent plus ou moins en collaboration. Son centre d'activité est à Tuba City. Il y a environ deux semaines, elle est partie le matin en voiture pour aller inspecter des terriers de rongeurs, et elle n'est pas rentrée.

Il se tut, attendant que Perez lui pose les questions classiques relatives à l'amant, au rôdeur, à une dépression nerveuse, à des difficultés dans son travail, etc.

– Ça doit être pour ça que Louisa m'a demandé d'essayer de savoir si le jeune Hammar a dirigé ses travaux pratiques le 8 juillet. C'est bien ce jour-là que ça s'est passé ?

Leaphorn hocha la tête.

– C'est Mike Devente qui s'occupe des programmes des labos. Il m'a dit que Hammar était malade. Intoxication alimentaire ou quelque chose comme ça.

– Malade, répéta Leaphorn.

Perez rit.

– En tout cas, il s'est fait porter pâle. Chez les adjoints d'enseignement, cela fait parfois une différence.

Il goûta à sa deuxième pomme de terre et demanda :

– Il est au nombre des suspects ?

– Il pourrait l'être si nous étions en présence d'un crime. Tout ce que nous avons pour l'instant, c'est une femme qui est partie dans un véhicule appartenant au Service indien de la Santé et qui n'est pas revenue.

– Louisa m'a dit que cette Pollard enquêtait sur les origines de la dernière manifestation de *yersinia pestis*. C'est pour cette raison que vous vous intéressez à Woody ?

Leaphorn secoua la tête.

– Je n'avais jamais entendu parler de lui avant aujourd'hui. Mais ils s'intéressent tous les deux aux chiens de prairie, aux rats des bois, etc., et ils travaillent sur le même territoire. Il n'y a pas beaucoup de gens qui font ça, alors il est possible que leurs chemins se soient croisés. Il l'a peut-être vue quelque part. Elle lui a peut-être dit où elle allait.

Perez eut l'air pensif.

– Ouais, fit-il.

– Ils travaillent dans le même domaine, reprit Leaphorn, alors il a vraisemblablement entendu parler d'elle. Mais dans une région aussi vaste, il y a peu de chances qu'ils se soient rencontrés, et si cela a eu lieu, pourquoi serait-elle allée raconter à un quasi-étranger qu'elle avait l'intention de s'enfuir avec un véhicule appartenant à l'administration ?

– Oui, mais il y a intérêts convergents, opposa Perez. Ça rapproche énormément. Tous les combien est-ce qu'on risque de rencontrer quelqu'un qui est prêt à discuter des puces des chiens de prairie ? Et Woody est un fanatique absolu en ce qui concerne son travail. Si vous le mettez en présence d'un autre être humain qui possède la moindre connaissance des maladies infectieuses, de l'immunologie, de tout ça, il va lui en dire plus sur le sujet qu'il ne veut en savoir. Il est obsédé par ça. Il pense que les bactéries vont éliminer les mammifères à moins que nous ne fassions quelque chose pour l'empêcher. Et si elles ne nous tuent pas, les virus s'en chargeront. Il ressent ce besoin de mettre tout le monde en garde contre ça. Il joue les oiseaux de mauvais augure.

– Je comprends ça. Je ne cesse pas de dire que mener la guerre contre la drogue est une ineptie. Jusqu'à ce que je remarque que tout le monde n'arrête pas de bâiller.

– Même problème pour moi, reconnut Perez. Je parie que discuter de la transmission des molécules minérales à travers les parois des cellules ne vous passionne pas vraiment.

– Sauf si vous me l'expliquiez assez pour que je puisse comprendre...

Leaphorn regrettait d'avoir parlé de Woody à Louisa, regrettait qu'elle ait invité Perez, regrettait qu'ils ne puissent passer une soirée tranquille ensemble.

– ... Et d'abord, il faudrait que vous m'expliquiez en quoi ça devrait me concerner.

C'était ce qu'il ne fallait pas dire car cela inspira au docteur Perez la défense de la science pure et un élan oratoire sur la nécessité d'engranger des connaissances pour la beauté des connaissances. Leaphorn attaqua sa seconde côtelette à petites bouchées. Il revit à la baisse l'idée qu'il se faisait de son propre caractère pour ne pas avoir eu le courage de la refuser. Il s'interrogea sur la semi-hostilité de son attitude envers Perez. Elle avait commencé à se manifester quand il avait vu la Saab stationnée à l'endroit où il aimait se garer sur l'allée de Louisa, avait empiré quand il avait vu l'universitaire debout à côté d'elle sur le seuil, le visage souriant en le regardant approcher. Et avait franchi encore un cran lorsqu'il avait remarqué que Perez semblait le considérer comme un rival. Il était jaloux, conclut-il. Mais bon, et Joe Leaphorn alors? Est-ce qu'il était jaloux, lui aussi? C'était une pensée dérangeante et, pour la repousser, il mordit à nouveau dans sa viande.

Perez avait achevé son récit sur la manière dont la science pure avait abouti à la découverte de la pénicilline et à tout l'arsenal des antibiotiques qui avaient pratiquement anéanti les maladies infectieuses. Maintenant, il entrait dans une digression pour expliquer que l'usage stupide de ces médicaments avait transformé la victoire en défaite et que les micro-organismes mortels se livraient à de féroces mutations pour prendre toutes sortes d'autres formes.

– La mère amène son gosse avec le nez qui coule. Le médecin sait que c'est un virus qui en est la cause et que les antibiotiques n'y feront rien, mais le gamin chiale, la mère veut une ordonnance, alors il lui prescrit son antibiotique favori en lui disant de l'administrer à son enfant pendant huit jours. Et deux jours plus tard, le système immunitaire règle son compte au virus et elle arrête le traitement. Mais deux jours d'antibiotiques...

Il marqua un temps d'arrêt, but une longue gorgée de vin, s'essuya la moustache :

– ... ont massacré toutes les bactéries présentes dans le système sanguin du gamin sauf...

Il s'arrêta à nouveau, eut un geste de la main :

– ... sauf les rares qui présentaient des anomalies et qui ne sont pas affectées par le médicament. Alors, maintenant que les concurrents sont anéantis, ces virus anormaux se multiplient comme des dingues et le gosse est bourré de bactéries qui résistent aux traitements. Et à ce moment-là...

– À ce moment-là, intervint Louisa, c'est l'heure de passer au dessert. Qu'est-ce que vous diriez d'un peu de glace ? Ou de brownies ?

– Ou les deux, fit Perez. Enfin bref, il y a quelques années à peine, environ quatre-vingt-dix-neuf pour cent des *staphylococcus aureus* étaient tués par la pénicilline. Aujourd'hui, on est descendu à environ quatre pour cent. Il n'y en a plus qu'un seul, parmi les autres antibiotiques, qui marche contre eux, et parfois même pas.

La voix de Louisa arriva de la cuisine.

– Assez ! Assez ! Plus de récits d'apocalypse.

Elle revint, apportant le dessert :

– Et aujourd'hui, trente pour cent des gens qui meurent dans les hôpitaux meurent de quelque chose qu'ils n'avaient pas en y entrant. (Elle rit.) À moins que ce soit quarante pour cent ? J'ai déjà entendu cette conférence, mais nous autres spécialistes de mythologie n'avons pas la mémoire des chiffres.

– Aux environs de trente pour cent, précisa Perez qui avait l'air de bouder.

Après un bol de glace et deux brownies, il prétexta la nécessité de finir de noter ses copies et libéra l'emplacement de Leaphorn que sa Saab occupait dans l'allée.

– Un homme intéressant, commenta l'ancien lieutenant en empilant les soucoupes sur les assiettes et en prenant la direction de la cuisine.

– Assieds-toi, lui dit Louisa. Je me charge du rangement.

– Les veufs apprennent à faire ça très bien. Je veux te montrer ce que je sais faire.

Ce qu'il fit, jusqu'à ce qu'il remarque qu'elle modifiait la disposition des assiettes qu'il avait rangées dans le lave-vaisselle.

– Mauvais sens ? demanda-t-il.

– Eh bien, si tu les mets avec le côté nourriture tourné vers l'intérieur, c'est celui-là que les jets d'eau chaude vont attaquer. Ça nettoie mieux.

Leaphorn s'assit et se demanda si Perez avait effectivement ressenti de la jalousie à son égard et ce que cela pouvait impliquer, et il tenta de trouver une manière d'aborder le sujet. Il aboutit à un zéro pointé. Quelques instants plus tard, les bruits de vaisselle cessèrent dans la cuisine. Louisa en sortit et s'assit sur le canapé en face de lui.

– Merveilleux dîner, la félicita-t-il. Merci.

Elle hocha la tête.

– Michael est vraiment quelqu'un d'intéressant. Il a été bien trop bavard ce soir, mais c'est parce que je lui avais dit que tu t'intéresses à ce que fait le professeur Woody. (Elle haussa les épaules.) Il essayait juste d'aider.

– J'ai eu comme le sentiment qu'il ne m'appréciait pas outre mesure.

– C'était de la jalousie. Il essayait d'épater un peu la galerie. L'exemple type du besoin impératif que ressent le mâle à marquer son territoire.

Leaphorn n'avait pas la moindre idée de la façon dont il devait réagir à cette déclaration. Il ouvrit la bouche, inspira, fit « ha » et la referma.

– Nous nous connaissons depuis longtemps. Nous sommes de vieux amis.

– Ha, fit à nouveau Leaphorn. Des amis.

Il avait fait en sorte de ne pas mettre d'accent interrogatif dans le mot mais cela ne trompa pas Louisa.

– À une époque, il voulait m'épouser, il y a long-temps. Je lui ai répondu que j'avais essayé le mariage une fois, quand j'étais jeune, et que ça ne m'avait pas trop convenu.

Leaphorn considéra cette déclaration. C'était l'un de ces moments où l'on regrette d'avoir cessé de fumer. Allumer une cigarette, cela donne le temps de réfléchir.

– Tu ne m'avais jamais dit que tu avais été mariée.

– Je n'ai jamais vraiment eu de raison de le faire.

– Non, sans doute. Mais ça m'intéresse.

Elle rit.

– En réalité, je devrais te répondre que ça ne te regarde absolument pas. Mais je crois que je vais préparer du café pour décider de ce que je vais dire.

Quand elle revint avec deux tasses fumantes, elle lui en tendit une avec un grand sourire.

– J'ai décidé que ça me fait plaisir que tu m'aies posé la question.

Elle s'assit et lui raconta. Ils étaient tous deux étudiants de troisième cycle et c'était un garçon soli-dement bâti, beau, un peu largué, qui avait toujours besoin d'aide pour ses cours. À l'époque elle avait trouvé ça charmant, mais ce charme avait duré envi-ron un an.

– Il m'a fallu tout ce temps pour comprendre qu'en fait, ce qu'il cherchait, c'était une seconde mère. Tu sais, quelqu'un pour veiller sur lui.

– Il y a beaucoup d'hommes comme ça, dit Leap-horn.

Et comme il ne trouvait rien d'autre à ajouter, il ramena la conversation sur Catherine Pollard et la rencontre qu'il avait eue avec madame Vanders.

– Je me suis demandé pourquoi tu avais décidé d'accepter, dit-elle. Ça me paraît sans espoir.

– Ça l'est probablement. Je vais y consacrer encore deux ou trois jours et si ça n'a toujours pas l'air d'avancer, j'appellerai cette dame et je lui dirai que j'ai échoué.

Il finit son café, se leva et dit :

– J'ai cent trente kilomètres à faire pour rentrer à Tuba City, très exactement cent trente-deux jusqu'à mon motel, et il faut que j'y aille.

– Tu es trop fatigué pour faire toute cette route. Reste ici. Dors un peu. Tu rouleras demain matin.

– Euh. C'est-à-dire, je voulais essayer de trouver ce Woody pour voir s'il peut m'apprendre quelque chose.

– Il ne va pas s'envoler. Ça ne te prendra pas plus longtemps de faire le trajet demain matin.

– Rester ici ?

– Pourquoi pas ? Prends la chambre d'amis. J'ai un cours à neuf heures et demie. Mais si tu veux partir vraiment tôt, tu trouveras un réveil sur le bureau.

– Euh, fit-il en assimilant ces paroles, acceptant sa propre fatigue et la nature amicale de l'invitation. Oui. Ben, merci.

– Il y a tout ce qu'il faut dans la commode. Chemises de nuit et compagnie dans le tiroir du haut, pyjamas dans celui du bas.

– Pyjamas d'hommes ?

– D'hommes, de femmes, que sais-je encore. Les invités ne peuvent pas se montrer trop difficiles quand ils empruntent un pyjama.

Louisa, en remportant leurs tasses vides dans la cuisine, fit halte sur le seuil.

– Je continue à me demander pourquoi tu as accepté ce travail, dit-elle. Ça me surprend.

– Moi aussi. Mais j'avais beaucoup pensé à ce policier qui a été tué près de Yells Back Butte et il se trouve que Catherine Pollard a disparu le même jour, et qu'elle devait aller jeter un coup d'œil sur des terriers de rongeurs qui sont dans le même coin.

– Ah, fit Louisa en souriant. Et si je me souviens bien de ce que tu m'as dit, Joe Leaphorn n'a jamais pu se résoudre à croire aux coïncidences.

Elle restait là, les tasses à la main, à l'observer.

– Tu sais, Joe, si je n'étais pas obligée d'aller travailler demain, je m'imposerais pour venir avec toi. J'aimerais bien rencontrer ce Woody.

– Ce serait avec plaisir, dit-il.

Et c'était loin d'être exagéré. Il redoutait la journée du lendemain, la tâche à remplir, la promesse à tenir alors qu'il l'avait faite sans raison véritable, à une vieille femme qu'il ne connaissait même pas, sans aucun réel espoir d'apprendre quelque chose de pertinent.

Louisa n'avait pas encore bougé du seuil.

– C'est vrai ?

– Ma journée en serait beaucoup plus agréable.

11

Une plainte assidue et aiguë fit irruption dans le rêve de Joe Leaphorn et l'arracha brutalement au sommeil. Elle provenait d'un réveil blanc inconnu, posé sur une table à côté du lit, qui lui était également inconnu : mou, chaud, sentant le savon et les rayons du soleil. Sa vue finit par se fixer et il vit un plafond aussi blanc que le sien, mais sans le réseau de craquelures dans le plâtre qu'il avait mémorisé au long d'heures d'insomnie indicibles.

Il se dressa sur son séant, pleinement réveillé, tandis que les souvenirs récents lui revenaient en masse. Il se trouvait dans la chambre d'amis de Louisa Bourebonette. Il tendit une main maladroite vers le réveil, espérant arrêter sa plainte avant d'avoir réveillé son hôtesse. Mais visiblement il était trop tard. Il huma le café qui passait et le bacon qui cuisait : les arômes presque oubliés du bien-être. Il s'étira, bâilla, s'installa confortablement contre l'oreiller. Les draps frais et craquants de propreté lui rappelaient Emma. Tout lui rappelait Emma. Le vent doux du matin agitait les rideaux à côté de sa tête. Elle aussi laissait toujours leurs fenêtres ouvertes à l'air du dehors jusqu'à ce que les morsures de l'hiver à Window Rock rendent cela irréalisable. Les rideaux, aussi. Il l'avait taquinée, là-dessus. « Emma, je n'avais pas vu de rideaux aux fenêtres, dans le hogan de ta mère », lui avait-il dit. Elle l'en avait récompensé par son sourire indulgent et lui avait rappelé qu'il lui avait fait quitter le hogan et que les Navajos doivent rester en harmonie avec les maisons qui nécessitent des rideaux. C'était l'une des choses qu'il adorait chez elle. Une parmi tant d'autres. Aussi nombreuses que les étoiles dans le ciel du haut pays, à minuit.

Deux jours avant de présenter l'examen général de licence pour obtenir son diplôme de l'université de l'État d'Arizona, il l'avait persuadée de l'épouser. Sa discipline était l'anthropologie, mais l'examen si redouté couvrait tout le spectre des sciences humaines et il avait révisé ses points faibles, ce qui l'avait conduit à un survol rapide des pièces de Shakespeare « qui avaient le plus de chances de tomber », et, par suite, du discours où Othello parle de Desdémone. Il gardait encore ce passage en mémoire, même s'il n'était pas absolument sûr de s'en souvenir mot pour mot : « Elle m'aima pour les dangers que j'avais courus, et je l'aimai parce qu'elle en avait pitié. »

– Leaphorn, tu es levé ? Sinon, tes œufs vont être trop cuits.

– Je suis levé.

Aussitôt dit aussitôt fait. Il s'empara de ses vêtements et se hâta d'entrer dans la salle de bains. Ce qu'Othello essayait de faire comprendre, pensa-t-il, c'était qu'il aimait Desdémone parce qu'elle l'aimait. Ce qui paraissait assez simple mais était en réalité un concept extrêmement complexe.

Dans la seconde salle de bains de Louisa, Leaphorn trouva une brosse à dents pour les invités. Lui qui avait le bonheur d'être doté du système pileux des Indiens, clairsemé et lent à pousser, ne ressentait pas comme une gêne le manque de rasoir.

(« L'absence de poils de barbe », lui avait dit son grand-père, « est la preuve que, sur l'échelle de l'évolution de l'espèce, les Navajos sont beaucoup plus éloignés du singe que tous ces hommes blancs velus. »)

En dépit de la menace, Louisa avait en réalité repoussé le moment de casser les œufs du petit déjeuner jusqu'à ce qu'il se présente sur le seuil de la cuisine.

– J'espère que tu le pensais, quand tu m'as dit que tu serais heureux de m'avoir à tes côtés aujourd'hui, lui dit-elle quand ils entamèrent le petit déjeuner. Si oui, je peux venir.

Leaphorn étalait du beurre sur son toast. Il avait déjà remarqué que le professeur Bourebonette ne portait pas le chemisier et la jupe austères qui constituaient sa tenue d'enseignante. Elle était vêtue d'un jean et d'une chemise à manches longues assortie.

– Je le pensais, confirma-t-il. Mais ça va être ennuyeux, comme à peu près quatre-vingt-dix-neuf pour cent de ce genre de travail. Je voulais juste voir si je pouvais trouver ce Woody, découvrir s'il a vu Catherine Pollard et s'il peut m'apprendre quelque chose qui me permette d'avancer. Après, j'avais l'intention de retourner à Window Rock, d'appeler madame Vanders, de lui signaler que je n'avais fait aucun progrès et...

– Ça me convient tout à fait.

Leaphorn posa sa fourchette.

– Et tes étudiants ?

Ce n'était pas vraiment la question qu'il voulait lui poser. Ce qu'il voulait savoir, c'était la façon dont elle comptait s'organiser quand les tâches de la journée seraient terminées. Est-ce qu'elle s'attendait à ce qu'il la reconduise à Flagstaff ? Est-ce qu'elle avait l'intention de rester à Tuba City ? Ou de l'accompagner chez lui à Window Rock ? Et si tel était le cas, que se passerait-il ensuite ?

– Tout ce que j'ai aujourd'hui, c'est une réunion de mon cours d'ethnologie. J'avais déjà programmé que David Esoni allait faire son intervention sur les histoires didactiques zuñi*. Je crois que tu l'as rencontré.

– C'est le professeur qui est originaire de Zuñi ? Je croyais qu'il enseignait la chimie.

Louisa acquiesça de la tête.

– Oui. Et chaque année, je lui demande de parler de la mythologie zuñi à ma classe de première année. Et de la culture en général. Je l'ai appelé ce matin. Les étudiants l'attendent et il m'a dit qu'il pouvait se présenter tout seul.

Leaphorn hocha la tête. Se racla la gorge en essayant de formuler sa question. Il n'eut pas besoin de le faire.

– Quand nous arriverons à Tuba, je partirai de mon côté. Je veux voir Jim Peshlakai... il enseigne ce qui touche à la culture traditionnelle, là-bas, à l'école secondaire de Grey Hills. Il va m'organiser des entretiens avec un certain nombre de ses élèves qui viennent d'autres tribus. Après, il descend ce soir à Flag pour un travail qu'il a à faire à la bibliothèque. Je profiterai du voyage pour rentrer.

– Oh, fit Leaphorn. Très bien.

Louisa sourit.

– Je pensais bien que tu allais dire ça. Je vais nous préparer un Thermos de café. Et un petit pique-nique, on ne sait jamais.

Il ne restait donc plus qu'à vérifier s'il avait reçu des messages téléphoniques. Il composa le numéro et le code. Deux appels. Le premier était de madame Vanders. Elle n'avait toujours aucune nouvelle de Catherine. Est-ce qu'il avait quelque chose à lui dire ?

Le second était de Cowboy Dashee. Il priait monsieur Leaphorn de le rappeler dès que possible. Il avait laissé son numéro.

Leaphorn raccrocha et, tout en regardant fixement le téléphone, prêta l'oreille aux bruits que Louisa faisait dans la cuisine, replaçant Cowboy Dashee dans sa mémoire. C'était un policier. Un Hopi. Un ami de Jim Chee. Un adjoint au shérif du comté de Coconino, maintenant, se souvint-il. De quoi Dashee voulait-il lui parler ? À quoi bon jouer aux devinettes ? Il composa le numéro.

– Poste de police de Cameron, lui répondit une voix de femme. Que puis-je faire pour vous ?

– Joe Leaphorn à l'appareil. Je viens de recevoir un appel de l'adjoint au shérif Dashee. Il m'a laissé ce numéro.

– Oh, oui, fit-elle. Un moment. Je vais voir s'il est encore là.

Un petit déclic. Le silence. Puis :

– Lieutenant Leaphorn ?

– Oui, répondit-il. Mais vous pouvez dire monsieur, je suis redevenu simple citoyen. J'ai reçu votre message. Que se passe-t-il ?

Dashee s'éclaircit la voix :

– Euh. C'est juste que j'ai besoin d'un conseil.

Il marqua une nouvelle pause.

– Bien sûr, fit Leaphorn. C'est gratuit, et vous connaissez le dicton : ce genre de service, ça ne vaut pas plus que ça n'a coûté.

– Euh. J'ai un problème et je ne sais pas comment le résoudre.

– Vous voulez m'en parler ?

Un nouveau raclement de gorge.

– Est-ce que je pourrais vous voir à un endroit où nous pourrions parler ? C'est un sujet assez délicat. Et compliqué.

– J'appelle de Flag et je m'apprête à prendre la route de Tuba City. Je vais passer par Cameron dans une heure environ.

– Parfait, dit Dashee en proposant une cafétéria en bordure de la 89.

– Je serai accompagné d'une enseignante de l'université d'Arizona Nord, précisa Leaphorn. Est-ce que cela vous pose un problème ?

Un long silence.

– Non, lieutenant. Je ne crois pas.

Mais le temps qu'ils atteignent Cameron et qu'ils se rangent à côté de la voiture de patrouille qui portait le logo et les inscriptions des services du shérif du comté de Coconino, Louisa avait décidé qu'il valait mieux qu'elle attende dans la voiture.

– Ne sois pas bête, lui avait-elle expliqué. Bien sûr qu'il était obligé de dire que ça ne le gênait pas que je sois là à l'écouter. Qu'est-ce qu'il pouvait dire d'autre alors qu'il te demande un service ?

Elle avait ouvert son sac et en avait sorti un livre de poche qu'elle lui avait montré :

– *Execution Eve*. Tu devrais le lire. Le fils d'un ancien directeur de prison du Kentucky qui se souvient de l'affaire de meurtre qui a fait de son père un opposant à la peine de mort.

– Oh, allez, viens. Ça lui est égal, à Dashee.

– Ce livre est plus intéressant, et non, ça ne lui est pas égal.

Et, bien sûr, elle avait raison. Quand ils s'étaient garés, Leaphorn avait aperçu l'adjoint au shérif Albert « Cowboy » Dashee, assis dans un box, à côté de la fenêtre, qui les observait d'un air morose. Maintenant, assis en face de lui à le regarder commander du café, il se souvenait que ce Hopi l'avait frappé comme quelqu'un qui était plein de bonne humeur. Un homme heureux. Ce qui ne se voyait absolument pas ce matin.

– Je vais en venir droit au but, fit Dashee. Il faut que je vous parle de Jim Chee.

– De Jim Chee... ?

Ce n'était pas ce à quoi il s'était attendu. En réalité, il n'avait eu aucune idée de ce à quoi il devait s'attendre. Peut-être quelque chose qui était en rapport avec l'assassinat du policier navajo par le Hopi.

– ...Vous êtes de vieux amis, tous les deux, non ?

– Depuis très, très longtemps. Ce qui rend la situation encore plus délicate.

Leaphorn hocha la tête. Dashee ajouta :

– Jim vous a toujours considéré comme un ami, vous aussi.

Il prit une mine piteuse pour compléter :

– Même quand il vous en voulait.

Leaphorn hocha à nouveau la tête.

– Ce qui était assez fréquent.

– Le problème c'est que Jim n'a pas arrêté le vrai coupable, dans cet homicide dont a été victime Benjamin Kinsman. Ce n'est pas Robert Jano qui a fait ça.

– Vous en êtes sûr ?

– Oui. Robert est incapable de tuer quelqu'un.

– Qui, alors ?

– Je n'en sais rien. Mais j'ai grandi avec Robert Jano. Je sais que ce sont des arguments que vous entendez à longueur de temps mais...

Il leva les mains au ciel.

– Je connais moi aussi des gens dont jamais je ne pourrais croire qu'ils puissent tuer quelqu'un... quelles que soient les circonstances. Mais parfois, quelque chose se brise et ils le font. Un instant de démence.

– Il faudrait que vous le connaissiez. Si c'était le cas, vous n'y croiriez pas une seconde. Ça a toujours été quelqu'un de doux et d'attentionné, même quand nous étions jeunes et que nous essayions de jouer aux durs. Robert ne semblait jamais vraiment perdre son calme. Il aimait tout le monde. Même les salauds.

Leaphorn se rendait bien compte que Dashee détestait ce moment. Il avait repoussé son chapeau d'uniforme sur son crâne. Il avait le visage cramoisi. La sueur perlait sur son front.

– Je suis à la retraite, vous savez. Tout ce qui me parvient, ce sont des bruits répétés par plusieurs personnes. Mais à ce qu'on m'a dit, Chee a arrêté son suspect en flagrant délit. Jano était, paraît-il, penché au-dessus de Kinsman, couvert de sang. Une partie de ce sang était le sien. L'autre était celui de Kinsman. C'est bien à peu près ça ?

Dashee lâcha un soupir, se passa la main sur le visage.

– C'est l'impression que ça a dû donner à Jim.

– Vous lui en avez parlé ?

Dashee fit non de la tête.

– C'est le conseil que je voulais vous demander. Comment est-ce que je dois m'y prendre ? Vous savez comment il est. Kinsman faisait partie de son peuple. Quelqu'un le tue. Il doit ressentir un sentiment très violent. Et en plus je suis policier. Ce n'est pas moi qui suis chargé d'enquêter sur l'affaire. Sans compter que je suis hopi. Avec le genre de ressentiment qui n'a pas cessé de croître entre nous et les Navajos. (Il leva à nouveau les mains au ciel.) La situation est tellement compliquée, merde. Je veux qu'il sache que ça n'a rien à voir avec du sentimentalisme à la con. Comment est-ce que je dois m'y prendre pour lui parler ?

– Ouais, fit Leaphorn en pensant que tout ce que Dashee venait de lui dire ressemblait fort à du sentimentalisme à la con. Je comprends votre problème.

Le café arriva, ce qui rappela à Leaphorn que Louisa attendait à l'extérieur. Mais elle avait le

Thermos dont ils s'étaient munis et elle comprendrait. Exactement comme Emma comprenait toujours. Il but son café sans rien remarquer d'autre à part qu'il était chaud.

– Est-ce qu'ils vous ont laissé vous entretenir avec Jano ?

Dashee fit oui de la tête.

– Comment vous avez obtenu ça ?

– Je connais l'avocate chargée de sa défense. Janet Pete.

Leaphorn eut un grognement, secoua la tête.

– C'est bien ce que je craignais. Je l'ai vue à l'hôpital le jour où Kinsman est mort. Les gens de la partie civile étaient rassemblés et elle est arrivée, elle aussi. On m'avait dit qu'elle avait été nommée dans les services fédéraux des avocats.

– C'est cela. Elle va bien le défendre, mais ce n'est pas ça qui risque de rendre les choses plus faciles avec Jim, c'est sûr.

– Ils étaient sur le point de se marier, à un moment, je crois. Et après elle est repartie pour Washington. C'est toujours d'actualité ?

– J'espère que non. C'est une fille de la ville. Jim a toujours été un Navajo des camps à moutons. Mais bon, ça va le rendre affreusement susceptible qu'ils soient dans des camps opposés dans cette affaire. Il ne va pas être facile à prendre.

– Mais Chee a toujours été quelqu'un de raisonnable. Si c'était moi, j'irais lui exposer les choses telles qu'elles sont. Il faut juste que vous trouviez les meilleurs arguments possibles.

– Vous croyez que ça servira à quelque chose ?

– J'en doute. Sauf si vous lui présentiez quelque chose qui se rapproche d'un élément de preuve. Comment pourrait-il en aller autrement ? Si ce qu'on raconte à Window Rock est exact, Jano avait un mobile. La vengeance, au même titre qu'une ten-

135

tative de rébellion à agent. Kinsman l'avait déjà arrêté pour avoir braconné un aigle. Il s'en était tiré à bon compte mais cette fois, ça allait être une récidive. Plus important, à ce qu'on m'a dit, il n'y a pas d'autre suspect possible. Par ailleurs, même si vous persuadiez Chee qu'il se trompe, qu'est-ce qu'il y peut maintenant ?

Dashee n'avait pas touché à son café. Il se pencha au-dessus de la table.

– Trouver la personne qui a vraiment tué Kinsman. C'est ça que je veux lui demander de faire. Ou de m'aider à faire.

– Mais si je comprends bien la situation, seuls Jano et Kinsman étaient sur place, jusqu'à ce que Chee arrive en réponse à la demande de renforts lancée par Kinsman.

– Il y avait une femme, là-haut, affirma Dashee. Une femme nommée Catherine Pollard. Peut-être d'autres personnes.

Leaphorn, surpris alors qu'il levait sa tasse pour boire, fit « ha » et la reposa. Il dévisagea un instant Dashee :

– Comment le savez-vous ?

– J'ai interrogé les gens, fit-il avec un petit rire amer. Un truc que Jim devrait faire.

Il secoua la tête et poursuivit :

– C'est quelqu'un de bien et un bon policier. Ce que je vous demande, c'est comment je dois m'y prendre pour le faire bouger. Sinon, je crois que Jano pourrait écoper de la peine capitale. Et un jour, Jim apprendra qu'ils ont exécuté un innocent. Et ce sera comme si on le tuait lui aussi. Chee ne s'en remettra jamais.

– Je sais quelque chose sur Catherine Pollard, dit Leaphorn.

– Je sais. On me l'a dit.

– Si elle était là-bas, et il semble que ce soit l'endroit où elle devait se rendre ce jour-là, comment pourrait-elle se trouver imbriquée dans tout ça ? Autrement, bien sûr, qu'en tant que témoin potentiel.

– J'aimerais soumettre à Jim une autre hypothèse pour ce crime. Lui demander d'y réfléchir un moment, comme alternative à : « Jano tue Kinsman pour échapper à l'arrestation ». La voici : Pollard se rend à Yells Back Butte pour faire ce qu'elle a à y faire. Kinsman y est, à l'affût de Jano, ou peut-être que c'est Pollard qu'il cherche. Dans le premier cas, il tombe sur elle par hasard. Dans le second, il la trouve. Deux soirs avant exactement, Kinsman se trouvait dans un bistrot près de l'autoroute, à l'est de Flag, il a vu Pollard et il a essayé de la piquer au type avec qui elle était. Une bagarre a éclaté. C'est un membre de la police routière de l'Arizona qui les a séparés.

Leaphorn fit tourner sa tasse entre ses mains, réfléchissant à ces paroles. Aucune raison de demander à Dashee d'où il tenait cela. Les informations circulent vite entre policiers.

Le Hopi l'observait, l'air inquiet.

– Qu'en pensez-vous ? s'enquit-il. Kinsman a la réputation d'être coureur. Il est attiré par elle et, en plus, maintenant, il est furieux. Ou alors il pense qu'elle va porter plainte et le faire suspendre de ses fonctions. (Il haussa les épaules.) Il y a échange de coups. Elle lui fracasse la tête avec une pierre. Puis elle entend Jano qui arrive et elle prend la fuite. Est-ce que cela vous paraît plausible ?

– Cela dépend largement de savoir si vous disposez de quelqu'un qui accepte de témoigner qu'il l'a vue sur place. Est-ce le cas ? Je veux dire, outre le fait que ce soit l'endroit où elle a dit à son chef qu'elle allait travailler ce jour-là ?

– Je le tiens de Vieille Femme Notah. Elle a un troupeau de chèvres là-bas. Elle se souvient que vers le lever du jour elle a vu une Jeep remonter la piste de terre et dépasser la butte. Il semble que Pollard conduisait une Jeep.

Dashee prit l'air un peu penaud :

– Cela ne constitue qu'un faisceau d'indices. Elle n'a pas pu identifier la personne qui tenait le volant. Pas même son sexe.

– Néanmoins, c'était sûrement elle, reconnut Leaphorn.

– Et il paraît que la Jeep n'a toujours pas été retrouvée. Et Pollard non plus.

– Exact aussi.

– Et que vous offrez une récompense de mille dollars à quiconque la retrouvera.

– C'est vrai. Mais si c'est Pollard la coupable, et si elle fuyait les lieux, pourquoi Chee ne l'a-t-il pas vue ? Souvenez-vous, il n'est arrivé que quelques minutes après que ça s'est produit. Le sang de Kinsman était encore frais. Il n'y a que cette seule et unique piste étroite pour y accéder, et Chee était dessus. Pourquoi n'a-t-il pas...

Dashee leva la main.

– Je ne sais pas, et vous non plus. Mais vous ne croyez pas que c'est matériellement possible ?

Leaphorn hocha la tête.

– Ce n'est pas impossible.

– Je ne veux pas outrepasser mes pouvoirs, dans cette histoire, ni paraître agressif, mais laissez-moi ajouter quelque chose d'autre à ma théorie concernant ce crime. Disons que Pollard a réussi à quitter les lieux, qu'elle est arrivée à un téléphone, qu'elle a appelé quelqu'un et lui a raconté ses ennuis en demandant de l'aide. Disons que ce correspondant lui a indiqué où se cacher en l'assurant qu'il allait la couvrir.

Leaphorn demanda :

– À qui pensez-vous, et comment ?

Mais il connaissait la réponse.

– Qui ? Je dirais quelqu'un de sa famille. Probablement son père, à mon avis. Comment ? En donnant l'impression qu'elle a été enlevée. Assassinée.

– Et ils y parviennent en s'assurant les services d'un policier à la retraite qui se lance à sa recherche, compléta Leaphorn.

– Quelqu'un qui est respecté par tous les représentants de l'ordre, confirma Dashee.

12

Le rocher sur lequel Chee avait si imprudemment engagé son poids dévala la pente, bondit dans le vide, heurta une saillie rocheuse qui coupait sa trajectoire, déclencha une bruyante avalanche de cailloux et de terre et disparut au milieu des herbes sauvages, loin en contrebas. Chee déplaça prudemment son corps sur sa droite, libéra un profond soupir et demeura immobile un moment, appuyé contre la falaise, laissant aux battements de son cœur le temps de ralentir un peu. Il se trouvait juste sous le sommet aplati de Yells Back Butte, haut sur l'avancée rocheuse qui opérait la jonction avec Black Mesa. Ce n'était pas une escalade difficile pour un homme jeune bénéficiant de l'excellente condition physique qui était la sienne, et pas particulièrement dangereuse à condition de se concentrer sur ce qu'on faisait. Ce qui n'avait pas été le cas. Ses pensées s'étaient tournées vers Janet Pete, affrontant la vérité selon laquelle il en était à gâcher sa journée parce qu'elle avait sous-entendu qu'il n'avait pas effectué correctement son travail consistant à procéder à un examen approfondi des lieux du crime.

Et maintenant, les deux pieds fermement posés au sol et l'épaule calée contre la paroi, il baissait le regard vers l'endroit où le bloc rocheux avait effectué son plongeon et réfléchissait à ce problème chronique dont souffre la police tribale navajo, l'absence de soutien. S'il ne s'était pas rattrapé, il serait tout en bas, dans ces herbes, avec les os brisés, de multiples blessures cutanées, à une centaine de kilomètres des secours. C'est à cela qu'il pensa en gravissant à quatre pattes les quinze derniers mètres d'éboulis et en franchissant le rebord à plat ventre. Kinsman serait encore en vie s'il n'avait pas été seul. C'était la même chose pour les deux policiers tués dans le secteur de Kayenta. Un territoire immense, jamais assez d'hommes pour épauler les collègues, jamais un budget suffisant pour disposer de moyens de communication efficaces, jamais ce dont on a besoin pour mener ses tâches à bien. Janet n'avait peut-être pas tort. Il se présenterait à l'examen du FBI, ou alors il accepterait la proposition émanant des représentants de la sécurité au BIA[1]. Ou encore, si tout le reste échouait, il envisagerait de signer auprès de la DEA.

Mais pour l'heure, debout sur le toit de pierre plat de Yells Back Butte, il tourna son regard vers l'ouest et vit le ciel immense, la ligne de fronts nuageux qui s'amoncelaient au-dessus de Coconino Rim, les rayons du soleil qui se reflétaient sur les Falaises Vermillon en dessous de la frontière avec l'Utah, et la gigantesque forme en chou-fleur prise par l'orage qui offrait déjà la bénédiction de sa pluie sur les Monts San Francisco, la Montagne Sacrée* qui marquait la frange ouest de la terre sacrée de son peuple. Il ferma les yeux à ce spectacle, se représentant la beauté de Janet, sa vivacité, son intelligence. Mais d'autres souvenirs l'envahirent : les ciels lugubres de Washington, les nuées d'hommes jeunes ensevelis dans des costumes trois-

1. BIA, *Bureau of Indian Affairs*, le Bureau des Affaires indiennes. (*N.d.T.*)

pièces et prisonniers du type de cravate qu'exigeait la mode du jour. Il se remémora le vacarme, les sirènes, l'odeur de la circulation, les couches successives des mensonges convenus. Un petit souffle d'air agita ses cheveux et lui apporta l'odeur des genévriers et de la sauge, et un cri rauque répété, loin à la verticale, lui rappela la raison de sa présence en ce lieu.

Au premier coup d'œil, il pensa que le rapace était une buse à queue rousse, mais quand il changea de direction pour reprendre son observation de l'intrus, Chee vit qu'il s'agissait d'un aigle royal. C'était le quatrième de la journée (une bonne année pour les aigles et un bon endroit pour les trouver) à patrouiller sur les bords rocheux de la mesa où prospéraient les rongeurs. Il l'observa tandis qu'il décrivait des cercles, se détachant en blanc gris sur le ciel bleu foncé, jusqu'à ce qu'ayant satisfait sa curiosité, il se laisse porter vers l'est au-dessus de Black Mesa. Quand il avait tourné, Chee avait remarqué un cran dans l'éventail de ses plumes de queue. Probablement un individu âgé. Les plumes de queue ne se perdent pas lors de la mue.

Même avec les indications fournies par Janet, il lui fallut une demi-heure pour repérer le piège de Jano. Le Hopi avait dissimulé une brèche dans la roche sous un toit constitué d'un réseau de branches de sauge mortes qu'il avait recouvert de feuillages prélevés sur des arbustes proches. La majeure partie était brisée et éparpillée. Chee se laissa descendre dans l'interstice, s'accroupit et examina les lieux, reconstituant la stratégie de Jano.

D'abord, il avait dû s'assurer que l'aigle qu'il convoitait avait pour habitude de surveiller cet endroit. Il avait dû venir le soir afin de préparer son piège... ou, plus vraisemblablement, de remettre en état un de ceux que les membres de sa kiva utilisaient depuis des siècles. S'il y avait effectué une modification notable, il avait dû attendre quelques jours que l'aigle se soit habitué à cette transformation dans son paysage. Ceci une fois fait, il avait dû revenir, tôt le matin où le destin avait voulu qu'il tue Ben Kinsman. Il avait certainement apporté un lapin, avait fixé une corde à sa patte et l'avait placé sur le toit du piège. Puis il avait attendu, guettant à travers les fentes l'apparition de l'aigle. Étant donné que les yeux des rapaces détectent les mouvements bien mieux que n'importe quel radar, il avait dû s'assurer que le lapin bougeait quand le moment propice était venu. Et lorsque l'aigle l'avait saisi entre ses serres, il avait tiré le rongeur à lui, jeté sa veste sur l'oiseau afin de le terrasser, et l'avait poussé dans la cage qu'il avait apportée.

Chee inspecta le sol autour de lui, cherchant des preuves du passage de Jano. Il ne s'attendait pas à en trouver et n'en trouva pas. La roche sur laquelle il avait dû rester assis en guettant l'oiseau était usée et lisse. N'importe qui avait pu s'y installer ce jour-là, ou personne. Il ne découvrit pas un seul vestige des taches de sang que Jano aurait pu laisser là si l'aigle lui avait déchiré les chairs au moment où il l'avait attrapé. La pluie avait pu nettoyer le sang, mais il aurait laissé une trace dans le granite granuleux. Chee se hissa hors de la brèche, n'en remontant qu'une unique plume d'aigle tout ébouriffée qu'il avait trouvée sur le sol sableux du piège, et un mégot de cigarette qui donnait l'impression d'être resté exposé en cet endroit depuis plus longtemps que l'averse de la semaine précédente. La plume provenait du corps, ce n'était pas une de celles du bout des ailes ou de la queue qui, robustes, ont une grande valeur comme objets cérémoniels. Et ni elle ni le mégot ne présentaient de traces de sang. Il les rejeta dans le piège.

Il passa encore une heure à inspecter la butte de manière tout aussi infructueuse. Il trouva un autre piège, à environ huit cents mètres de distance en suivant la corniche, et plusieurs endroits où des pierres avaient été entassées, des petits bâtons* de prière peints placés au milieu et des plumes attachées aux branches des buissons de sauge voisins. Il était évident que les Hopis considéraient cette butte comme faisant partie de leurs terres spirituelles ancestrales, et il en allait probablement ainsi depuis que les premiers clans étaient arrivés vers le douzième siècle. La décision du gouvernement fédéral de rattacher la butte à la réserve navajo n'y avait rien changé et n'y changerait jamais rien. Cette pensée lui donna le sentiment d'être un intrus sur sa propre réserve, et ne fit rien pour améliorer son humeur. Il était temps d'envoyer tout promener et de rentrer chez lui.

Le travail administratif requis de la part de quiconque remplit les fonctions de lieutenant n'avait en rien amélioré le tonus musculaire de ses jambes, pas plus que ses poumons. Il était fatigué. Debout sur le bord, le regard braqué de l'autre côté de la passe rocheuse, il redoutait la longue descente. Un aigle monta dans le ciel au-dessus de Black Mesa, et la silhouette d'un autre se détachait sur les nuages, loin vers le sud, au-dessus des Monts San Francisco. C'était le pays des aigles et ce, depuis toujours. Quand les premiers clans hopi avaient fondé leurs villages sur Première Mesa, les anciens avaient assigné un territoire pour la capture des aigles, de même qu'ils l'avaient fait pour la culture du maïs* et pour les sources. Et quand les Navajos étaient survenus, deux cents ans plus tard, eux aussi avaient rapidement appris que l'on venait à Black Mesa quand sa bourse à *medicine* réclamait des plumes d'aigle.

Il sortit ses jumelles et tenta de localiser le rapace qu'il avait vu sur fond de nuage. Il avait disparu. Il trouva celui qui chassait au-dessus de la mesa et fit la mise au point sur lui en se disant que c'était peut-être l'aigle qu'il avait observé antérieurement. Mais non. Celui-ci possédait son éventail de plumes de queue au grand complet. Le policier abaissa les jumelles en les braquant sur l'endroit où il avait découvert Jano à côté du corps agonisant de Ben Kinsman, et tenta de reconstituer la façon dont la tragédie avait dû se dérouler.

Jano n'avait peut-être pas remarqué Kinsman en contrebas parce que le policier s'était certainement caché. Mais en regardant vers le bas, d'ici, il avait difficilement pu omettre de repérer la voiture de police de Kinsman à l'endroit où celui-ci l'avait laissée dans l'arroyo. Jano avait déjà été arrêté une fois parce qu'il braconnait des aigles. Il devait être inquiet et méfiant.

Alors pourquoi descendre et se laisser capturer ? Probablement parce qu'il n'avait pas le choix. Mais pourquoi ne pas libérer tout simplement son aigle, dissimuler la cage, descendre et raconter au représentant de la loi qu'il était monté pour méditer et dire ses prières ? Le pick-up truck d'un rouge passé de Jano avait été garé en dessous du point le plus bas de la passe, et Kinsman avait laissé sa voiture près de l'arroyo, à huit cents mètres de là à peu près. Même sans jumelles, Jano n'avait pu manquer de voir que sa retraite était coupée.

Chee parcourut à nouveau la vallée du regard, repérant des pierres effondrées, vestiges de ce qui avait autrefois constitué les murs du hogan Tijinney, ses enclos à moutons et son abri de broussailles écroulé. Au-delà du site du hogan, un reflet de soleil attira son attention. Il braqua les jumelles dans cette direction. Le rétroviseur extérieur d'une sorte de petit camion garé dans un bouquet de genévriers. Qu'est-ce que ce véhicule pouvait bien fabriquer là ? Deux des victimes de la peste du printemps précédent venaient de ce quart de cercle de la réserve. Le camion pouvait être celui des gens du Service de la Santé d'Arizona qui attrapaient des rongeurs et étudiaient leurs puces. Il se souvint que Leaphorn lui en avait parlé : la femme qu'il cherchait était venue par ici pour enquêter sur un cas de peste.

Du côté opposé de la passe, loin du camion, du « hogan habité par la mort » ayant appartenu à Tijinney et du lieu du crime, un mouvement se manifesta à la limite de son champ de vision. Il braqua les jumelles. Une chèvre noire et blanche qui broutait un buisson. Pas seulement une. Il en compta sept, mais il pouvait y en avoir dix-sept ou soixante-dix disséminées dans cette zone accidentée.

Pendant qu'il les comptait, il trouva la piste. En réalité, il y avait deux traces, probablement laissées par un véhicule appartenant à la personne qui détenait le droit de pacage et venait de temps à autre pour voir comment allait son troupeau.

Ce n'était pas ce que même un Navajo des campements à moutons honorerait du nom de route, mais lorsque à l'aide des jumelles il en remonta le parcours jusqu'à la piste d'accès, il en comprit l'importance. Jano avait bel et bien disposé d'une issue, d'un moyen d'échapper à la capture sans avoir à renoncer à son aigle. Il aurait pu se laisser glisser de l'autre côté de la passe, invisible aux yeux du policier qui l'attendait pour l'arrêter. Il aurait pu laisser son aigle dans un endroit sûr, effectuer l'escalade facile de la passe en son point le plus bas sans rien qui puisse l'incriminer. Puis il aurait regagné son pick-up, serait reparti par la route de graviers, l'aurait suivie sur deux ou trois kilomètres en direction de Tuba City, puis aurait complété le circuit en revenant par cette piste du troupeau de chèvres afin de récupérer son oiseau captif.

Jano en connaissait forcément l'existence. C'était son territoire de chasse. Il aurait pu s'échapper facilement. Au lieu de cela, il avait choisi le chemin qui le conduisait tout droit vers l'endroit où Kinsman attendait.

Chee entama prudemment sa descente, gardant en mémoire l'épisode de la roche délogée qui avait bien failli le précipiter sur la pente. Jusque-là, la journée avait été mauvaise. Il avait grimpé la passe en se disant que Jano était un homme qui avait tué dans ce qui avait probablement été une tentative désespérée pour échapper à une arrestation, et qui avait inventé des mensonges peu vraisemblables pour éviter la prison. Parvenu au pied de la pente, il fit halte pour reprendre son souffle. Il consulta sa montre. Il allait tout de suite déterminer l'emplacement du camion aperçu, apprendre si les gens qui s'en servaient étaient là le jour fatal et, si oui, leur demander s'ils avaient vu quelque chose. Si ce n'était pas le cas, cela aussi pourrait avoir son importance en tant qu'élément de preuve par défaut.

Quand il avait grimpé sur le sommet de Yells Back Butte, il avait nourri le vague espoir ambigu de découvrir quelque chose qui puisse laisser envisager que Jano ne mentait pas, qu'il n'aurait pas à affronter la peine de mort ou (pire, dans l'opinion de Chee) la prison à perpétuité. Pour être tout à fait honnête, il avait souhaité trouver quelque chose qui lui permettrait de restaurer son prestige aux yeux de Janet Pete. Mais il savait maintenant que le meurtre de Benjamin Kinsman avait été un acte de vengeance délibéré, prémédité et barbare.

13

Le camion était garé dans le lit sableux et peu profond d'un torrent à sec, partiellement ombragé par un groupe de genévriers et dissimulé derrière un écran d'arroches. Personne n'était visible mais ce qui ressemblait à un système de climatisation gigantesque ronronnait sur le toit. Chee se tenait sur la marche dépliable, à côté de la porte. Il cogna contre le battant métallique, répéta son geste puis cogna à nouveau, plus fort. Aucune réaction. Il essaya le bouton de porte. Fermée à clef. Appuya son oreille contre le panneau et écouta. Rien au début, à l'exception des vibrations du climatiseur, puis un bruit faible et rythmé.

Il prit un peu de recul et étudia le véhicule. L'habitacle était fabriqué sur mesure et monté sur un châssis de gros camion GMC muni de doubles roues arrière. Il donnait l'impression d'avoir coûté cher, d'être assez récent et, à en juger par les bosses et les rayures, d'avoir été utilisé en pays accidenté de manière intensive (ou peu soigneuse). À l'exception de l'absence de porte, il n'y avait rien de particulier du côté du conducteur. L'arrière était pourvu d'une échelle métallique rabattable qui permettait d'accéder au toit, et d'un porte-bagages qui accueillait pour l'heure un vélo tout-terrain, une table pliante avec deux chaises, un bidon d'essence de vingt litres, une pioche, une pelle, et un assortiment de pièges et de cages pour rongeurs. Il n'y avait pas de fenêtres à l'arrière, et les seules ouvertures latérales étaient placées en hauteur. En hauteur, pensa Chee, pour offrir davantage de place à des meubles de rangement.

Il frappa à nouveau, secoua le bouton, cria, ne reçut pas de réponse, colla à nouveau son oreille contre la porte. Cette fois, il entendit un autre bruit étouffé. Un grattement. Un couinement ténu, comme celui d'une craie sur un tableau.

Il déplia l'échelle d'accès, grimpa sur le toit, se laissa tomber sur le ventre et s'agrippa fermement au support du système de climatisation. Puis il rampa vers le bord et se pencha pour regarder par les fenêtres proches du toit. Il ne distingua que les ténèbres et un rayon de lumière renvoyé par une surface blanche.

– Hé, vous, cria une voix. Qu'est-ce que vous fabriquez ?

Chee redressa brusquement la tête. Son regard donna droit sur un visage levé vers lui, expression ironique, yeux bleu vif, peau très bronzée qui pelait, touffes de cheveux gris dépassant d'une casquette bleu foncé portant le nom de la compagnie pharmaceutique Squibb. L'homme tenait dans ses mains ce qui ressemblait à une boîte de chaussures. Elle renfermait ce qui paraissait être un chien de prairie mort dans un sac plastique.

– C'est votre véhicule que j'ai vu là-bas ? La voiture de la police tribale navajo ?

– Ouais, fit Chee en essayant de se remettre debout sans compromettre davantage sa dignité.

Il pointa le doigt vers le toit sous ses chaussures.

– J'ai entendu du bruit à l'intérieur, bredouilla-t-il. J'ai cru entendre, en tout cas. Quelque chose qui poussait des cris aigus. Et comme je ne réussissais pas à obtenir de réponse...

– Sans doute un des rongeurs.

L'homme posa la boîte, sortit de sa poche un anneau de clefs et déverrouilla la porte.

– Descendez donc. Vous voulez boire quelque chose ?

Chee se hâta de dévaler l'échelle. L'homme surmonté de la casquette Squibb lui tenait la porte. Un courant d'air froid se rua au-dehors.

– Je m'appelle Chee, fit le Navajo en tendant la main. Je travaille pour la police tribale. Et vous, sans doute pour le Service de la Santé d'Arizona.

– Non. Je m'appelle Al Woody. Je travaille ici sur un projet de recherche. Pour les Instituts nationaux de la Santé, le Service de la Santé indienne, etc. Mais entrez, je vous en prie.

À l'intérieur, Chee déclina la bière qu'on lui offrait, accepta un verre d'eau. Woody ouvrit la porte d'un réfrigérateur intégré qui allait du sol au plafond et en sortit une bouteille, blanche de givre. Il frotta les cristaux de glace pour les faire tomber et montra au policier une étiquette de whisky écossais Dewar.

– De l'antigel, dit-il en riant avant de commencer à se verser un verre. Mais une fois, je voulais conserver des tissus et j'ai réglé le frigo si bas que même le whisky m'a fait le coup de geler.

Chee but son eau, remarquant qu'elle était éventée et avait un goût relativement désagréable. Il fouilla son cerveau en quête d'une excuse acceptable pour avoir jeté un coup d'œil à la dérobée par les fenêtres d'un inconnu. Conclut qu'il n'y en avait pas. Il allait simplement cesser d'en parler et laisser Woody en penser ce qu'il voulait.

– J'effectue quelques vérifications complémentaires concernant un homicide que nous avons eu ici. Ça s'est passé le 8 juillet. L'un de nos policiers a été tué. Frappé à la tête avec une pierre. Vous l'avez probablement appris en écoutant la radio ou en lisant le journal. Nous tentons de trouver des témoins que nous aurions pu négliger d'interroger.

– Oui, je suis au courant. Mais le type qui tient le comptoir d'échanges m'a dit que vous aviez arrêté l'assassin en flagrant délit.

– Qui est-ce qui vous a dit ça ?

– Le vieux bonhomme grincheux du comptoir d'échanges de Short Mountain, dit Woody en fronçant les sourcils. Je crois qu'il s'appelle Mac quelque chose. De consonance écossaise. Il était loin de la vérité ?

– Pratiquement aussi près qu'on peut l'être. Le revolver avec le canon qui fumait encore était une pierre tachée de sang.

– Le vieux bonhomme m'a dit qu'il s'agissait d'un Hopi et que le policier l'avait déjà arrêté une fois, reprit Woody d'un ton méditatif.

Puis il hocha la tête, comprenant ce qui s'était passé :

– Mais par ici, vous avez forcément des Hopis parmi les jurés. Vous essayez par conséquent de ne leur laisser aucune marge pour entretenir un doute raisonnable.

– Oui, fit Chee. Ça résume à peu près les choses. Est-ce que vous travailliez par ici, ce jour-là ? Et si oui, est-ce que vous avez vu quelqu'un ? Ou quelque chose ? Ou entendu quelque chose ?

– Le 8 juillet, c'est ça ? Il appuya sur les boutons de sa montre à affichage digital. Par conséquent c'était un vendredi.

Il fronça les sourcils en réfléchissant :

– J'ai fait la route de Flagstaff, mais ça, je crois que c'était le mercredi. Je crois que j'étais ici le matin du mardi puis que je suis allé sur Troisième

Mesa. C'est l'une des colonies de chiens de prairie que je surveille. Là-haut, près de Bacavi. Ça et des rats kangourous.

– Il a plu ce jour-là. Une averse orageuse. Un petit peu de grêle.

Woody hocha la tête.

– Ouais, je me souviens. Je m'étais arrêté au Centre culturel hopi pour boire un café et on voyait pas mal d'éclairs de ce côté-ci de Black Mesa et vers le sud-ouest au-dessus des Monts San Francisco, et ça donnait l'impression de dégringoler sérieusement sur Yells Back Butte. J'étais content d'avoir fait la route avant qu'elle soit envahie par la boue.

– Est-ce que vous avez vu quelqu'un en partant ? Rencontré quelqu'un qui se dirigeait par ici ?

Woody avait ouvert la fermeture à glissière tout en parlant et, en s'échappant du sac plastique, la bouffée d'air ajouta dans la pièce une odeur désagréable supplémentaire. Il en sortit alors le chien de prairie, figé par la rigidité cadavérique, et le posa sur la table avec des gestes mesurés. Il l'observa, tâta son cou, la zone située à la jointure des pattes de derrière et sous les pattes de devant. Il prit l'air pensif. Puis il secoua la tête, chassant quelque idée dérangeante.

– En partant ? reprit-il. Je crois avoir aperçu cette vieille femme qui guide son troupeau de chèvres de l'autre côté de la butte. Je crois que c'est mardi que je l'ai vue. Et après, quand j'ai abordé la chaussée en gravier, je me souviens avoir vu une voiture qui venait de la direction de Tuba City.

– Est-ce que c'était une voiture de police ?

Woody quitta le rongeur des yeux pour le regarder.

– C'est bien possible. Elle était trop loin pour que je puisse le dire. Mais vous savez, le conducteur ne m'a jamais croisé. Peut-être qu'il a bifurqué pour se rapprocher de la butte. Peut-être que c'était votre policier. Ou bien le Hopi.

– Possible, confirma Chee. Vers quel moment était-ce ?

– Le matin. Assez tôt.

Woody referma le sac, le secoua vigoureusement, en versa le contenu sur un rectangle de plastique blanc qui couvrait la table.

– Les puces, commenta-t-il.

Il choisit une pince à épiler en acier inoxydable sur un plateau posé sur une table de laboratoire, préleva une puce et la montra à Chee.

– Bon, si j'ai de la chance, le sang qui coule dans ces puces pullule de *yersinia pestis* (avec la pince à épiler, il donna de petits coups au chien de prairie), de même que le sang de notre ami ici présent. Et si j'ai beaucoup de chance, il s'agira de *yersinia X*, le nouveau virus modifié, qui a muté récemment, qui agit très vite et tue les mammifères bien plus rapidement que le vecteur ancien de la maladie.

Il reposa la puce sur le plastique au milieu de ses congénères et adressa un large sourire à Chee :

– Après, si la fortune continue à me sourire, l'autopsie que je m'apprête à pratiquer sur cet animal confirmera ce que me suggère le fait de ne pas avoir trouvé de ganglions enflés. Que cet énergumène n'est pas mort de la peste bubonique. Il est mort d'un truc qui est passé de mode.

Chee fronça les sourcils, ne saisissant pas bien l'excitation de Woody.

– Alors il est mort de quoi ?

– Ce n'est pas le problème. Ça pourrait être de vieillesse, de n'importe lequel de ces maux qui assaillent les mammifères âgés. Aucune importance. La question est : pourquoi la peste ne l'a pas tué ?

– Mais ça n'a rien de neuf, si ? Depuis des années vous savez bien que quand l'épidémie sévit, elle

153

laisse toujours dans son sillage une colonie par-ci, par-là, qui est immunisée ou quelque chose d'approchant ? Et qu'après, la maladie recommence à déferler, cette fois en partant d'eux ? Je croyais...

Woody n'eut pas la patience d'attendre qu'il ait fini.

– Certes, certes, certes, fit-il. Les colonies réservoirs. Les colonies hôtes. Cela fait des années qu'on les étudie. Comment se fait-il que leur système immunitaire bloque l'action des bactéries ? S'il les tue, comment se fait-il que la toxine libérée ne tue pas le chien de prairie ? Si notre ami que voici est porteur de la version initiale de *pasteurella pestis*, comme on avait pour habitude de l'appeler, il nous donne tout simplement une occasion de plus de chercher à tâtons dans ce ténébreux cul-de-sac. Mais s'il est porteur...

La journée avait été dure et décevante pour Chee, et cette interruption l'avait agacé. Il coupa la parole au chercheur :

– S'il a développé une immunité à ce nouveau germe qui tue rapidement, vous pouvez comparer...

– Un germe ! s'exclama Woody en riant. Je ne l'entends plus beaucoup, ce bon vieux mot d'autrefois, par les temps qui courent. Mais oui. Ça nous donne un élément de comparaison. Voici ce que nous savons sur la chimie sanguine du chien de prairie qui a survécu à l'ancienne forme de l'épidémie. (Avec ses mains, il schématisa une grosse boîte.) Maintenant, nous savons que cette bactérie modifiée tue également la plupart des survivants. Nous sommes extrêmement intéressés par la différence dans la chimie organique de ceux qui ont survécu à la nouvelle forme.

Chee hocha la tête.

– Vous comprenez ça ?

Chee émit un grognement d'assentiment. Il avait suivi un cours de biologie de six heures à l'université du Nouveau-Mexique pour satisfaire aux exigences du cursus et obtenir son diplôme d'anthropologie. L'enseignant avait été un professeur d'université, une autorité internationale sur les araignées, qui n'avait fait aucun effort pour cacher son ennui à devoir délivrer des cours de base de premier cycle, ni son dédain pour l'ignorance de ses étudiants. Un ton de voix que celui de Woody rappelait énormément.

– C'est assez facile à comprendre. Comme ça, quand vous résoudrez le puzzle, vous fabriquerez un vaccin et vous sauverez de la peste des milliards de chiens de prairie.

Woody avait fait quelque chose à la puce, ce qui avait entraîné la présence d'un fluide brunâtre, et il en avait mis un peu dans une boîte de Petri, plus une goutte sur une lamelle en verre. Il leva la tête. Son visage, dont la rougeur était déjà peu naturelle, s'était encore empourpré.

– Vous trouvez ça drôle ? Eh bien, vous n'êtes pas le seul dans ce cas. Beaucoup de membres des Instituts nationaux sont comme vous. Et chez Squibb aussi. Sans oublier le *New England Journal of Medicine*. Et l'Association pharmaceutique américaine. Ces mêmes fichus crétins qui s'imaginaient que nous avions remporté la guerre contre les microbes avec la pénicilline et les médicaments à base de streptomycine.

Il abattit son poing sur le dessus de la table et sa voix monta de volume :

– Le résultat c'est qu'ils les ont mis à toutes les sauces, encore et encore, et qu'ils ont continué jusqu'à ce qu'ils aient favorisé l'évolution de toutes nouvelles variétés de bactéries résistant aux traitements. Et maintenant, bon Dieu, nous enterrons les morts ! Par dizaines de milliers. Comptez l'Afrique, l'Asie et leurs millions d'habitants. Et ces crétins finis restent assis à ne rien faire d'autre et regardent la situation empirer.

Chee n'était pas sans avoir déjà rencontré la colère contrôlée à grand-peine. Il l'avait vue quand il avait séparé les combattants dans des rixes de débits de boisson, interrompu des bagarres familiales, sous diverses autres formes hideuses. Mais la rage de Woody possédait une sorte d'intensité exacerbée, concentrée, qui était nouvelle pour lui.

– Je ne voulais pas donner l'impression de prendre ça à la légère, dit-il. Je ne suis pas très au fait des implications de ce type de recherche.

Woody avala une gorgée de son Dewar, le visage tout rouge. Il secoua la tête, scruta Chee, vit son repentir.

– Je suis désolé d'être aussi chatouilleux là-dessus, fit-il avant de rire. Je pense que c'est parce que j'ai peur. Toutes ces bestioles invisibles que nous avions vaincues il y a dix ans sont de retour, plus mauvaises que jamais. La tuberculose est redevenue une épidémie. La malaria aussi. Le choléra aussi. Nous pouvions anéantir les bactéries des staphylocoques à l'aide de neuf antibiotiques différents. Maintenant plus un seul ne marche contre certaines. Et en plus, c'est la même histoire pour les virus. Les virus. C'est eux qui rendent ce que je fais extrêmement important. Vous connaissez la grippe A, cette grippe porcine qui a surgi de nulle part en 1918 et a tué peut-être quarante millions de personnes en à peine quelques mois. C'est plus que n'en ont tué quatre années de guerre. Les virus me font encore plus peur que les bactéries.

Chee leva les sourcils.

– Parce que rien ne les arrête à l'exception de notre système immunitaire. On ne guérit pas une maladie virale. On essaie de l'empêcher par un vaccin. C'est pour préparer le système immunitaire à se défendre si elle se présente.

– Oui, fit Chee. Comme la polio.

– Comme la polio. Comme certaines formes de grippe. Comme beaucoup de choses.

Il se reversa du whisky et reprit :

– Vous connaissez bien la Bible ?

– Je l'ai lue, dit Chee.

– Vous vous souvenez de ce que le prophète dit dans le Livre des Chroniques ? « Nous sommes sans force devant cette foule immense qui nous attaque. »

Chee n'était pas certain de la façon dont il devait réagir.

– Est-ce que vous interprétez ça comme les paroles d'un prophète de l'Ancien Testament nous mettant en garde contre les virus ?

– Telles que se présentent les choses actuellement, ils constituent une foule immense et, bon Dieu, nous sommes quasiment impuissants devant eux. Pas aussi bien préparés que le sont certains de ces rongeurs, en tout cas. Quelques-uns de ces chiens de prairie ont eu, je ne sais pas comment, leur système immunitaire modifié pour s'adapter à cette bactérie mutante. Et certains rats kangourous ont appris à vivre avec le hantavirus. Il faut que nous découvrions comment.

Ce discours lui avait redonné sa bonne humeur. Il adressa un sourire à Chee :

– Nous ne tenons pas à ce que les rongeurs survivent aux humains.

Chee hocha la tête. Il se glissa au bas du tabouret, prit son chapeau.

– Je vais vous laisser reprendre votre tâche. Merci pour votre temps. Et pour les renseignements.

– Je viens d'avoir une idée. Le Service indien de la Santé a envoyé des gens ici, ces dernières semaines, pour travailler sur cette zone. Se livrer à l'éradication des vecteurs pour ce début d'épidémie de peste. Vous pourriez leur demander s'ils avaient quelqu'un qui était là, ce jour-là.

– Justement oui. J'allais vous en parler. Quelqu'un de chez eux devait faire des relevés sur les rongeurs, par ici, le jour où Kinsman a été tué. Je voulais vous demander si vous aviez vu cette femme. Et après, je vous laisse.

– Une femme ? Elle a remarqué quelque chose qui peut vous aider ?

– Personne ne sait de manière certaine si elle est seulement arrivée ici. Elle a disparu. De même que le véhicule qu'elle conduisait.

– Disparu ? fit Woody, surpris. Vraiment ? Vous pensez qu'il pourrait y avoir un lien avec cette attaque perpétrée contre votre policier ?

– Je ne vois pas comment ce serait possible. Mais j'aimerais beaucoup lui parler. Il semble que ce soit une brune d'une trentaine d'années, assez costaud, nommée Catherine Pollard.

– J'ai vu plusieurs personnes à droite et à gauche qui travaillent pour la Santé publique d'Arizona. Votre description ressemble à l'une d'elles. Mais je ne connais pas son nom.

– Vous vous souvenez de la dernière fois où vous l'avez vue ? Et où elle était ?

– Une belle femme, non ? fit Woody.

Il leva aussitôt les yeux vers Chee comme s'il ne voulait pas donner une impression erronée :

– Je ne veux pas dire jolie, mais bien bâtie. (Il rit.) Mignonne ne serait pas le terme, mais on pourrait dire bien faite. Elle m'a donné l'impression qu'elle était peut-être athlète dans le temps.

– Elle est venue par ici ?

– Je crois que c'est à Red Lake que je l'ai vue. Elle remplissait le réservoir d'essence d'une Jeep du Service de la Santé, s'il s'agit bien de la bonne personne. Elle m'a posé des questions sur mon camion, elle voulait savoir si c'était moi qui faisais des recherches concernant les rongeurs, sur la réserve. Elle m'a demandé de les prévenir si je voyais des animaux morts. De lui faire savoir si je trouvais des indices suggérant que c'était la peste qui les tuait.

Il prit appui sur ses mains pour se lever de la couchette.

– Bon sang, je crois qu'elle m'a donné une carte avec un numéro de téléphone inscrit dessus.

Il fouilla dans une boîte posée sur son bureau et estampillée DÉPART, fit « ha » et lut :

– Catherine Pollard, spécialiste du contrôle des vecteurs de transmission des maladies infectieuses, division des épidémies, Service de la Santé publique d'Arizona.

Il la tendit à Chee, eut un sourire et dit :

– Gagné !

– Merci.

Pour lui, ça ne paraissait pas gagné du tout.

– Hé, dites donc, reprit Woody. Si l'heure exacte a de l'importance, vous pouvez vérifier. Quand je suis arrivé là-bas, il y avait une voiture de patrouille de la police navajo, et elle parlait avec la conductrice. Une femme aussi. (Il eut un grand sourire.) Alors elle, on pouvait vraiment dire mignonne. Elle avait les cheveux coiffés en chignon et l'uniforme, mais c'était ce que de mon temps on appelait une sacrée nana.

– Merci encore. Ça devait être l'agent Manuelito. Je vais lui demander.

Mais il ne le ferait pas. L'heure exacte n'avait pas d'importance, et s'il posait la question à Bernie Manuelito, il serait obligé de lui demander pourquoi elle ne lui avait pas signalé que Kinsman la poursuivait de ses avances. C'était le traquenard dans lequel il n'avait pas envie de foncer tête baissée.

Claire Dineyahze, qui, en tant que secrétaire du petit service dirigé par Chee, était toujours au courant de ce genre de choses, le lui avait déjà dit.

– Elle ne veut pas vous créer d'embêtements.

Comme il lui avait demandé pourquoi, elle l'avait regardé de cet air que prennent les femmes pour faire comprendre aux hommes qu'ils sont « débiles », et elle avait répondu :

– Vous ne le savez pas ?

14

Lorsqu'ils quittèrent Cameron pour faire route vers le nord, Leaphorn expliqua à Louisa ce qui tourmentait Cowboy Dashee.

– Je vois bien son problème, commenta-t-elle après avoir gardé un moment le regard fixé de l'autre côté du pare-brise. En partie éthique professionnelle, en partie fierté masculine, en partie loyauté familiale et en partie la crainte que Chee pense qu'il tente d'abuser de leur amitié pour une raison personnelle. C'est à peu près ça ? As-tu décidé de ce que tu allais faire ?

Leaphorn avait plus ou moins pris sa décision, mais il voulait y réfléchir davantage. Il laissa la question sans réponse.

– Il y a sans doute tout cela. Mais c'est même encore plus compliqué. Et pourquoi tu ne nous verserais pas du café pendant qu'on y réfléchit ?

– Tu ne viens pas déjà d'en boire deux tasses à la cafétéria ? demanda-t-elle tout en tendant le bras derrière elle et en sortant son Thermos du sac de pique-nique.

– Il était vraiment très léger. En plus, je suis persuadé que le café favorise le fonctionnement de mon cerveau. Je ne l'aurais pas lu quelque part ?

– Peut-être dans une bande dessinée.

Mais elle remplit une tasse qu'elle lui tendit.

– C'est quoi, la partie plus compliquée que je n'ai pas vue ?

– Parmi les autres amis de Cowboy Dashee il y a Janet Pete. Elle a été commise d'office à la défense de Jano. Janet et Chee étaient fiancés il y a quelque temps de ça, ils devaient se marier mais il y a eu une brouille.

– Aïe, fit Louisa avec une grimace. Voilà qui complique passablement les choses.

– Et ce n'est pas tout, déclara Leaphorn avant de boire un peu de café.

– Ça commence à ressembler à un mauvais mélodrame. Ne me dis pas que l'adjoint au shérif a joué le troisième protagoniste du triangle amoureux.

– Non, ce n'est pas ça.

Il but à nouveau, montra d'un geste du bras, à travers le pare-brise, les cumulus blancs et cotonneux emportés par le vent d'ouest loin des Monts San Francisco.

– C'est notre Montagne Sacrée de l'Ouest, tu sais, façonnée par Premier Homme* lui-même, mais...

– Il l'a faite avec de la terre qu'il avait apportée du Quatrième Monde dans la version communément acceptée du mythe, compléta Louisa. Mais si ce n'est pas ça, qu'est-ce que c'est alors ?

– J'allais te dire que, dans les récits qui se racontent ici, du côté ouest de la réserve, certains clans l'appellent « Mère des Nuages ». (Il avait le doigt pointé de l'autre côté du pare-brise.) Tu comprends pourquoi. Quand il y a un tant soit peu d'humidité, les vents d'ouest viennent se heurter aux versants, s'élèvent, l'eau se refroidit avec l'altitude, les nuages se forment et le vent les chasse devant lui les uns après les autres au-dessus du désert. Comme une chatte qui donne naissance à une portée de chatons.

Louisa lui souriait.

– Monsieur Leaphorn, dois-je en conclure que vous ne voulez pas me dire ce qu'il y a eu entre mademoiselle Pete et Jim Chee, si ce n'était pas un autre homme ?

– Je ne ferais que colporter des ragots. C'est tout ce dont je dispose. Devinettes et racontars.

– On ne commence pas à raconter quelque chose comme ça à quelqu'un pour tout laisser en suspens. Pas quand on va se retrouver coincé sur la banquette avant avec ce quelqu'un toute la journée. C'est un coup à se faire enquiquiner sans connaître une seconde de répit. À rendre les autres agressifs et désagréables.

– Bon, on dirait bien que je vais avoir intérêt à inventer n'importe quoi.

– Allez.

Il but du café, lui rendit la tasse vide.

– Mademoiselle Pete est navajo pour moitié. Du côté paternel. Son père est décédé et sa mère est une femme riche évoluant dans la haute société. Le genre éducation prestigieuse en Nouvelle-Angleterre. Janet était venue ici pour travailler au DNA [1] après avoir démissionné de son emploi dans un important cabinet juridique de Washington qui représentait la tribu. Maintenant nous en arrivons au chapitre des commérages.

– Super, fit Louisa.

– D'après les bruits qui courent, elle était en très bons termes avec un des grands pontes du cabinet en question, et elle a démissionné parce qu'ils avaient rompu et qu'elle était très, très, très en colère contre lui. Elle était un peu sa protégée

1. DNA : *Dineteiina Nahiilna be Agaditahe*, « Les Gens qui Parlent Vite et Aident les Gens à Sortir », service d'assistance juridique aux démunis. (*N.d.T.*)

depuis l'époque lointaine où il était professeur et elle, étudiante en droit.

Il s'arrêta de parler et jeta un regard sur Louisa. Il se prit à penser à quel point il en était arrivé à apprécier cette femme. Comme il se sentait à l'aise en sa compagnie. Et combien ce trajet y gagnait de par sa présence sur le siège à côté de lui.

– Jusque-là, ça te plaît ?

– Jusque-là, ça va. Mais je me demande s'il va y avoir un dénouement heureux.

– Je ne sais pas. J'en doute. Mais bon. Ici, elle et Jim se rencontrent parce qu'elle défend des suspects navajo et que lui, il les arrête. Ils deviennent bons amis et...

Il s'interrompit, posa un regard dubitatif sur Louisa.

– ... Bon, ce qui vient, ça doit être des informations de cinquième main. De pures rumeurs. Enfin, d'après les bruits, ce que mademoiselle Pete avait dit à Chee sur son ancien patron et petit ami avait eu pour résultat que Jim le détestait, lui aussi. Tu sais, il avait le sentiment que c'était le vrai salopard manipulateur roulant sur l'or qui n'avait fait que se servir de Janet. Tu comprends ?

– Bien sûr. Et en plus, c'est probablement la vérité.

– N'oublie pas que ce ne sont que des ragots.

– Allez, la suite.

– Alors Chee lui communique des renseignements qu'il a appris sur une affaire sur laquelle il travaille. Ça concernait un client de son ancien cabinet de Washington et de son ancien petit ami. Et elle transmet ces informations à l'ancien petit ami en question. Jim se dit qu'elle l'a trahi. Elle trouve, elle, qu'il a une attitude déraisonnable, qu'elle n'a agi que par amitié et pour rendre service. Qu'il n'y a pas de mal à ça. Que Chee est jaloux. Ils ont une dispute orageuse. Elle repart à Washington sans qu'il soit plus question de mariage.

– Oh, fit Louisa. Et maintenant, la voilà de retour.

– Tout ça, ce ne sont que des bruits. Et ce n'est pas moi qui t'en ai parlé.

– D'accord, acquiesça-t-elle en secouant la tête. Pauvre monsieur Dashee. Qu'est-ce que tu lui as dit ?

– Je lui ai dit que je parlerai à Jim dès que l'occasion se présentera. Probablement aujourd'hui. (Il eut une grimace.) Et ça ne va pas être si facile que ça, de parler à Chee. Je suis son ancien supérieur et il est assez susceptible quand je lui parle. Et après tout, ça ne me regarde absolument pas.

– Enfin, ça ne devrait pas.

Leaphorn quitta la route des yeux suffisamment longtemps pour étudier son expression.

– Qu'est-ce que ça veut dire, ça ?

– Tu aurais dû répondre à madame Vanders que tu avais trop de choses à faire. Ou un truc du même genre.

Il ne releva pas.

– Tu es à la retraite, tu sais. Les années dorées. C'est le moment de voyager, de faire toutes les choses que tu voulais faire.

– C'est vrai. Je pourrais descendre en petites foulées jusqu'au foyer du troisième âge et jouer à... ce à quoi ils peuvent bien jouer là-bas.

– Tu n'es pas trop âgé pour te mettre au golf.

– Je l'ai déjà fait. À un séminaire fédéral consacré au rôle des représentants de la loi, à Phoenix. Les fédéraux sont logés dans ces lieux de résidence qui coûtent trois cents dollars la nuit, avec les grands parcours de golf. J'y suis allé avec des agents du FBI et j'ai tapé dans la balle jusqu'à ce qu'elle termine sa course dans les dix-huit trous sans exception. Ce n'était pas difficile, mais quand on l'a fait une fois, je ne vois pas l'intérêt qu'on peut trouver à recommencer.

– Tu crois que tu vas préférer cette occupation de détective privé ?

Il lui sourit.

– Je pense que ça a de grandes chances d'être beaucoup plus difficile à maîtriser que le golf. Les agents du FBI eux-mêmes étaient capables de s'en tirer, au golf. Et ils ne sont pas particulièrement doués pour le travail de détection.

– Tu sais, Joe, j'ai l'impression que monsieur Dashee pourrait bien avoir raison sur ce que la tante de Pollard a derrière la tête. Je pense que cette vieille dame ne tient peut-être pas vraiment à ce que tu trouves sa nièce.

– Tu n'as peut-être pas tort. Mais ça rendrait quand même tout ça autrement plus intéressant que de taper dans une balle de golf. Pourquoi ne pas aller trouver Chee et lui demander ce qu'il en pense ?

Durant le reste du trajet jusqu'à Tuba City, Louisa piocha dans le fatras de papiers de Catherine Pollard.

Leaphorn les avait déjà regardés une fois, rapidement. Pollard écrivait vite, traçant des lettres minuscules et irrégulières parmi lesquelles les voyelles se ressemblaient toutes, un *h* pouvait être un *k*, ou un *l*, à moins que ce ne soit encore un de ses nombreux *t* dépourvus de barre. Ce code qui n'avait rien d'intentionnel était rendu plus obscur par une sténo très personnelle, pleine d'abréviations et de symboles obscurs. Ignorant ce qu'il cherchait, il n'avait rien trouvé qui pût l'aider.

Maintenant c'était Louisa qui lisait et il l'écoutait avec stupéfaction.

166

– Comment fais-tu pour déchiffrer l'écriture de cette femme ? s'enquit-il. À moins que tu ne te contentes de deviner ?

– Savoir-faire professoral, expliqua-t-elle. Maintenant, la majorité des étudiants te rendent des tirages d'imprimante pour leurs travaux importants, mais fut un temps où on avait un grand entraînement pour éplucher les écritures difficiles. La répétition engendre la compétence.

Elle poursuivit lentement sa traduction des notations.

Le premier cas fatal, au printemps, avait été celui d'une femme d'une quarantaine d'années appelée Nellie Hale, qui habitait au nord du bâtiment administratif de Kaibito, et qui était décédée à l'hôpital de Farmington le matin du 19 mai, dix jours après son admission. Les notes de Pollard se composaient surtout de renseignements, glanés auprès de la famille et d'amis, sur les lieux où Nellie s'était rendue pendant les premières semaines de mai et les tout derniers jours d'avril. Elles spécifiaient les vérifications effectuées à proximité du hogan Hale, l'examen d'un village de chiens de prairie proche du Monument national navajo où la victime était allée rendre visite à sa mère (ces mammifères avaient des puces, mais ni les puces ni les rongeurs n'avaient la peste), et la découverte d'une colonie déserte à la limite du permis de pacage des Hale. Les puces récupérées dans les terriers étaient porteuses. Les terriers avaient été saupoudrés de poison et le cas de Nellie Hale placé en attente.

Ce qui les amena à Anderson Nez. Les notes de Pollard indiquaient la date de sa mort comme étant le 30 juin, à l'hôpital de Flagstaff, puis venait « date d'admission ? » suivie de « à déterminer ! » Elle avait rempli le restant de la page de données accumulées en interrogeant famille et amis sur les endroits où ses voyages antérieurs l'avaient conduit. Cela révélait qu'il était parti de chez lui le 24 mai à destination d'Encino, en Californie, afin d'aller voir son frère. Il en était revenu le 23 juin. Là, Louisa marqua une pause.

– Je n'arrive pas à lire, là, fit-elle en pointant le doigt.

Il jeta un regard sur la page.

– C'est « e b s », déchiffra-t-il. D'après moi, ça doit être l'abréviation de « en bonne santé ». Tu remarques qu'elle l'a souligné. Je me demande pourquoi ?

– Souligné deux fois, renchérit-elle en reprenant sa lecture.

Anderson Nez était parti l'après-midi suivant pour la région de Goldtooth et avait « travaillé avec Woody », selon les notes de Pollard.

– Tu avais remarqué qu'il travaillait pour le docteur Woody ? demanda Louisa.

Puis elle parut gênée :

– Bien sûr, que tu l'avais remarqué.

– C'est assez ironique, non ?

– Très. Tu as remarqué, ces dates ? Elle recherchait l'origine de l'infection en remontant environ trois semaines avant la date de la mort. C'est le temps qu'il faut aux bactéries pour tuer les gens ?

– Je crois que c'est le laps de temps normal qui a été établi, et cela explique sans doute pourquoi elle a souligné son « e b s ». En bonne santé le vingt-trois. Mort le trente. Autre chose sur Nez ?

– Pas sur cette page. Et je n'ai pas trouvé mention de ce troisième cas dont tu m'as parlé.

– C'était un jeune garçon, au Nouveau-Mexique. Ce ne sont pas les gens d'ici qui s'en seront occupés.

Ils dépassèrent le village de Moenkopi, avant-poste du pays hopi, pénétrèrent dans Tuba City et se rangèrent sur le parking en terre battue du poste de la police tribale navajo. Là, Leaphorn trouva le sergent Dick Roanhorse et Trixie Dodge, de vieux amis du temps où il était dans la police, mais pas Jim Chee. Roanhorse lui apprit que Chee avait pris la route tôt pour se rendre sur le lieu de l'homicide dont Kinsman avait été victime et qu'il n'avait pas repris contact depuis. Il escorta Leaphorn jusqu'à la salle des communications et demanda à une jeune femme assise aux commandes de tenter de joindre Chee par radio. Alors vint le temps de la nostalgie.

– Tu te souviens quand le vieux capitaine Largo était en poste ici, toutes les difficultés qu'il avait avec toi ?

– J'essaye de l'oublier. J'espère qu'aucun d'entre vous ne pose ce genre de problèmes au lieutenant Chee.

– Pas le même genre. Mais il en a un, dit Roanhorse avec un clin d'œil.

– Oh, arrête, fit Trixie. Si tu veux parler de Bernie Manuelito, moi, je n'appellerais pas ça comme ça.

– Si tu étais son supérieur hiérarchique, si, insista Roanhorse avant de remarquer l'expression d'incompréhension de Leaphorn. Bernie a ce que l'on appelait autrefois le béguin pour le lieutenant, mais je crois qu'il est plus ou moins fiancé avec une avocate, et personne ne l'ignore ici. Alors il est constamment obligé de marcher sur des œufs.

– Ouais, acquiesça Leaphorn. Moi, j'appellerais ça un problème.

Il se souvenait maintenant que, quand il avait appris par le bouche à oreille, à Window Rock, que Chee avait été transféré de Shiprock à Tuba City, les gens avaient trouvé cela ironique. Lorsqu'il avait demandé pourquoi, on lui avait répondu que quand l'agent Bernadette Manuelito avait su que Chee allait épouser Janet Pete, elle avait demandé et obtenu sa mutation à Tuba City pour s'éloigner de lui.

La responsable des transmissions apparut sur le seuil de la pièce.

– Le lieutenant Chee a dit qu'il allait vous attendre. Vous prenez l'U.S. 64 vers le sud pendant onze kilomètres à partir de l'intersection avec la 160, puis vous tournez à droite sur la route non goudronnée qui part à cet endroit-là, et vous la suivez pendant un peu plus de trente kilomètres. Il y a une piste qui part alors et qui remonte en direction de Black Mesa. Le lieutenant Chee a dit qu'il serait garé là.

– Entendu.

Leaphorn pensa qu'il devait s'agir de la vieille route qui traversait le plateau de Moenkopi pour se rendre à Goldtooth, où plus personne ne vivait, et qui continuait vers la limite nord-ouest déserte de la réserve hopi, Dinnebito Wash et Garces Mesa. C'était un trajet qu'on n'empruntait pas sans un réservoir d'essence plein et une roue de secours gonflée à la bonne pression. Les choses s'étaient peut-être améliorées depuis.

– Merci, dit-il.

– Vous croyez que vous arriverez à trouver ?

Le sergent Roanhorse rit et appliqua une grande tape sur le dos de Leaphorn :

– Il ne faut vraiment pas longtemps aux gens pour oublier, hein ? dit-il.

Mais Trixie n'avait pas encore épuisé le sujet de cette histoire d'amour non payé de retour :

– Toute la semaine, Bernie s'est tourmentée pour savoir si elle devait l'inviter à une *kinaalda* * que sa famille organise pour une de ses cousines. Elle a invité tous les autres, mais elle se demande si ça donnerait l'impression qu'elle en fait trop, vous comprenez, en invitant son chef ? Et à l'inverse,

est-ce qu'il va le prendre mal s'il n'est pas invité ?
Elle n'arrive pas à se décider.

– C'est pour ça qu'elle est aussi irritable, depuis
un ou deux jours ? demanda Roanhorse.

– À ton avis ? rétorqua-t-elle en grimaçant un
sourire.

15

Le lieutenant par intérim Jim Chee était assis sur une plaque de grès, à l'ombre d'un genévrier, et il attendait l'arrivée de Joe Leaphorn, ancien supérieur, ancien mentor et, en ce qui le concernait personnellement, Éternel Légendaire Lieutenant. Il l'admirait, le respectait, il allait même jusqu'à bien l'aimer, d'une certaine façon. Mais pour il ne savait quelle raison, chaque rencontre imminente avait toujours causé chez lui une impression de malaise et d'incompétence. Il s'était dit que ça allait lui passer quand Leaphorn ne serait plus son chef. Hélas, ça n'avait pas été le cas.

Cet après-midi, il n'avait absolument pas besoin d'une conversation avec lui pour avoir le sentiment d'être un débutant. Il n'avait vraiment pas appris grand-chose en rôdant autour de Yells Back, encore étaient-ce surtout des éléments négatifs, renforçant ce qu'il savait déjà. Jano avait frappé Kinsman à la tête avec une pierre. À l'emplacement du piège où le Hopi avait attrapé son aigle, il n'avait pas découvert de traces de sang pour indiquer que le bras du braconnier avait été déchiré par les serres du rapace. Pas plus qu'il n'avait relevé d'indices montrant qu'il avait négligé la présence de possibles témoins. Il réfléchit à nouveau à ce que le docteur

Woody lui avait dit. Woody s'était souvenu d'une voiture qui venait du nord au moment où lui-même avait débouché de la piste qui menait à Yells Back Butte. Il était fort possible qu'il se soit agi de Kinsman, roulant vers son destin. Possible aussi qu'il se soit agi de la personne qui l'avait tué et qui le suivait. Possible encore que la mémoire de Woody ait été défaillante, ou que Woody ait menti pour une raison que le policier ne pouvait imaginer. Quoi qu'il en soit, il avait cette impression désagréable que quelque chose lui échappait et que Leaphorn, avec son habituelle discrétion, allait le lui signaler.

En tout cas, il n'allait pas tarder à le savoir. Le nuage de poussière qui se dirigeait vers lui sur la route venant du nord ne pouvait être que le Légendaire Lieutenant. Il se leva, posa son chapeau sur sa tête et descendit la pente vers l'endroit où sa voiture de patrouille cuisait au soleil au bord de la piste. Le pick-up se rangea juste à côté et deux personnes en descendirent : Leaphorn et une femme râblée qui portait un chapeau de paille, une chemise d'homme et un jean.

– Louisa, la présenta Leaphorn. Voici le lieutenant Chee. Je crois que tu l'as rencontré à Window Rock. Jim, le professeur Bourebonette.

– Oui, confirma Chee pendant qu'il échangeait une poignée de main avec elle. Je suis heureux de vous revoir.

Mais ce n'était pas vrai. Pas tout de suite, là. Il voulait seulement savoir pourquoi Leaphorn le cherchait. Il ne voulait pas de complications.

– J'espère que cela ne vous cause pas de dérangement, s'excusa l'ancien lieutenant. J'ai dit à Dineyahze que nous pouvions très bien attendre là-bas au poste si vous deviez rentrer.

– Aucun problème.

Chee attendit que Leaphorn en vienne au fait.

– J'essaye toujours de retrouver Catherine Pollard. Je me demandais si vous aviez découvert quelque chose.

– Rien d'intéressant.

– Elle n'était pas ici, le jour où Kinsman a été agressé ?

– Non. En tout cas, si elle y était, c'était plus tard dans la journée. Ce n'est pas moi qui vais vous apprendre le délai qu'il faut à une ambulance pour venir dans un endroit pareil. Le temps que l'équipe de spécialistes ait pris ses clichés du lieu du crime, etc., la fin de l'après-midi était là. Mais elle a pu arriver après.

Leaphorn attendait qu'il ajoute quelque chose. Mais que pouvait-il dire de plus ?

– Oh, fit Chee. Bien sûr, elle aurait pu arriver avant.

Ça semblait être ce que Leaphorn avait souhaité le voir penser. Le Légendaire Lieutenant hocha la tête.

– Je suis tombé sur Cowboy Dashee, aujourd'hui, à Cameron, dit-il. Il avait entendu dire que je cherchais Pollard. Il était au courant de la récompense offerte pour la Jeep qu'elle conduisait. Il m'a dit qu'une femme qui fait paître des chèvres, ici, a vu une Jeep grimper la vieille route qui mène chez Tijinney, ce matin-là avant le lever du soleil. Il m'a demandé de vous transmettre l'information. Au cas où cela pourrait vous servir.

– Il a fait ça ?

Leaphorn acquiesça.

– Oui. Il m'a dit que cet homicide qui a coûté la vie à Kinsman, c'est vraiment dur pour vous. Il m'a dit qu'il aimerait pouvoir vous aider.

– Jano est son cousin, précisa Chee. Je pense qu'ils étaient ensemble à l'école primaire. Cowboy est persuadé que je me suis trompé de coupable. À ce qu'on m'a dit.

– Enfin bon, il a pensé que vous voudriez peut-être vous entretenir avec cette femme. Il m'a dit que les gens l'appellent Vieille Femme Notah.

– Vieille Femme Notah, répéta Chee. Je crois que j'ai aperçu plusieurs de ses chèvres là-haut, près de la butte, aujourd'hui. Je vais aller lui parler.

– Ça sera peut-être une perte de temps, concéda Leaphorn.

– On ne sait jamais.

Chee tourna son regard en direction de la butte.

– Et dites, ajouta-t-il, vous voulez bien trans-mettre à Cowboy que je le remercie ?

– Bien sûr.

Chee regardait toujours ailleurs.

– Est-ce que Cowboy avait d'autres tuyaux ?

– Euh, il a sa propre théorie pour expliquer le crime.

Chee se tourna :

– Mais encore ?

– Que c'est Catherine Pollard qui l'a fait.

Chee fronça les sourcils en réfléchissant.

– Est-ce qu'il a établi le mobile ? La possibilité matérielle ? Tout ça ?

– Plus ou moins. Pour lui, elle arrive ici dans le cadre de son travail de contrôle des vecteurs de pro-pagation des maladies. Elle tombe sur Kinsman, il lui fait des avances. Elle résiste. Ils luttent. Elle lui assène un coup sur la tête et fuit les lieux.

Leaphorn laissa un moment à Chee pour méditer. Puis il reprit :

– Mais dans ce cas, pourquoi ne l'avez-vous pas croisée qui repartait au moment où vous arriviez ?

– C'est ce que je me demandais. Et si elle est en fuite, pourquoi sa famille...

Il se tut, l'air confus.

Leaphorn grimaça un sourire :

– Si Cowboy a deviné juste, la famille m'a engagé pour la chercher en se disant que ça allait donner l'impression qu'elle a été enlevée. Tuée ou quelque chose d'approchant.

– Ça ne tient pas debout.

– Eh bien, en fait, si. La femme qui s'est assuré mes services m'a fait l'effet de quelqu'un d'extrêmement intelligent. Je lui ai dit que je ne voyais pas en quoi je pouvais lui être utile. Ça n'a pas semblé la tracasser.

Chee hocha la tête.

– Ouais. Pourquoi pas. C'est concevable.

– Sauf la façon dont elle s'y est prise pour sortir la Jeep d'ici. Avec les pubs télé on a l'impression qu'elles peuvent grimper des falaises, mais il n'en est rien.

– Il y a quand même un moyen, dit Chee. Il y a un autre chemin pour accéder là-bas si on n'a pas peur de crapahuter un peu. Une vieille piste escalade l'autre versant de Yells Back en direction de Black Mesa. Je crois que la femme aux chèvres l'utilise peut-être. On pourrait remonter jusque-là avec la Jeep, se garer, franchir la passe, faire son coup et repasser en sens inverse avant de partir par le chemin des chèvres.

Il s'interrompit :

– Il y a quand même un problème dans cette théorie.

– Vous voulez dire qu'elle n'aurait pas agi comme ça à moins de savoir à l'avance qu'elle allait avoir besoin d'un itinéraire pour s'enfuir ?

– Exactement. Comment est-ce qu'elle aurait pu le savoir à l'avance ?

Louisa les avait écoutés, l'air songeur. Elle intervint à ce moment-là :

– Est-ce que les professionnels que vous êtes se fâcheraient si un amateur venait mettre son grain de sel dans la conversation ?

– Nous t'écoutons, dit Leaphorn.

– Je ne peux pas m'empêcher de me demander pourquoi Pollard venait ici, fit-elle avant de regarder Leaphorn. Tu ne m'as pas dit qu'elle cherchait l'endroit où Nez a été infecté ? Où la puce l'a piqué ?

– Si, confirma-t-il d'un air perplexe.

– Et est-ce que la période séparant l'infection de la mort, je veux dire, dans le cas où le traitement n'est pas suivi de guérison, est-ce que ça ne s'étale pas sur une quinzaine de jours ?

Elle eut un geste pour tempérer ses propos :

– Je veux dire, d'habitude. Statistiquement. Suffisamment souvent pour que, quand les spécialistes des vecteurs de transmission cherchent l'origine de la maladie, ils essayent de déterminer les endroits où la victime était durant cette période. Et ce que mademoiselle Pollard indiquait dans ses notes suggère qu'elle tentait toujours de trouver où la victime se trouvait pendant cette période, avant sa mort.

– Ah, fit Leaphorn. Je vois.

Chee, dont l'intérêt pour la peste et les agents du contrôle des vecteurs de transmission qui en traquaient les origines ne datait que de quelques minutes, n'avait pratiquement aucune idée de ce que cela pouvait bien impliquer.

Il demanda :

– Elle savait que Nez ne pouvait pas se trouver dans la région de Yells Back durant ce laps de temps, c'est ça ? Comment vous pouvez... ?

– Les notes de Pollard nous montrent où il était. Elles indiquent...

Elle s'arrêta au milieu de sa phrase, se reprit :

– Une petite minute. Je ne veux pas dire de bêtises là-dessus. Le cahier est dans la voiture.

Elle le trouva sur le tableau de bord, le prit, s'appuya contre l'aile et tourna rapidement les pages.

– Tenez, dit-elle. Sous le titre Anderson Nez. Ça indique qu'il était en visite chez son frère à Encino, en Californie. Il est rentré le 23 juin, au hogan de sa mère, à six kilomètres au sud-ouest du comptoir d'échanges de Copper Mine. L'après-midi suivant, il est parti près de Goldtooth où il devait travailler pour Woody.

– Le 24 juin ? reprit Leaphorn d'un ton pensif. C'est bien ça ?

– Et six jours plus tard, il meurt à l'hôpital de Flag, compléta-t-elle avant de vérifier dans les notes. En réalité, c'est plus près de cinq jours. Pollard dit ici, quelque part, qu'il est mort juste après minuit.

– Ça alors, fit Leaphorn. Est-ce qu'on est sûr qu'il est mort de la peste ?

– Ralentissez un peu, réclama Chee. Expliquez-moi cette histoire de dates.

Louisa secoua la tête, apparemment perplexe.

– Je crois que la difficulté vient du fait que Pollard en sait beaucoup plus long que nous sur la peste. Elle devait donc savoir que Nez n'avait pas été contaminé par sa puce ici. La peste ne tue pas aussi vite que ça. Elle n'avait donc aucune raison de venir attraper ses puces ici au moment où elle l'a fait.

– Toute la question est là, confirma Leaphorn. Si ce n'était pas la raison qu'elle avait de venir, alors c'était quoi ? À moins qu'elle ait dit à Krause qu'elle venait et qu'elle ne soit pas venue ? Ou que Krause ait menti ?

Louisa consultait une autre partie du cahier. Elle leva la main.

– Pollard devait penser qu'il y avait quelque chose d'anormal. Elle est retournée chez les Nez, près de Copper Mine Mesa. Pour vérifier. « Mère dit que Nez creusait trous pour poteaux, installait clôture pour agrandir enclos. Chiens famille portent colliers anti-puces, sont *sans* [1] puces. Pas chats. Pas villages chiens prairie proches. Pas rats dans passé récent ni traces rats. Nez conduit mère à Page, achat provisions. Pas maux de tête. Pas fièvre. »

Elle referma le document, haussa les épaules.

– C'est tout ? interrogea Chee.

– Il y a un pense-bête en marge pour vérifier auprès des gens d'Encino. Sans doute pour savoir s'il était malade quand il y était.

– Mais elle a dit à son chef qu'elle venait ici, à Yells Back, pour voir s'il y avait des puces, objecta Chee. En tout cas, c'est ce qu'il dit. Je crois que je l'ai rencontré, ce gars-là.

Il se tourna vers Leaphorn :

– Un grand type sec nommé Krause ?

– C'est lui.

– Qu'est-ce qu'elle lui a dit d'autre ?

– D'après Krause, elle est passée tôt, ce matin-là, avant qu'il arrive au travail. Il ne l'a pas vue. Elle lui a juste laissé un mot. Je ne l'ai pas vu, mais il m'a dit qu'elle lui signalait simplement qu'elle se rendait à Yells Back pour prélever des puces.

– À propos, demanda Chee, puisque Pollard a disparu ainsi que la Jeep qu'elle conduisait, comment vous avez fait pour vous procurer ses notes ?

– Je crois que le terme de journal de bord conviendrait mieux, répondit l'ancien lieutenant. Il était avec un dossier plein de trucs que le représentant légal de sa tante a récupéré dans sa chambre de motel à Tuba. Il semble qu'elle reprenait les notes qu'elle avait rédigées sur le terrain à toute vitesse et qu'elle les réorganisait en une sorte de compte rendu quand elle rentrait, en incluant ses commentaires.

– Comme un journal intime ?

1. En français dans le texte.

– Pas vraiment. Il n'y a rien d'intime ni de très personnel dedans.

– Et ça, c'était la dernière fois où elle y parle de Nez ?

– Non, répondit Louisa en recommençant à tourner les pages. « 6 juillet. Docteur Woody aurait conduit Nez à l'hosto, dit Krause. Pas réponse téléphone Krause. Vais à Flag *mañana* voir ce que je peux apprendre. 7 juillet. Incroyable ce qu'ils m'ont dit à Flag. Quelqu'un ment. Yells Back Butte *mañana*, prélever puces, savoir. »

Elle referma le cahier :

– C'est tout. Les derniers mots qu'elle ait écrits.

16

– C'est drôle, dit Leaphorn, comme on peut regarder quelque chose une demi-douzaine de fois et ne rien voir.

Louisa attendit qu'il fournisse une explication, conclut qu'il n'en avait pas l'intention et demanda :

– Mais encore ?

– Mais encore, ce que Catherine Pollard a écrit dans ce journal de bord. J'aurais dû remarquer le scénario de la maladie. La période d'incubation des bactéries. J'aurais dû m'interroger sur la raison qu'elle avait de venir ici.

Ils cahotaient sur la piste rocailleuse qui avait autrefois permis à la famille Tijinney d'avoir un accès sur le monde extérieur, échappant à l'ombre de Yells Back Butte et de Black Mesa. Derrière la mesa, des nuages d'après-midi se formaient, suggéraient que la saison des pluies allait peut-être enfin commencer.

– Comment ? voulut savoir Louisa. Est-ce que tu savais quand monsieur Nez est mort ?

– J'aurais pu le découvrir. Ça n'aurait pas été plus difficile que de passer un coup de téléphone.

– Oh, arrête un peu. J'ai remarqué que les hommes ont cette manie de s'adonner à l'auto-flagellation. *Mea culpa, mea culpa, mea maxima culpa*. Nous, les femmes, nous trouvons cette habitude agaçante.

Leaphorn réfléchit un moment. Sourit.

– Tu veux dire, comme Jim Chee qui s'en voulait de ne pas être arrivé assez vite pour éviter que Kinsman reçoive ce coup sur la tête ?

– Exactement.

– D'accord. Tu as raison. Je n'aurais sûrement pas pu le savoir.

– Ce qui n'empêche qu'il n'y a pas de quoi être trop satisfait de soi. J'espère que tu as remarqué avec quelle vitesse je l'ai repéré, moi.

Il rit.

– J'ai remarqué. Il m'a fallu un moment pour l'accepter. Mais après, il m'est venu deux idées. Tu pouvais traduire les gribouillis de Pollard alors que j'en étais incapable, et hier soir, tu as écouté attentivement le professeur Perez pendant qu'il faisait notre éducation sur les bactéries pathogènes alors que moi, j'étais juste assis là à laisser mon esprit vagabonder. J'en ai conclu que tu disposes simplement d'un seuil de tolérance à l'ennui plus élevé que le mien.

– Les universitaires sont obligés d'être invulnérables à l'ennui. Sans ça, nous claquerions la porte des réunions de la faculté, et quand on fait ça, on n'obtient jamais sa nomination à un poste d'enseignement. On est contraint de se chercher un véritable emploi.

Leaphorn enclencha la seconde et suivit la piste de pneus bien tracée qui traversait l'arroyo où Chee avait garé sa voiture le jour fatal. Ils dirent adieu aux traces anciennes quand ils atteignirent la petite élévation de terrain qui dominait ce qu'il restait de l'ancien hogan Tijinney. Leaphorn fit halte et coupa le moteur, puis ils restèrent assis à contempler la ferme abandonnée.

– Monsieur Chee a dit que Woody a son camion garé là-bas, plus près de la butte, dit-elle. Là où il y a tous ces genévriers qui poussent à côté de l'arroyo.

– Je m'en souviens. Je voulais juste regarder.

Du bras, il engloba le hogan en ruines dont la porte avait disparu, dont le toit s'était effondré, le mur nord écroulé. Derrière se dressaient les vestiges d'un abri de broussailles, d'un enclos à moutons délimité par des pierres entassées, de deux pylônes en pierre qui avaient dû, jadis, soutenir des troncs sur lesquels on avait déposé des barils de réserve d'eau.

– Triste, dit-il.

– Il y a des gens qui diraient pittoresque.

– Ceux qui ne comprennent pas le travail que cela a représenté de construire tout ça. Et d'essayer de vivre ici.

– Je sais. J'ai moi-même grandi dans une ferme. Beaucoup de labeur, mais dans l'Iowa, il y avait une terre noire et riche. Et assez de pluie. L'eau courante. L'électricité. Tout ça.

– Grand-Père McGinnis m'a raconté que des gosses ont vandalisé les lieux. Ça en a tout l'air.

– Pas des enfants navajo, je parie. C'est bien un hogan habité par la mort ?

– Je crois que la vieille dame y est morte, confirma Leaphorn. Tu remarques que le mur nord est en partie défoncé.

– La manière traditionnelle de sortir le corps, non ? Le nord, la direction du mal.

Leaphorn hocha la tête.

– Mais McGinnis se plaignait que de nos jours, beaucoup de jeunes Navajos, et pas seulement ceux des villes, ne respectent plus les coutumes ancestrales. Ils ne tiennent aucun compte des tabous, à condition déjà qu'ils en aient entendu parler. Il pense que certains d'entre eux se sont introduits à l'intérieur à la recherche d'objets qu'ils pourraient vendre. Il m'a dit qu'ils avaient même creusé un trou profond à l'endroit où se trouvait le foyer. Apparemment ils pensaient qu'il y avait des choses de valeur enterrées.

Louisa secoua la tête.

– À mon avis, il ne doit rien rester qui possède une grande valeur, dans ce hogan. Et je ne vois pas de traces d'un grand trou profond.

Leaphorn eut un petit rire.

– Moi non plus. Il faut dire que McGinnis ne certifie jamais la véracité de ce qu'il raconte. Il ne fait que répéter les bruits qui courent. Quant à la valeur des choses, il m'a dit qu'ils étaient à la recherche d'objets cérémoniels. Quand ce hogan a été construit, le propriétaire avait probablement un endroit dans le mur, à côté de la porte, où il rangeait sa bourse à *medicine*. Des minéraux provenant des montagnes sacrées. Ce genre de choses. Il y a des collectionneurs qui sont prêts à payer de fortes sommes pour certains de ces objets, et plus c'est ancien, mieux c'est.

– Vraisemblablement. Collectionner les antiquités, ce n'est pas mon truc.

Leaphorn lui sourit :

– Tu collectionnes les récits antiques de tout le monde. Même les nôtres. C'est comme ça que je t'ai rencontrée, tu te souviens ? Une de tes sources d'informations était en prison.

– Je les collectionne et je les préserve. Tu te rappelles quand tu m'as raconté comment Premier Homme et Première Femme ont trouvé le bébé Fille Coquillage Blanc sur Huerfano Mesa et que tu t'es trompé d'un bout à l'autre ?

– Je ne me suis pas trompé du tout, protesta-t-il. C'est la version que nous avons, dans le Clan du Front Rouge auquel j'appartiens. Ce qui la rend authentique. Ce sont les autres clans qui se trompent. Et tu sais quoi, je vais inspecter ce hogan de plus près. Voyons un peu si McGinnis savait de quoi il parlait.

Elle descendit la pente avec lui. Il ne restait rien du hogan lui-même à l'exception du cercle de pierres empilées qui formaient un mur autour de la terre dure et tassée du sol, et à part les poutres en pin ponderosa et les fragments de papier goudronné qui en avaient constitué le toit, désormais effondré.

– Il y a eu un trou, là, commenta Louisa. Mais il a été comblé presque complètement.

Ils étaient maintenant à l'ombre des nuages, et le front orageux au-dessus de la mesa émettait un grondement continu. Ils remontèrent la pente en direction du camion.

– Je me demande ce qu'ils ont trouvé.

– Dans le trou ? Rien, si tu veux mon avis. Je n'ai jamais entendu parler d'un Navajo enterrant quoi que ce soit sous le trou du feu, dans son hogan. Mais bien sûr, McGinnis avait une réponse à ça. Il m'a dit que Grand-Père Tijinney était orfèvre. Qu'il avait un tonneau de saindoux rempli de dollars en argent.

– Cela paraît plus logique que des objets cérémoniels.

– Jusqu'à ce que tu te demandes pourquoi enterrer un tonneau alors qu'il y a des millions d'endroits où tu pourrais le cacher. Et accumuler des richesses*, cela ne fait pas partie de la Voie* navajo, de toute façon. Il y a toujours des parents proches qui sont dans le besoin.

Elle rit :

– Tu as répondu ça à McGinnis ?

– Ouais, et il m'a dit : « C'est vous qui êtes censé enquêter, bon Dieu. À vous de faire des déductions. » Alors j'en ai déduit qu'il n'y avait pas de tonneau. Tu remarques que je n'ai absolument pas apporté ma pelle et ma pioche pour m'en assurer.

– Je ne sais pas. Tu es l'homme le plus ordonné que j'aie jamais connu. Tout à fait le genre de pillard qui repousserait la terre dans le trou.

Ils trouvèrent le camion du docteur Albert Woody à l'endroit exact indiqué par Chee. Woody se tenait sur le seuil et il les observa pendant qu'ils se garaient. À la surprise de Leaphorn, il paraissait ravi de les voir.

– Deux visites le même jour, commenta-t-il quand ils descendirent du camion. Je n'ai jamais eu une telle popularité.

– Nous n'allons pas vous prendre beaucoup de votre temps. Je vous présente le docteur Louisa Bourebonette; moi, je m'appelle Joe Leaphorn, et je suppose que vous devez être le docteur Albert Woody.

– Absolument. Et je suis heureux de faire votre connaissance. Que puis-je faire pour vous?

– Nous essayons de retrouver une femme nommée Catherine Pollard. Elle est spécialiste des vecteurs de transmission des maladies infectieuses, elle travaille pour le compte du Service de la Santé d'Arizona, et...

– Oh, oui. Je l'ai rencontrée du côté de Red Lake, il y a un petit moment. Elle était à la recherche de rongeurs malades et de puces infectées. Elle tentait de déterminer l'origine d'un cas de peste. D'une certaine façon, nous travaillons dans le même domaine.

Il avait l'air très agité, pensa Leaphorn. Surexcité. Prêt à exploser. Comme s'il était bourré d'amphétamines.

– Est-ce que vous l'avez vue par ici?

– Non, répondit Woody. Seulement aux pompes du magasin Thriftway. Nous y étions tous les deux pour prendre de l'essence. Elle a remarqué mon camion et elle s'est présentée.

– Elle est rattachée au laboratoire temporaire installé à Tuba City. Le matin du 8 juillet, elle a laissé un message à son chef, lui indiquant qu'elle venait ici capturer des rongeurs.

– Ce matin, il y a un policier navajo qui est venu me parler. Il m'a posé des questions sur elle, lui aussi. Entrez, je vais vous servir quelque chose de frais à boire.

– Nous n'avions pas l'intention de vous déranger longtemps, répéta Leaphorn.

– Entrez. Entrez. Il vient de m'arriver un truc génial. J'ai besoin de le raconter à quelqu'un. Et vous, docteur Bourebonette, quelle est votre spécialité ?

– Je ne suis pas dans la médecine, répondit-elle. J'enseigne l'anthropologie culturelle à l'université d'Arizona Nord. Je crois que vous y connaissez le docteur Perez.

– Perez ? reprit Woody. Oh, oui. Au labo. Il a réalisé des travaux pour moi.

– C'est un de vos grands admirateurs. En fait, vous êtes son favori pour le prochain prix Nobel de médecine.

Woody éclata de rire.

– Seulement si mes intuitions sont correctes sur le fonctionnement interne des rongeurs. Et seulement si quelqu'un du Centre national de l'Émergence des nouveaux Virus ne le décroche pas avant moi. Mais j'en oublie les règles de la politesse. Entrez. Entrez. Je veux vous montrer quelque chose.

Il se frottait les mains avec un large sourire quand ils passèrent devant lui pour franchir le seuil.

Il faisait presque froid à l'intérieur. L'air, moite et confiné, était imprégné des odeurs d'animaux, du formaldéhyde et d'un ensemble d'autres produits chimiques que l'on garde toujours en mémoire. Le bruit se composait d'un autre mélange : le moteur du climatiseur sur le toit, le bruissement des ventilateurs, les grattements des pattes de rongeurs enfermés en un lieu invisible. Woody fit asseoir Louisa dans un fauteuil pivotant près de son bureau, indiqua un tabouret à Leaphorn, à côté d'une surface de travail en plastique blanc, et appuya son grand corps maigre contre la porte de ce que Leaphorn supposa être un réfrigérateur qui courait sur toute la hauteur de la pièce.

– J'ai de très bonnes nouvelles à partager avec le docteur Perez. Vous pouvez lui dire que nous avons trouvé la clef de la grotte du dragon.

Le regard de Leaphorn alla de Woody à Louisa. Visiblement, elle ne comprenait pas plus que lui ce dont il leur parlait.

– Est-ce qu'il va comprendre ce que cela signifie ? demanda-t-elle. Il sait que vous êtes à la recherche d'une solution contre les agents pathogènes qui résistent aux traitements. Vous voulez dire que vous l'avez trouvée ?

Woody eut l'air un peu confus.

– D'abord quelque chose à boire, et après, je vais essayer de m'expliquer.

Il ouvrit la porte du réfrigérateur, en sortit un seau à glaçons, prit trois gobelets en acier inoxydable dans un meuble de rangement en hauteur et une bouteille marron, ventrue, qu'il leur présenta.

– Je n'ai que du whisky.

Louisa acquiesça de la tête. Leaphorn indiqua qu'il se contenterait d'eau.

Woody reprit la parole en préparant les verres.

– Les bactéries, comme pratiquement tous les organismes vivants, se divisent en genres. Disons en familles. Ici, nous avons affaire à la famille *enterobacteriaceae*. L'une de ses branches est *pasteurellaceae*, dont une branche est *yersinia pestis* : l'organisme qui provoque la peste bubonique. Une

188

autre encore est *neisseria gonorrhoeae*, qui est la cause de la célèbre maladie vénérienne. De nos jours, la blennorragie est difficile à soigner parce que...

Il marqua une pause pour boire du scotch.

– ... Attendez. Laissez-moi revenir un peu en arrière. Certaines de ces bactéries, la gonorrhée par exemple, contiennent un petit plasmide renfermant un gène qui s'encode pour parvenir à la formation d'un enzyme destructeur de la pénicilline. Ce qui signifie que l'on ne peut soigner la maladie avec aucun de ces médicaments à base de pénicilline. Vous comprenez?

– Bien sûr, dit Louisa. Souvenez-vous, je suis une amie du professeur Perez. Il m'abreuve de tout un tas de renseignements de ce genre.

– Nous comprenons maintenant que l'ADN peut se transmettre entre bactéries... surtout entre celles qui appartiennent à une même famille.

– Entre cousins, commenta Louisa. Comme l'inceste.

– Euh, sans doute. Je n'y avais pas pensé comme ça.

Leaphorn avait à plusieurs reprises trempé ses lèvres dans son eau glacée : elle avait un goût de glaçon, plus une sorte de fadeur et un étrange relent qui s'accordait aux effluves du système de climatisation de l'air. Il reposa son verre.

Comme il s'était documenté, l'ancien lieutenant intervint :

– Je pense que ce dont nous parlons, c'est d'un mélange de peste et de gonocoque... ce qui rendrait le microbe de la peste immunisé contre la tétracycline et le chloramphénicol. C'est à peu près ça ?

– À peu près, confirma Woody. Et peut-être aussi contre plusieurs autres formules d'antibiotiques. Mais ce n'est pas ça le problème. Ce n'est pas ça qui est important.

– Moi, j'ai le sentiment que ça l'est, important, dit Louisa.

– Bon, c'est vrai. Ça rend toute infection effroyablement fatale. Mais ce que nous avons là reste encore un problème de transmission de sang à sang. Ça nécessite un vecteur, tel qu'une puce, pour assurer la propagation d'un mammifère à un autre. Si cette évolution lui conférait directement une forme aérobie, une peste pulmonaire qui se répandrait par la toux ou simplement en respirant le même air, nous aurions de bonnes raisons de paniquer.

– Et là, ce n'est pas la peine ?

Le scientifique rit :

– En réalité, les gens qui suivent la maladie à la trace pourraient même être heureux de cette nouvelle manifestation. Si une maladie tue ses victimes suffisamment vite, elles n'ont pas le temps de la répandre autour d'elles.

L'expression de Louisa suggéra qu'elle n'y voyait pas une raison de se réjouir :

– Qu'est-ce qui est important, alors ?

Woody ouvrit la porte d'un meuble bas, en sortit une cage métallique qu'il leur présenta. Une étiquette portant le nom de CHARLEY était attachée au grillage. À l'intérieur se trouvait un chien de prairie marron bien gras, apparemment mort.

– Charley, ce brave garçon, de même que ses proches et amis du village de chiens de prairie où je l'ai capturé, sont infestés de bactéries de la peste... aussi bien la forme ancienne que la nouvelle. Et pourtant, il est vivant, en parfaite santé, tout comme les siens.

– Il a l'air mort, objecta Louisa.

– Il dort. Je lui ai fait un prélèvement de sang et de tissus. Il se remet encore du chloroforme.

– Ça va plus loin que ça, dit Leaphorn. Vous savez depuis des années que, quand l'épidémie déferle, elle laisse dans son sillage quelques villages où les bactéries ne tuent pas les animaux. Les colonies hôtes. Ou les colonies réservoirs de la peste. Ce n'est pas le nom qu'on leur donne ?

– Exactement. Et cela fait des années que nous les étudions sans découvrir ce qui se passe dans le système immunitaire de tel ou tel chien de prairie pour le maintenir en vie alors que des millions de ses congénères meurent.

Il se tut, but du whisky, posa sur eux un regard intense par-dessus le rebord de son verre.

– Maintenant nous avons la clef, dit-il en tapotant la cage avec son index. Nous injectons le sang de ce gaillard dans le corps d'un mammifère qui a résisté à l'infection standard et nous étudions sa réaction immunitaire. Nous observons ce qui se passe au niveau de la production des cellules de globules blancs, de l'enveloppe des cellules, etc. Cela nous ouvre toutes sortes de nouvelles possibilités.

– Et ce que vous apprenez sur le système immunitaire des rongeurs s'applique à celui de l'homme.

– C'est le fondement de la recherche médicale depuis des générations, confirma Woody en reposant son verre. Si cela ne fonctionne pas cette fois, nous pouvons cesser de nous inquiéter pour le réchauffement général de l'atmosphère, les trajectoires concourantes des astéroïdes, la guerre nucléaire et autres menaces mineures. Les petites bestioles invisibles ont neutralisé nos défenses. Elles nous auront avant.

– Ça paraît excessif, fit Louisa. Après tout, le monde a déjà connu ces épidémies dévastatrices. L'humanité a survécu.

– Avant les moyens de transport de masse ultrarapides, rétorqua Woody. Autrefois, une maladie tuait tous les gens qui vivaient dans une région, puis elle s'éteignait d'elle-même parce qu'il ne restait plus personne à qui la transmettre. Maintenant, les compagnies aériennes peuvent la répandre sur la planète entière avant que le Centre de contrôle des maladies ne soit au courant de rien.

Cette déclaration entraîna un moment de réflexion silencieuse auquel Woody mit un terme après s'être versé un nouveau verre.

– Je vais vous montrer ce qui me mettait dans un tel état d'excitation quand vous êtes arrivés, dit-il, lorsque Louisa eut décliné sa proposition d'un second verre.

Il montra le plus gros de ses deux microscopes. Louisa regarda d'abord.

– Remarquez les amas de cellules ovoïdes, aux formes très régulières. Ce sont les *yersinia*. Vous voyez celles qui sont plus rondes ? Elles sont plus sombres parce que le réactif donne des résultats différents. Elles ressemblent beaucoup à ce que l'on retrouve chez les sujets atteints de blennorragie. Mais pas tout à fait. Elles possèdent aussi certaines des caractéristiques des *yersinia*.

– Ce n'est pas moi qui viendrais défendre cette observation, dit Louisa. Quand je regarde dans un de ces trucs, j'ai toujours l'impression de voir mes cils.

Leaphorn lui succéda. Il vit les bactéries et ce qu'il prit pour des cellules sanguines. Comme à Louisa, cela ne lui apprit rien, sinon qu'il perdait son temps. Il était venu pour découvrir ce qui était arrivé à Catherine Pollard.

– Très intéressant, fit-il. Mais nous vous faisons perdre trop de temps. Encore deux ou trois questions et nous partons. Le lieutenant Chee vous a sans doute dit que mademoiselle Pollard essayait de déterminer l'origine de l'infection de monsieur Nez. Est-ce que Nez travaillait pour vous ?

– Oui. À temps partiel depuis plusieurs années. Il plaçait les pièges, allait les inspecter, récupérait les rongeurs. C'était lui qui se chargeait de ce genre de choses.

– On m'a dit que c'était vous qui l'aviez fait admettre à l'hôpital. Est-ce que vous leur avez dit à quel endroit il avait été infecté ?

– Je n'en savais rien.

– Pas même une vague idée ?

– Pas même. Il était allé dans plusieurs endroits. À droite et à gauche. Les puces se glissent dans les vêtements des gens. On les emporte avec soi. On n'est pas certain du moment où elles vous piquent.

Leaphorn compara ces dires avec sa propre expérience. Plus d'une fois, il avait été piqué par des puces. Ce n'était pas très douloureux, mais on le remarquait.

– Quand vous êtes-vous aperçu qu'il était malade ?

– Ça devait être le soir qui a précédé l'hospitalisation. Il était arrivé ce matin-là pour effectuer diverses tâches, et après avoir avalé notre dîner, il m'a dit qu'il avait mal à la tête. Pas d'autres symptômes et pas de fièvre, mais on ne prend pas de risques dans notre métier. Je lui ai donné une dose de doxycycline. Le lendemain matin, il avait encore mal à la tête et en plus, il avait de la température. Trente-neuf cinq. Je l'ai conduit directement à l'hôpital.

– Combien de temps faut-il, d'ordinaire, entre la piqûre de puce infectée et ce genre de symptômes ?

– En général, de quatre à cinq jours. Le plus long dont j'ai eu connaissance, ça a été seize jours.

– Et le plus court ?

Woody réfléchit.

– On m'a signalé un cas de deux jours, mais j'ai des doutes. Je pense qu'une piqûre de puce antérieure en était la cause, cette fois-là.

Il s'interrompit un instant :

– Tenez. Laissez-moi vous montrer une autre préparation.

Il ouvrit un casier de rangement, sortit une boîte de lamelles de verre, en préleva une qu'il inséra sous le microscope.

– Jetez un coup d'œil à ça.

Leaphorn regarda. Il vit les cellules ovoïdes des bactéries de la peste et les spécimens plus arrondis des bactéries évoluées. Seules les cellules sanguines paraissaient différentes.

– C'est pratiquement la même chose, commenta-t-il.

– Vous êtes observateur. Mais cette préparation provient d'un échantillon sanguin que j'ai prélevé sur Nez quand je lui ai pris sa température.

– Oh, fit Leaphorn.

– Il y a deux choses qui sont importantes, là-dedans. Du début de l'accès de fièvre à la mort il s'est écoulé moins de trois jours. C'est beaucoup trop rapide pour que les bactéries *yersinia* ordinaires aient eu le temps de tuer. Et la seconde...

Il attendit un instant pour ménager son effet, souriant largement à Leaphorn :

– ... c'est que Charley est toujours vivant.

17

Il avait fallu à peu près un an à Jim Chee pour apprendre les trois façons dont on peut faire avancer les choses dans la police tribale navajo. En numéro un vient le système officiel. Le message, impeccablement tapé sur un formulaire officiel, remonte progressivement par les voies prescrites jusqu'au niveau souhaité, puis la réponse redescend vers le flic de base. En numéro deux, le bureaucrate qui se situe au milieu de la hiérarchie, et que Jim Chee était désormais puisqu'il faisait fonction de lieutenant, téléphone à des amis au quartier général de Window Rock et aux différentes agences, explique ce dont il a besoin, et soit il demande à son correspondant de s'acquitter d'une dette antérieure, soit il sollicite un service.

Il avait appris rapidement que le numéro trois est le plus rapide. En l'occurrence, on expose le problème dans ses grandes lignes à la femme travaillant dans le bureau qui est la mieux placée pour ça et on requiert son aide. Si le demandeur s'est gagné le respect de celle qu'il met à contribution, elle lance sur le projet les personnes réellement efficaces et bien informées : le réseau féminin.

Depuis qu'il s'était hâté de regagner Tuba City après sa rencontre avec le Légendaire Lieutenant

195

Leaphorn, Chee utilisait les trois systèmes à la fois pour s'assurer que si la Jeep manquante de Catherine Pollard pouvait être découverte, elle le serait rapidement. En attendant (en réalité, en attendant que Pollard elle-même soit découverte), Chee savait qu'il n'aurait pas un seul moment de tranquillité d'esprit. Il serait hanté par l'idée qu'il allait peut-être faire pendre Jano pour un crime qu'il n'avait pas commis. C'était bien lui le coupable, évidemment. Il l'avait vu le faire. Enfin, pratiquement vu, et il n'y avait pas d'autre possibilité. Mais ce qui, dans son esprit, avait été une affaire réglée d'avance, présentait désormais une fissure. Il fallait qu'il la colmate.

Par conséquent, en pénétrant dans le poste de Tuba City, il s'était dirigé tout droit vers le bureau de madame Dineyahze et lui avait expliqué combien il était important de retrouver ce véhicule.

– Parfait, lui avait-elle répondu, je vais téléphoner un peu partout. Faire en sorte que les gens se remuent un peu l'arrière-train.

– Je vous en serais très reconnaissant, l'avait-il remerciée.

Il ne lui avait pas expliqué ce qu'il convenait de faire et c'était une des raisons pour lesquelles elle l'appréciait.

Il n'avait pas remarqué que l'agent Bernadette Manuelito avait franchi la porte du bureau de la secrétaire et se tenait derrière lui.

Elle dit :

– Je peux vous aider ?

Ce qui était exactement la formule qu'elle utilisait souvent. Son apparence ne le surprit pas non plus : chemise froissée, cheveux plutôt ébouriffés, rouge à lèvres passablement de travers et, malgré tout, très féminine et très jolie.

Il consulta sa montre.

– Merci, mais vous avez terminé votre service, là, Bernie. Et demain, c'est votre jour de repos.

Il ne pensait pas que cela aurait beaucoup d'effet, dans la mesure où Bernie faisait pratiquement ce qui lui plaisait. Mais il entendait le téléphone qui réclamait sa présence dans son bureau, et il en allait de même pour le tas de papiers administratifs qu'il avait abandonnés le matin même. Il se dirigea vers la porte.

– Lieutenant, dit Bernie. Ma famille organise une *kinaalda* à compter de samedi, pour Emily... c'est ma cousine. À Burnt Water. Vous y êtes cordialement invité.

– Bon sang, Bernie, j'aimerais beaucoup. Mais je ne crois pas que je puisse m'échapper d'ici.

Elle eut l'air démoralisée.

– Bon, fit-elle.

Le coup de téléphone était pour lui rappeler de ne pas arriver en retard à une réunion de coordination avec les représentants de la sécurité du BIA, du bureau du shérif du comté de Coconino, de la police routière d'Arizona, du FBI et de la DEA. Tout en écoutant, il entendait la conversation entre madame Dineyahze et Bernie à propos de l'imminente cérémonie de la puberté : la voix de madame D. semblait gaie, celle de Ms Manuelito, triste. Quant à Chee, il se sentait pris de remords. Il détestait faire de la peine à Bernie.

Lorsqu'il revint de la réunion de coordination, vers le crépuscule, sa corbeille de courrier contenait un rapport de madame Dineyahze sur lequel était agrafé un message. Le rapport l'assurait que les personnes appropriées relevant de la police routière de l'Arizona, du Nouveau-Mexique, de l'Utah et du Colorado étaient maintenant en possession de toutes les données nécessaires relatives à la Jeep disparue. Plus important, tous savaient quelle nécessité cela recouvrait. Un collègue des forces de l'ordre avait été tué. Retrouver la Jeep s'inscrivait dans l'enquête. Des renseignements identiques avaient été transmis aux services de police des villes limitrophes de la réserve et aux bureaux des shérifs au siège des comtés concernés.

Rasséréné, Chee s'appuya à son dossier. Si cette Jeep circulait sur une voie à grande circulation en quelque point de la région des Four Corners, il y avait une bonne chance qu'elle soit repérée. Si un membre d'une force de police urbaine la voyait, garée quelque part, il y avait une forte chance que les plaques d'immatriculation soient vérifiées. Il arracha le message qui était manuscrit. Selon les critères de madame Dineyahze, tout ce qui n'était pas dactylographié était officieux.

« Lt. Chee : Bernie a appelé le parc des véhicules de l'État d'Arizona et elle a obtenu tous les renseignements sur cette Jeep. Elle a été saisie lors d'un coup de filet mené contre des trafiquants de drogue et est équipée de tout un tas d'options haut de gamme qui sont énumérées ci-dessous. Remarquez aussi la marque et le type de la batterie, des pneumatiques, des jantes et autres pièces dont elle a pensé qu'elles pourraient refaire surface dans les boutiques de prêteurs sur gages, etc. Elle a transmis cette liste à des boutiques de Gallup, Flag, Farmington, etc. Et elle a également appelé les gens du Thriftway de Phoenix en leur demandant de prévenir leurs succursales de la réserve afin qu'ils ouvrent l'œil. »

Le message était signé « C. Dineyahze. »

Bien plus bas que la signature, ce qui en faisait une remarque non seulement officieuse mais confidentielle, madame Dineyahze avait griffonné :

« Bernie est une gentille fille. »

Chee le savait déjà. Il l'aimait bien. Il l'admirait. Il la trouvait vraiment super. Mais il savait également que Bernadette Manuelito avait un faible pour lui, et que pratiquement tous ceux qui constituaient la famille élargie de la police tribale navajo semblaient être au courant. Ce qui faisait de Bernie un casse-tête ambulant. En fait, c'était comme ça que Chee, qui n'était pas très doué pour comprendre les femmes, avait pris conscience que Bernie s'intéressait à lui. Les autres avaient commencé à lancer des plaisanteries.

Mais il n'avait pas le temps de réfléchir à ça pour l'instant. Pas plus qu'à l'idée de Bernie... qui était intelligente. Si la Jeep avait été abandonnée quelque part sur la Grande Réserve ou dans la zone frontalière, les chances étaient assez grandes qu'elle soit désossée, d'autant plus qu'elle était suréquipée de matériel onéreux et facile à prélever. Maintenant il avait faim et il était fatigué. Aucun des plats surgelés qui l'attendaient dans le petit réfrigérateur de la caravane où il habitait ne le tentait ce soir. Il allait faire un crochet par le Kentucky Fried Chicken, s'acheter un repas avec sauce et biscuits, rentrer chez lui, dîner, se détendre, terminer *Meridian*, le roman de Norman Zollinger qu'il lisait, et dormir.

Il finissait de manger une cuisse et son second biscuit quand le téléphone sonna.

– Vous m'avez dit de vous appeler si on apprenait quoi que ce soit sur la Jeep, lui dit la standardiste.

– Alors ?

– Alors un gars s'est présenté à la station-service de Cedar Ridge, lundi dernier, et il a essayé de vendre à l'employé un autoradio lecteur de cassettes. C'était la même marque que celui de la Jeep.

– On a identifié l'individu ?

– L'employé dit que c'est un jeune d'une famille qui porte le nom de Pooacha. Ils vivent du côté de Shinume Wash.

– Bon, merci.

Il consulta sa montre. Il faudrait bien que ça attende le lendemain.

Vers le milieu de l'après-midi, le jour suivant, la Jeep fut retrouvée. Si on ne tient pas trop compte des plus de trois cents kilomètres parcourus en tous sens sur des voies de circulation dont certaines étaient bien trop primitives pour être serait-ce que mentionnées sur sa carte routière du Pays Indien, éditée par l'Association automobile américaine, l'opération, globalement, s'était révélée remarquablement aisée.

Puisque l'agent Manuelito avait fourni l'idée qui avait rendu cela possible, et que c'était sa journée de congé de toute façon, Chee ne put trouver aucun moyen de la dissuader de l'accompagner. En fait, il n'essaya même pas. Il appréciait sa compagnie lorsqu'elle orientait ses pensées vers le travail et non pas vers lui. Ils se rendirent d'abord au comptoir d'échanges de Cedar Ridge, y discutèrent avec l'employé, apprirent que le vendeur d'auto-radio potentiel était un jeune homme nommé Tommy Tsi, et se firent indiquer comment se rendre chez les Pooacha où il habitait. Ils prirent la Route Navajo 6110 dont le revêtement de terre et de cail-loux poussiéreux ressemblait à de la tôle ondulée, direction l'ouest et Blue Moon Bench, bifurquèrent au sud sur la Route 6120, encore plus mauvaise, pour suivre Bekihatso Wash, et trouvèrent la piste qui s'enfonçait à travers rochers et arroches en direction de l'installation des Pooacha.

À cette intersection, une vieille botte en cuir toute craquelée était plantée au sommet du poteau, à côté de la grille à bétail [1].

_____

1. Les *cattle-grids* sont des grilles encastrées horizontalement dans le sol afin d'interdire au bétail l'accès des routes et des ponts. (*N.d.T.*)

– Ah, parfait, dit Bernie en la désignant du doigt. Il y a quelqu'un à la maison.

– Oui, acquiesça Chee, à moins que le dernier à partir ait oublié de descendre la botte. Et selon mon expérience, quand la route est aussi mauvaise que celle-là, la personne qui se trouve au bercail n'est pas celle que l'on cherche.

Mais Tommy Tsi, un très jeune gendre de la famille Pooacha, était là... et très inquiet quand il remarqua l'uniforme que portait Chee et le logo de la police tribale navajo sur sa voiture. Non, il n'avait plus l'autoradio lecteur de cassettes. Il appartenait à un ami qui l'avait chargé d'essayer de le vendre pour lui. L'ami en question le lui avait redemandé, expliqua Tsi tout en passant la main d'un geste nerveux sur une moustache extrêmement clairsemée.

– Donnez-nous le nom de votre ami, dit Chee. Où pouvons-nous le trouver ?

– Son nom ?

Tommy Tsi réfléchit un moment :

– Ben, ce n'est pas vraiment un ami proche. Je l'ai rencontré à Flag. Je crois qu'on le surnomme Shorty. Ou quelque chose comme ça.

– Et comment vous alliez lui rendre son argent quand vous auriez vendu sa marchandise ?

– Ben, fit Tommy Tsi avant d'hésiter à nouveau. Je ne sais pas.

– C'est dommage, intervint Bernie. Si vous parvenez à le trouver, nous voulons que vous lui disiez que ce n'est pas vraiment le matériel radio qui nous intéresse. Nous voulons trouver la Jeep. S'il peut nous montrer où elle est, il pourra toucher la récompense.

– Une récompense ? Pour la Jeep ?

– Mille dollars, confirma-t-elle. Vingt billets de cinquante dollars. Offerts par la famille de la femme qui la conduisait.

– C'est pas vrai, fit Tsi. Mille dollars.

– Pour retrouver la Jeep. C'est ce que votre copain a fait, vous savez. Il a retrouvé un véhicule abandonné. Il n'y a pas de loi pour l'interdire, n'est-ce pas ?

– Absolument, acquiesça Tommy Tsi en hochant la tête et en prenant l'air beaucoup plus joyeux.

– S'il vous a dit où se trouve la Jeep, vous pourriez nous y conduire. Nous pourrions faire en sorte que vous encaissiez l'argent. Après, si vous parvenez à le retrouver, vous pourrez partager avec lui.

– Oui, dit Tsi. Je vais chercher mon chapeau.

– Vous savez quoi ? intervint Chee. Ramenez le matériel radio par la même occasion. Nous en aurons peut-être besoin pour les empreintes.

– Les miennes ? fit Tsi qui avait l'air décontenancé.

– Nous savons que les vôtres sont dessus. Nous pensons à la personne qui a conduit la Jeep là où vous l'avez découverte.

Et donc, ils étaient repartis en cahotant sur la 6120, puis la 6110 avant d'arriver à Cedar Ridge, et de là ils avaient pris vers le sud la route goudronnée, avaient dépassé Tuba City, traversé Moenkopi, repris la piste poussiéreuse qui passait devant le comptoir d'échanges abandonné de Goldtooth, puis ils avaient tourné à gauche, franchissant une grille à bétail et s'engageant sur une piste de terre qui grimpait la pente de Ward Terrace. Là où la piste traversait un wash peu profond, Tommy Tsi tendit le doigt vers l'aval et annonça :

– C'est là.

La Jeep avait été abandonnée derrière un coude, cinquante mètres plus loin, au milieu du lit du cours d'eau à sec. Ils laissèrent Tsi dans leur véhicule, marchèrent le long de la rive, prenant grand soin de ne pas abîmer les traces qui pourraient subsister encore. Il n'y en avait aucune indiquant que quelqu'un était passé à pied dans le sable. La plus grande partie des marques de pneus de la Jeep avait déjà été effacée par le pick-up dans lequel Tsi était venu, et le vent avait adouci les contours des rares qui demeuraient encore. Mais il en avait subsisté assez pour fournir un nouvel élément d'information. Bernie le remarqua aussi.

– Le petit orage est survenu juste après que vous ayez trouvé Ben, non ?

Et du doigt, elle montra un endroit abrité où les pneus de la Jeep avaient laissé leur empreinte dans un sable qui, de toute évidence, avait été humide.

– À quelle distance sommes-nous de l'endroit où ça s'est produit ?

– Je dirais, une trentaine de kilomètres peut-être à vol d'oiseau. Et il n'a pas plu depuis. Je pense que cela nous apprend un petit quelque chose.

La Jeep elle-même ne leur apprit pas grand-chose de plus. Ils restèrent à l'écart, inspectant le sol. Le sable, autour de la portière du conducteur, avait été tout retourné, probablement par les chaussures de Tsi quand il s'était introduit à l'intérieur et en était ressorti dans sa quête d'objets faciles à piller, et pendant qu'il avait arraché la radio à son logement.

De la portière du passager, on pouvait, d'une seule enjambée, atteindre directement la pente rocheuse qui formait la berge de l'arroyo. Si l'occupant du véhicule était parti dans cette direction, cela rendait virtuellement sans espoir, après le nombre de journées écoulées, toute tentative de le suivre à la trace.

– Qu'est-ce que c'est que ces trucs, sur le siège arrière ? demanda Bernie. Sûrement du matériel pour son travail.

– Je vois des pièges. Et des cages. Ce gros bidon contient probablement le poison qu'ils insufflent dans les terriers pour anéantir les puces.

Il sortit son canif, s'en servit pour appuyer sur le bouton de la portière du passager, puis pour la faire pivoter vers l'extérieur.

– Ça va être vite vu, là, fit Bernie. À moins que nous trouvions quelque chose dans le sac poubelle.

Chee n'était pas prêt à lui concéder ça. Leaphorn lui avait dit un jour qu'on a davantage de chances de faire une découverte si on ne cherche rien en particulier. « Il faut essayer de ne pas partir avec une idée préconçue et bien voir ce qu'on voit », se plaisait-il à dire. Et Chee vit une tache sombre sur le revêtement en cuir du siège côté passager.

Il la montra du doigt.

– Oh, fit Bernie avec une grimace.

La tache avait coulé vers le bas, presque noire.

– Je dirais du sang séché, commenta Chee. Allons contacter les spécialistes chargés des relevés sur le terrain.

18

– Tu as remarqué sa tête quand il a dit ça ? demanda Leaphorn à Louisa. Il a dit : « Monsieur Nez est mort. Charley est toujours vivant. » Cette saleté de chien de prairie est toujours vivant. Comme si c'était la meilleure nouvelle possible.

– Je crois que je ne t'avais encore jamais vu vraiment en colère.

– J'essaye de faire en sorte que les choses ne m'atteignent pas. Tu ne peux pas vraiment te le permettre quand tu es policier. Mais là, bon sang, c'était un peu trop inhumain pour moi.

– J'en ai déjà vu plusieurs, parmi les super-cerveaux, se comporter comme ça. Pour lui, c'était la démonstration d'un point important, bien sûr. Le système immunitaire de l'animal s'était modifié pour s'adapter aux nouvelles formes de bactéries, et rien d'autre que la recherche n'a d'importance. Nez, lui, n'a pas eu cette chance. Alors maintenant, il pense qu'il va disposer d'une colonie entière de chiens de prairie, plein de sujets qu'il va pouvoir soumettre à ses tests. Ce qui donne, Nez est mort mais les rongeurs ont survécu. Hip hip hip, hourrah. Et tu ne crois pas que tu conduis trop vite pour cette route ?

Leaphorn ralentit un peu, suffisamment pour que la brise qui soufflait de l'arrière les engloutisse dans un nuage de poussière, mais pas assez pour éliminer les cahots que subissait le véhicule.

– Tu ne devais pas dîner avec monsieur Peshlakai et préparer des rencontres avec des étudiants ? Je ne veux pas que tu rates ça, et nous avons pris du retard.

– Monsieur Peshlakai et moi, nous fonctionnons toujours selon l'heure navajo. Le retard, ça n'existe pas. Nous nous retrouverons quand j'y serai et qu'il y sera. Qu'est-ce qui te rend aussi pressé ?

– Je redescends jusqu'à Flag. Je veux aller à l'hôpital parler aux gens qui y travaillent et tenter de découvrir ce que Pollard a appris qui l'a mise tellement en colère.

– Tu veux parler de l'inscription dans son journal, « Quelqu'un ment » ?

– Ouais. Ça semblait expliquer pourquoi elle retournait à Yells Back Butte. Pour trouver la réponse.

– Mais un mensonge sur quoi ? fit Louisa en se posant la question surtout à elle-même.

– Pour moi, elle voulait parler de l'endroit où Nez a attrapé la puce qui lui a été fatale. Le travail de Pollard consistait à ça, et d'après ce qu'on m'a dit, elle le prenait très au sérieux. (Il secoua la tête.) Mais qui peut le savoir ? Pas moi. Ça devient difficile à évaluer.

Louisa hocha la tête.

– Trouver la réponse à ça, répéta Leaphorn. Et comment s'y prend-elle ? Nous savons qu'elle a repris la route de Yells Back de bon matin, soit pour parler à Woody de l'endroit où il avait demandé à Nez de travailler le jour où la puce lui a sauté dessus, soit pour récupérer des rongeurs ou des puces de ce coin-là pour son usage personnel. Mais elle n'est pas allée discuter avec Woody. En tout cas, c'est ce qu'il nous dit. Et si elle a prélevé des puces, elle a dû faire ça drôlement vite, parce qu'elle est repartie presque tout de suite.

– Et tu as une idée, maintenant, de l'endroit où elle est partie ?

– Eh bien, elle n'est pas rentrée à sa chambre de motel pour faire ses bagages en vue d'un voyage. Ses affaires y étaient toujours. Et personne sur place ne l'avait vue.

– Ce qui n'est pas de bon augure.

– Il faut que nous trouvions cette Jeep. Et en attendant, je vais essayer de découvrir avec qui elle s'est entretenue à l'hôpital. Cela pourrait nous aider.

Dans un dernier cahot, ils quittèrent les graviers pour la Route Navajo 3 et longèrent Moenkopi pour rejoindre l'U.S. Highway 160 et atteindre Tuba City.

– Où veux-tu que je te dépose ?

– À la station-service, juste là, mais seulement le temps d'utiliser le téléphone. Je vais appeler Peshla-kai pour annuler. Lui dire qu'on se verra plus tard.

Leaphorn la fixa.

– Cette histoire devient trop intéressante, expli-qua-t-elle. Je ne veux pas tout laisser en plan comme ça.

Il était plus de neuf heures quand ils regagnèrent Flagstaff. Ils firent halte pour dîner rapidement à Bob's Burgers et décidèrent d'aller voir à l'hôpital au cas où un médecin qui avait connaissance du cas de Nez serait de garde de nuit.

Le médecin se révéla être une jeune femme qui avait achevé sa formation théorique à Toledo au mois de mars et qui faisait son internat pratique à l'hôpital de Flagstaff dans le cadre d'un accord passé avec le Service indien de la Santé, rembour-sant de la sorte le prêt fédéral qui lui avait été accordé pour suivre ses études de médecine.

– Je ne crois pas que j'aie jamais vu monsieur Nez, dit-elle. C'est probablement le docteur Howe qui s'est occupé de lui aux urgences. Mais l'infirmière de l'étage sait peut-être quelque chose qui pourrait vous aider. Ce soir, ça doit être Shirley Ahkeah.

Shirley Ahkeah se souvenait très bien de monsieur Nez. Elle se souvenait également du docteur Woody. Mieux encore, elle se souvenait de Catherine Pollard.

– Pauvre monsieur Nez, leur dit-elle. À l'exception du docteur Howe, on n'avait pas l'impression que les autres avaient la moindre pensée pour lui, une fois qu'il a été mort.

– Je ne suis pas sûr de bien comprendre ce que vous voulez dire par là, remarqua Leaphorn.

– Aucune importance. Ce n'était pas juste, de dire ça. Après tout, c'était le docteur Woody qui l'avait fait admettre. Et mademoiselle Pollard ne faisait que son travail : elle essayait de trouver où il avait attrapé la puce infectée. Est-ce qu'elle y est parvenue ?

– Nous n'en savons rien. Le matin qui a suivi son départ d'ici, elle a laissé un message à son chef. Il disait juste qu'elle partait à l'endroit où le docteur Woody avait installé son laboratoire mobile et qu'elle allait vérifier les animaux porteurs de la peste, là-bas. Le docteur Woody nous dit qu'elle n'est jamais arrivée à son laboratoire. Elle n'est pas retournée à son bureau ni au motel où elle était descendue. Personne ne l'a vue depuis.

Le visage de Shirley présenta un mélange de frayeur et de surprise.

– Vous voulez dire... est-ce qu'il lui est arrivé quelque chose ?

– Nous l'ignorons. Son bureau a signalé sa disparition à la police. Et le véhicule dans lequel elle roulait a disparu également.

– Vous pensez que j'ai été la dernière à lui parler ? Personne ne l'a vue depuis qu'elle est partie d'ici ?

– Nous n'en savons rien. Personne que nous ayons réussi à localiser. Est-ce qu'elle vous a dit quelque chose sur sa destination ? Tout ce qui pourrait nous donner une petite idée de ce qui la motivait ?

Shirley secoua la tête.

– Rien que vous ne sachiez déjà. Tout ce dont elle a parlé ici, c'était de monsieur Nez. Elle voulait savoir comment il avait été infecté. Où et quand.

– Est-ce que vous le lui avez dit ?

– Le docteur Delano lui a dit que nous n'avions aucune certitude absolue. Que Nez présentait une forte fièvre et des symptômes de la peste clairement définis (les plaques noires sous la peau à l'endroit où il y avait eu rupture des capillaires, et les ganglions gonflés), il avait déjà tout ça quand nous l'avons accueilli ici, aux urgences, et ils nous l'ont amené tout de suite. Elle a posé tout un tas de questions à Delano et il lui a répondu que le docteur Woody avait dit que Nez avait été piqué par la puce la veille du jour où il l'avait conduit chez nous. Et elle a répondu que ce n'était pas ce que le docteur Woody lui avait dit à elle, alors Delano...

– Une seconde, intervint Louisa. Elle avait déjà parlé de Nez à Woody ?

Shirley gloussa.

– Apparemment. Elle a prononcé les mots de menteur et de fils de pute. Et Delano, il est un peu susceptible et il a eu l'air de penser que mademoiselle Pollard l'accusait lui, de mentir. Alors à ce moment-là elle a ajouté quelque chose pour qu'il soit bien clair qu'elle parlait de Woody. Delano lui a dit qu'il ne se portait pas garant de ce que Woody lui avait déclaré parce que lui non plus ne croyait pas que c'était la vérité. Il a dit que Nez ne pouvait absolument pas présenter une telle poussée de température et les autres symptômes de la peste aussi rapidement que ça.

Shirley haussa les épaules. Fin de l'explication.

Leaphorn fronça les sourcils, assimilant ces renseignements. Puis il dit :

– Est-ce que vous croyez que le docteur Delano aurait pu mal comprendre ce qu'il lui a dit ? Concernant le moment où Nez a été infecté ?

– Je ne vois pas comment, fit Shirley avant de tendre le doigt. Ils ne se tenaient pas plus loin qu'ici et j'ai tout entendu aussi. Delano avait dit à Woody que Nez était mort après minuit. Et Woody lui a répliqué qu'il voulait savoir à quelle heure exactement Nez était décédé. Exactement. Il a affirmé que la puce l'avait piqué sur la face interne de la cuisse le soir précédant le matin où il l'avait amené. Woody a beaucoup insisté sur le facteur temps. Il a dit à Delano qu'il avait laissé une liste de symptômes qu'il voulait voir pointés et relevés au fur et à mesure du développement de la maladie. Il voulait qu'on programme une autopsie, et il voulait être présent quand elle aurait lieu.

– A-t-elle été pratiquée ?

– À ce qu'il paraît. Les infirmières ne sont pas incluses dans le circuit des informations, à ce niveau-là, mais les bruits circulent.

Louisa eut un petit rire en entendant ces paroles :

– Les hôpitaux et les universités. C'est bien du pareil au même.

– Qu'est-ce que vous avez entendu dire ? interrogea Leaphorn.

– Surtout que Woody avait plus ou moins tenté de prendre la direction des opérations et que le pathologiste était dans une fureur noire. À part ça, je crois qu'ils ont simplement conclu à un décès de plus causé par la peste bubonique. Et Woody a fait prélever quantité de tissus et plusieurs organes.

Ni Leaphorn ni Louisa n'eurent beaucoup de commentaires à faire en retournant au pick-up. Quand ils furent installés sur leurs sièges, elle dit qu'ils avaient probablement eu de la chance que Delano ne soit pas là.

– Il en aurait peut-être su un petit peu plus, mais il ne nous aurait sans doute pas dit grand-chose. Question de dignité professionnelle, tu sais.

– Oui, fit-il en lançant le moteur.

– Tu n'es pas très bavard, commenta-t-elle. Est-ce que cela t'a fourni des réponses ?

– Eh bien, maintenant nous savons de manière certaine qui Pollard soupçonnait de lui avoir menti. Et bien sûr, cela entraîne la question suivante.

– À savoir, la raison que Woody pouvait avoir de lui mentir. Et, d'ailleurs, il a bien dû nous mentir à nous aussi.

– Exactement.

– Nous devrions retourner là-bas et le mettre en demeure de s'expliquer. Voir ce qu'il nous répond.

– Pas encore. Je crois qu'il ne ferait que soutenir qu'il n'a pas menti. Il inventerait une explication quelconque. Ou il nous dirait de foutre le camp. D'arrêter de lui faire perdre son temps.

– Je suppose qu'il pourrait, hein ?

– Nous ne sommes que deux civils trop curieux, explicita Leaphorn en se demandant si le ton de sa voix reflétait la tristesse qu'il ressentait.

– Alors, qu'est-ce que tu vas faire ?

– Je vais appeler Chee demain matin. Voir s'il y a du nouveau sur Pollard et la Jeep. Et après je rappellerai madame Vanders pour lui transmettre le peu que nous savons. Après, je veux aller voir Krause.

– Pour découvrir s'il en sait plus qu'il ne t'en a dit ?

– Je ne savais pas quelles questions il fallait lui poser. Et j'aimerais jeter un coup d'œil sur ce message qu'elle lui a laissé.

L'expression de Louisa lui demanda pourquoi.

Il rit.

– Parce que j'ai passé trop d'années à être policier et que je ne parviens pas à m'en remettre. Je demande à lire le message, et il se passe quoi ? Première possibilité. Il trouve une raison de ne pas me le montrer. Ce qui m'amène à me demander pourquoi il refuse.

– Oh, fit-elle. Tu penses qu'il pourrait, euh, être impliqué ?

– Je ne le pense pas actuellement, mais je pourrais, s'il refuse de me montrer le message. Mais passons à la deuxième possibilité. Il me le montre. L'écriture ne correspond visiblement pas à celle du journal. Ce qui soulève toutes sortes d'explications. Ou troisième possibilité. Il me remet le message, et il y a dedans des informations qu'il ne pensait pas suffisamment importantes pour m'en faire part. La troisième possibilité est la plus vraisemblable, même si elle n'est pas très plausible. Mais ça ne coûte rien d'essayer.

– Est-ce que tu vas encore m'inviter à t'accompagner ?

– J'y compte bien, Louisa. Au lieu d'être une corvée, le travail devient un plaisir grâce à toi.

Elle soupira.

– Je ne peux pas venir demain. Je préside une réunion de comité et c'est mon projet et mon comité.

– Tu me manqueras, dit-il.

Et il savait que c'était vrai.

19

Comme il redoutait de passer cet appel, Chee fixait depuis un moment le téléphone avec défiance. Puis il décrocha, prit une profonde inspiration et composa le numéro de Janet Pete, dans le bâtiment fédéral de Phoenix. Ms Pete n'était pas dans son bureau. Est-ce qu'il souhaitait s'adresser à sa boîte vocale? Non. Où pouvait-il la joindre? Était-ce pour une affaire urgente?

– Oui, répondit-il.

Janet ne serait peut-être pas d'accord, mais pour lui, ça l'était. Il ne pouvait se concentrer sur rien d'autre tant que le génie libéré par la théorie de Cowboy qui disait, « C'est Pollard la coupable », n'avait pas regagné définitivement sa bouteille. Le « oui » de Chee lui valut un numéro à Flagstaff, qui se révéla être le téléphone collectif d'un bureau du palais de Justice mis à la disposition des avocats commis d'office pour assurer la défense des accusés.

La voix très familière associée à tant de souvenirs de bonheur dit:

– Allô. Janet Pete à l'appareil.

– Jim Chee. Est-ce que tu as un peu de temps pour parler ou est-ce que tu préfères que je te rappelle plus tard?

Bref silence.

– J'ai le temps.

La voix de Janet était encore plus douce maintenant, ou était-ce son imagination ? Elle ajouta :

– Ça concerne le boulot ?

– Hélas, oui, dit Chee. J'ai appris la théorie de Cowboy Dashee sur ce qui est arrivé à Kinsman, et nous travaillons dessus. Il faut que je m'entretienne avec ton client. Est-ce qu'il est toujours en détention à Flag ? Et est-ce que tu serais d'accord pour me permettre d'entrer afin de lui parler ?

– Oui, en ce qui concerne ta première question. Il y est toujours parce que je n'ai pas réussi à lui obtenir une caution. Mickey s'y est opposé et je trouve ça stupide. Où pourrait-il aller se cacher ?

– C'est stupide, confirma Chee. Mais Mickey veut sûrement tenter d'obtenir la peine de mort. S'il ne s'opposait pas à la libération sous caution, même pour un Hopi qui ne risque assurément pas de s'enfuir, tu pourrais en profiter pour établir que le procureur lui-même n'était pas vraiment persuadé que Jano est dangereux.

Avant même d'avoir complètement achevé sa phrase, Chee se demanda pourquoi il semblait systématiquement entamer ses conversations avec elle de cette manière : comme s'il essayait de provoquer une dispute. Le silence, à l'autre bout du fil, lui suggéra qu'elle pensait la même chose.

– De quoi veux-tu lui parler, à Jano ?

– Il semble qu'il ait vu la Jeep que Ms Pollard conduisait.

– Il a vu une Jeep. Ça y est, tu as réussi à lui mettre la main dessus, à Pollard ?

Plus hostile que « Tu l'as retrouvée ? ». Chee ferma les yeux, se rappelant comment c'était, avant.

– Nous ignorons où elle est.

– Ça ne va peut-être pas être facile. Elle a eu plein de temps pour se cacher, et il paraît qu'elle a beaucoup d'argent pour lui faciliter les choses.

– Nous n'avions pas établi le rapport avant...

Il s'interrompit. Il n'allait pas lui présenter des excuses. C'était superflu. Janet travaillait depuis suffisamment longtemps comme représentante de la partie civile pour savoir comment la police fonctionnait. Pour savoir qu'il lui était rigoureusement impossible de mener une enquête chaque fois que quelqu'un prend la route sans parler de sa destination à personne. Pourquoi expliquer ce qu'elle savait déjà ?

– Écoute, Jim. Je suis la représentante légale du prévenu. À moins que tu ne puisses m'exposer ce qu'il... ce que la justice peut avoir à y gagner à te laisser le soumettre à un nouvel interrogatoire, je ne peux pas. Dis-moi ce qu'il aurait à y gagner.

Chee lâcha un soupir.

– Nous avons retrouvé la Jeep. Le siège du côté du passager était maculé de sang coagulé. Nous avons la preuve que le véhicule a été abandonné moins d'une heure environ après que Jano... après que Kinsman ait été frappé à la tête.

Silence. Puis Janet dit :

– Du sang. À qui appartient-il ? Mais vous n'avez sûrement pas encore eu le temps de procéder à des analyses de laboratoire. Est-ce que Jano est soupçonné de ça aussi ?

– Je ne vois pas comment il pourrait l'être. Je sais exactement où il était quand la Jeep a été abandonnée.

– Elle était à quel endroit ?

– À une trentaine de kilomètres vers le sud-ouest. Dans un arroyo.

– Tu penses que Jano a pu voir quelque chose, ou entendre quelque chose, qui pourrait t'aider à retrouver Catherine Pollard ?

– Je pense qu'il y a peut-être une chance. Plutôt mince, mais nous n'avons rien d'autre sur quoi travailler. Pas dans l'immédiat, en tout cas. Ce sera peut-être différent quand les gars de l'équipe scientifique et ceux du laboratoire en auront terminé avec la Jeep.

– Bon, d'accord. Tu connais la règle. Je suis présente, et si je t'arrête dans tes questions, c'est terminé. Tu veux faire ça aujourd'hui ?

– Tout à fait normal, reconnut Chee. Et le plus tôt sera le mieux. Dès que j'aurai raccroché, je quitte Tuba City.

– Je te retrouverai à la prison. Et Jim, essayons de ne pas nous mettre mutuellement en colère à longueur de temps.

Elle ne lui donna pas le temps de répondre.

Elle l'attendait dans la salle d'interrogatoire, petit espace lugubre avec deux fenêtres pourvues de barreaux qui ne donnaient sur rien. Elle était assise face à Robert Jano, de l'autre côté d'une table en bois meurtrie. Elle parlait doucement. Jano lui prêtait une oreille très attentive. Il leva le regard quand Chee apparut sur le seuil. L'examina avec une curiosité discrète et polie. Chee le salua de la tête, s'apercevant soudain que lorsqu'il l'avait arrêté, les mains encore rouges du sang de Kinsman, tout à sa rage et à sa stupeur, il ne l'avait même pas observé en détail. Il s'en acquitta maintenant. Ce beau jeune homme poli était l'assassin à qui Chee essayait de donner une place dans l'histoire. Le premier homme attaché par des sangles dans une chambre à gaz selon la nouvelle loi instituant la peine capitale dans les réserves fédérales.

Chee adressa un signe de tête à Janet et lui dit :
– Merci.

– Vous vous connaissez déjà, fit-elle sans paraître apprécier l'ironie de cette déclaration.

Ils hochèrent la tête. Jano sourit, puis sembla gêné de l'avoir fait.

– Assieds-toi, dit-elle à Chee. Je vais reprendre la procédure. Monsieur Chee va formuler une question. Et vous, Robert, vous n'y répondrez pas avant que je vous aie dit que vous le pouvez. D'accord ?

Jano fit oui de la tête. Chee regarda Janet, qui lui rendit son regard sans montrer aucune chaleur. Elle avait beaucoup appris, songea-t-il, depuis leur première rencontre dans la salle d'interrogatoire de la prison du comté de San Juan, à Aztec. En des temps heureux très très anciens.

– D'accord, fit Chee à son tour avant de reporter son regard sur Jano. Le matin où je vous ai arrêté, avez-vous vu une jeune femme dans les alentours ?

– J'ai vu... commença-t-il avant d'être interrompu par Janet.

– Une petite minute.

Elle sortit un magnétophone de son sac à main, le posa sur la table, brancha un microphone et enclencha l'appareil.

– C'est bon, confirma-t-elle.

– J'ai vu une Jeep noire. Je n'ai pas vu qui la conduisait.

– Quand l'avez-vous vue, et où vous trouviez-vous ?

Jano se tourna vers Janet. Elle fit oui de la tête.

– J'avais escaladé la butte et je marchais le long du bord en direction de l'endroit où j'ai un piège pour attraper les aigles. J'ai regardé en bas et j'ai vu une Jeep noire garée sur le tertre à côté du hogan abandonné.

– Il n'y avait personne à l'intérieur ?

Jano regarda Janet. Elle fit oui de la tête.

– Non.

– Avez-vous vu la voiture de l'agent Kinsman arriver ?

Jano regarda Janet.

– Quel est le but de cette question ?

– Je veux découvrir si la Jeep était toujours là quand Kinsman est arrivé.

Janet réfléchit :

– C'est bon.

– Je l'ai vue arriver, oui. Et la Jeep y était encore.

Chee se tourna vers Janet :

– Donc, si c'était Pollard qui conduisait la Jeep, elle était dans les parages quand il a été tué.

– Blessé, corrigea Janet. Mais oui, elle y était.

– J'ai l'intention de demander à ton client de reconstituer simplement ce qu'il a vu, entendu et fait ce matin-là.

Elle réfléchit.

– Vas-y. On verra bien.

Jano déclara qu'il était arrivé vers l'aube, qu'il avait garé son pick-up, avait déchargé sa cage à aigle avec, à l'intérieur, le lapin qu'il avait apporté comme appât, puis qu'il avait escaladé la passe pour atteindre le rebord de la butte. Il avait entendu un bruit de moteur, avait regardé et vu la Jeep arriver, mais il n'avait pas pu distinguer qui en était sorti à cause de l'endroit où elle s'était garée. Il s'était glissé dans son piège et avait placé le lapin, retenu par un lien, sur les branchages qui le recouvraient. Puis il avait attendu une heure environ. L'aigle était venu en décrivant ses cercles dans le ciel, fidèle à son schéma de chasse. Il avait vu le lapin, avait fondu sur lui et l'avait attrapé. Jano s'était saisi du rapace par une patte et par la queue. L'aigle lui avait entaillé l'avant-bras avec son autre serre.

– À ce moment-là je l'ai libéré et...

– Un instant, intervint Chee. Vous aviez l'aigle dans votre cage quand je vous ai arrêté. La cage était à côté des rochers, à deux ou trois mètres de nous. Vous vous en souvenez ?

– C'était le deuxième aigle, précisa Jano.

– Vous êtes en train de me dire que vous avez capturé un aigle, que vous l'avez relâché, et qu'ensuite vous en avez capturé un autre ?

– Oui, confirma Jano.

– Est-ce que vous pouvez me dire pourquoi vous avez relâché le premier ?

Jano consulta Janet du regard.

– Non, il ne le peut pas.

– La question lui sera posée au tribunal, insista Chee.

– S'il passe en jugement, il dira que ses raisons font intervenir des croyances religieuses qu'il n'est pas autorisé à aborder en dehors de sa kiva. Il peut dire que deux des plumes de la queue avaient été arrachées dans la lutte, ce qui interdisait toute utilisation rituelle. Et à ce moment-là, si j'y suis contrainte, je ferai citer quelqu'un qui fait autorité sur la religion hopi et qui expliquera également pourquoi un aigle portant ainsi des traces de violence associées à une effusion de sang ne saurait être utilisé dans le rôle qui lui est assigné par le cérémonial religieux.

– Entendu, fit Chee. Continuez, je vous en prie, monsieur Jano. Que s'est-il passé ensuite ?

– J'ai pris le lapin et j'ai suivi le bord de la butte sur environ trois kilomètres jusqu'à l'endroit où un autre aigle a son territoire de chasse, je me suis glissé dans le piège qui est là-bas et j'ai attendu. Puis l'aigle que vous avez vu est venu prendre le lapin et je l'ai attrapé.

Jano se tut, regarda Chee comme s'il s'attendait à une contradiction et poursuivit :

– Cette fois, j'ai été plus prudent.

Il sourit, présenta son avant-bras :

– Pas de blessure, cette fois.

Jano expliqua qu'il avait vu la voiture de la police navajo remonter la piste au moment où, portant son aigle, il descendait la passe pour regagner son camion. Il dit qu'il s'était dissimulé un moment derrière une avancée rocheuse, espérant que le policier allait partir, puis qu'il avait descendu lentement le reste du chemin en pensant qu'il n'avait pas été repéré.

– C'est là que j'ai entendu une voix forte. Je crois que c'était le policier. Je l'ai entendu plusieurs fois. Et après...

Chee leva la main.

– Attendez un peu. Est-ce que vous avez entendu une réponse de la personne à qui il s'adressait ?

– J'ai seulement entendu cette unique voix.

– Une voix d'homme ?

– Oui. On aurait dit qu'il donnait des ordres à quelqu'un.

– Des ordres ? Comment ça ?

– Il criait. Comme s'il arrêtait quelqu'un. Vous savez. Comme s'il lui ordonnait de faire quelque chose.

– Est-ce que vous pouvez me dire d'où venaient les voix ?

– Une seule voix, corrigea Jano. À peu près de l'endroit où j'ai trouvé monsieur Kinsman.

– Je veux que vous remontiez un peu en arrière. Au moment où vous descendiez de la passe, est-ce que la Jeep était toujours garée à l'endroit où vous l'aviez vue avant ?

Jano eut un hochement de tête affirmatif, puis il regarda le micro et déclara :

– Oui, la Jeep était toujours là.

– D'accord. Alors, qu'est-ce que vous avez fait quand vous avez entendu cette voix ?

– Je me suis caché un moment derrière un genévrier, et je suis resté à écouter. J'ai entendu ce qui ressemblait à des bruits de pas. Vous savez, des chaussures sur un terrain plein de cailloux, qui venaient plus ou moins dans ma direction. Puis j'ai entendu une voix qui disait quelque chose. Et après, j'ai entendu une sorte de choc sourd.

Il s'interrompit un moment, regarda Chee :

– Je pense que c'était peut-être quand monsieur Kinsman a été frappé à la tête avec un objet. Et après il y a eu un bruit de pierres qui roulent.

Il marqua une nouvelle pause, pinça les lèvres, sembla se remémorer ces instants.

– Et ensuite ? insista Chee.

– Je suis resté à attendre derrière le genévrier. Et quand ça a été silencieux un certain temps, je suis allé voir. Et monsieur Kinsman était étendu par terre, avec le sang qui ruisselait de sa tête. (Il haussa les épaules.) Après, vous êtes monté et vous avez braqué votre pistolet sur moi.

– Est-ce que vous avez reconnu Kinsman ?

Janet Pete intervint :

– Minute. Minute.

Elle fronça les sourcils en scrutant Chee :

– Qu'est-ce que tu essayes de faire, Jim ? D'établir la préméditation ?

– Le procureur établira que Kinsman avait arrêté monsieur Jano dans le passé. Je n'essayais pas de piéger qui que ce soit.

– Peut-être. Mais ça me paraît un bon endroit pour arrêter ça.

– Juste une question encore. Est-ce que vous avez vu quelqu'un d'autre quand vous étiez là-haut ? N'importe qui ? Ou quelque chose ? Qui arrivait, qui repartait, est-ce que je sais ?

– J'ai vu un troupeau de chèvres de l'autre côté de la passe. Beaucoup d'arbres par là-bas. Je ne pourrais pas l'affirmer complètement. Mais il y avait peut-être quelqu'un avec elles.

– Bon, fit Janet. Monsieur Jano et moi avons des choses à mettre au point. Au revoir, Jim.

Chee se leva, fit un pas vers la porte, se retourna.

– Une toute dernière chose. J'ai trouvé un piège sur le rebord de Yells Back où vous avez peut-être attrapé un aigle.

Il décrivit l'emplacement et le piège :

– C'est bien là ?

Jano regarda Janet, qui regarda Chee. Elle fit oui de la tête.

– Oui, dit Jano.

– Le premier aigle, ou le second ?

– Le second.

– Où avez-vous attrapé le premier ?

Jano ne posa pas un regard sur Janet, cette fois, pour lui demander son accord. Il resta immobile, les yeux rivés sur Chee, l'air songeur.

Il ne va pas me le dire, pensa Chee, parce qu'il n'y a eu qu'un seul aigle, ou alors il ne va pas me le dire parce qu'il ne veut pas révéler l'emplacement d'un autre des pièges de chasse secrets de sa kiva.

Janet se racla la gorge, se leva.

– Je vais tout arrêter là, dit-elle. Je pense...

Jano leva la main.

– Quand vous vous tenez sur la corniche, au-dessus de la passe et que vous regardez vers le pic Humphrey, dans les Monts San Francisco. Marchez tout droit dans cette direction. Au bout d'environ trois kilomètres, vous retrouvez le bord. C'est là, à un endroit où une grosse plaque s'est inclinée et a ouvert un espace.

– Merci, dit Chee.

Jano lui sourit :

– Je crois que vous connaissez les aigles, dit-il.

20

Leaphorn se réveilla dans une maison silencieuse, avec le soleil matinal qui lui éclairait le visage. Il avait construit leur maison de Window Rock en orientant la fenêtre de leur chambre vers le soleil levant parce que c'était le désir d'Emma. Par conséquent, le soleil levant et le vide de la maison lui étaient familiers. Louisa lui avait laissé un message, sur la table de la cuisine, qui commençait par : « Appuie sur le bouton ON de la machine à café », se poursuivait en soulignant les aliments variés disponibles pour le petit déjeuner et se concluait sur une note plus personnelle.

« J'ai des choses à faire avant les cours. Bonne chasse. S'il te plaît, appelle-moi pour me tenir au courant de tes progrès. J'ai aimé la journée d'hier. BEAUCOUP. Louisa. »

Il enfonça le bouton, mit du pain dans le grille-pain, sortit une assiette, une tasse, un couteau et le beurrier. Puis il se dirigea vers le téléphone, commença à composer le numéro de madame Vanders à Santa Fe, raccrocha. D'abord, il allait appeler Chee. Cela lui fournirait peut-être quelque chose à dire à madame Vanders hormis le fait qu'il n'avait strictement rien à lui dire.

– Il n'est pas encore arrivé, lieutenant Leaphorn, lui répondit la secrétaire de l'agence. Est-ce que vous voulez son numéro personnel ?

– Ce n'est plus lieutenant mais simplement monsieur, maintenant, dit-il. Et merci, je l'ai déjà.

– Attendez un instant. Le voilà.

Leaphorn attendit.

– J'allais vous appeler, dit Chee. Nous avons retrouvé la Jeep.

Il lui donna les détails.

– Vous dites que les traces de pneus prouvent que le sable était encore humide quand elle y est arrivée ?

– Exact.

– Donc c'était après que Kinsman ait été frappé.

– Exact aussi. Et probablement pas très longtemps après. Ça n'a pas été une pluie qui a beaucoup mouillé le sol.

– Je suppose qu'il est trop tôt pour que le laboratoire criminel vous ait fourni beaucoup de renseignements sur les empreintes ou... (Il s'interrompit.) Écoutez, lieutenant, je n'arrête pas d'oublier que je suis désormais un citoyen ordinaire. N'hésitez pas à me répondre « sans commentaire » ou quelque chose du même genre si j'outrepasse mes droits.

Chee rit :

– Monsieur Leaphorn. J'ai bien peur que pour moi vous soyez toujours lieutenant. Et ils disent qu'ils ont trouvé plein d'empreintes, partout, qui correspondent à celles du gars qui a volé la radio. Mais il n'y avait pas de vieilles empreintes latentes aux endroits logiques. Le volant, la tête du changement de vitesse, la poignée des portières... tous ces endroits ont été essuyés. Très soigneusement.

– Ce n'est pas bon signe, ça.

– Non. Soit elle est en fuite et elle a voulu laisser l'impression qu'on l'a enlevée, soit elle a vraiment été emmenée par quelqu'un qui ne voulait pas être identifié. Faites votre choix.

– Probablement la deuxième solution, si je devais tenter de deviner. Mais qui sait ? Il doit être bien trop tôt pour avoir le moindre renseignement sur le sang.

– Bien trop tôt.

– Est-ce qu'il y a une chance que vous puissiez trouver des échantillons du sang de Pollard quelque part ? Est-ce qu'elle faisait partie d'une banque de don du sang ? Ou est-ce qu'elle devait subir une intervention chirurgicale pour laquelle elle se serait constitué une réserve de sang ?

– C'est une des raisons pour lesquelles je m'apprêtais à vous appeler. Nous pouvons obtenir le nom de son plus proche parent, etc., par son employeur, mais il serait plus rapide de téléphoner à cette femme qui s'est assuré vos services. C'est bien Vanders ?

Leaphorn lui donna le nom, l'adresse et le numéro de téléphone. Puis il ajouta :

– Je vais l'appeler tout de suite pour lui dire que la Jeep a été retrouvée et qu'elle va recevoir un appel de vous. Est-ce qu'il y a quelque chose, dans ce que vous m'avez dit, que vous souhaitez garder secret ?

Un moment de silence pendant que Chee réfléchissait.

– Rien qui me vienne à l'esprit. Vous voyez des raisons de le faire ?

Leaphorn n'en voyait pas. Il appela madame Vanders.

– Donnez-moi un moment pour me préparer, dit-elle. Les gens qui appellent tôt le matin ont en général de mauvaises nouvelles.

– Cela se pourrait. La Jeep qu'elle conduisait a été retrouvée. Elle a été abandonnée dans un arroyo à une trentaine de kilomètres de l'endroit où elle a dit qu'elle se rendait. Il n'y a aucun signe d'accident. Mais on a retrouvé du sang séché sur le siège du passager. La police ne sait pas encore depuis combien de temps le sang était là, si c'est le sien ni d'où il vient.

– Du sang, répéta-t-elle. Oh, mon Dieu.

– Séché, précisa Leaphorn. Provenant peut-être d'une blessure ancienne, d'une vieille coupure. Est-ce que vous vous souvenez si elle vous a jamais signalé s'être blessée ? Ou que quelqu'un se soit fait mal dans ce véhicule ?

– Oh, fit-elle. Je ne crois pas. Je ne m'en souviens pas. Je n'arrive pas à faire fonctionner mon cerveau.

– Il est trop tôt pour s'inquiéter sérieusement, assura Leaphorn. Il est possible qu'elle soit en très bonne santé.

Ce n'était pas le moment de lui révéler que toutes les empreintes de la Jeep avaient été effacées. Il lui demanda si Catherine avait, par hasard, été donneuse de sang, si elle avait envisagé une opération de chirurgie pour laquelle elle aurait constitué des réserves de sang. Madame Vanders ne se souvenait pas. Elle ne le pensait pas.

– Vous allez recevoir ce matin un appel du policier chargé de l'enquête. Le lieutenant Jim Chee. Il vous dira s'il y a eu de nouveaux développements.

– Oui, dit-elle. Je crains que quelque chose de terrible ne soit arrivé. C'était une fille tellement impétueuse.

– Je vais maintenant aller m'entretenir avec monsieur Krause. Il pourra peut-être nous apprendre quelque chose.

Richard Krause ne se trouvait pas dans son laboratoire temporaire de Tuba City, mais un message était fixé sur la porte au moyen d'une punaise :

« Parti à la chasse aux souris. Reviens demain. Joignable par bâtiment administratif Kaibito. »

Leaphorn compléta le niveau d'essence dans son réservoir et prit vers le sud-ouest : trente kilomètres de route goudronnée sur l'U.S. 160 puis trente autres sur la surface caillouteuse en tôle ondulée de la Route Navajo 21. Seuls trois pick-up dormaient sur le parc de stationnement du bâtiment administratif, dont aucun n'appartenait au Service indien de la Santé. Une constatation décourageante.

Mais à l'intérieur, Leaphorn trouva le centre sous la responsabilité de madame Gracie Nakaidineh. Madame Nakaidineh se souvenait de lui depuis l'époque lointaine, très lointaine, où il patrouillait sur les routes de la région avec Tuba City pour base. Et le souvenir qu'il avait gardé d'elle était celui d'une de ces femmes qui font toujours ce qu'il faut et qui savent ce qui vaut la peine d'être su.

— Ah, fit-elle après qu'ils eurent achevé le rituel commun des retrouvailles entre gens de lointaine connaissance, vous voulez dire que vous êtes à la recherche de L'Homme aux Souris.

— Exactement. Il a laissé un message sur sa porte disant qu'on pouvait le contacter ici.

— Il m'a dit que si quelqu'un avait besoin de lui, il allait attraper des souris le long de Kaibito Creek. Il m'a dit qu'il serait à peu près à l'endroit où la rivière se jette dans Chaol Canyon.

Autrement dit, Leaphorn devait abandonner la surface pierreuse rappelant un égouttoir à vaisselle pour la Route Navajo 6330 qui était répertoriée comme une piste de terre et grimpait à l'assaut du Rainbow Plateau en décrivant un circuit de quarante-deux kilomètres défoncés et désertiques. Il évita une grande partie de ce trajet. Au bout d'une douzaine de kilomètres, il repéra un pick-up du Service indien de la Santé garé dans un bouquet de saules. Il se rangea sur l'accotement, sortit ses jumelles et essaya de distinguer suffisamment le symbole peint sur la portière poussiéreuse, voilée par les broussailles, pour déterminer s'il s'agissait de ce service précisément, ou d'un autre. N'y parvenant pas, il inspecta les environs à la recherche de Krause.

Une silhouette, vêtue de la tête aux pieds d'une sorte de combinaison blanche brillante, se déplaçait à travers les broussailles en direction du camion, portant des sacs en plastique dans ses deux mains. Krause ? Leaphorn ne pouvait même pas déterminer s'il s'agissait d'un homme ou d'une femme. La personne qui portait l'habit d'astronaute fit halte à côté du camion et commença à sortir des sacs des boîtes en fer brillantes, les alignant à l'ombre derrière le véhicule. Après avoir terminé, elle en porta une vers la remorque du camion, la rangea dans un autre sac en plastique, versa à l'intérieur quelque chose qui était contenu dans un récipient en fer puis entreprit de disposer une rangée de plateaux carrés et plats sur l'abattant arrière.

Ce devait être Krause qui se livrait à son expédition de chasse à la souris, et il effectuait maintenant les manipulations magiques que les biologistes opèrent sur les petits rongeurs. Il travaillait, le dos tourné vers Leaphorn, lui présentant un tube noir incurvé qui partait d'une boîte noire fixée bas sur son dos et qui remontait vers l'arrière de son capuchon. Voilà ce que madame Notah avait vu derrière l'écran de genévriers de Yells Back Butte. Le sorcier qui ressemblait en partie à un bonhomme de neige et en partie à un éléphant.

Au moment où cette pensée surgissait dans l'esprit de Leaphorn, Krause changea de position et, lorsqu'il sortit la boîte du sac, le soleil se réfléchit sur la visière transparente abritant son visage, complétant la description qu'avait faite madame Notah de son porteur-de-peau. Il se tourna pour regarder Leaphorn.

L'ancien policier redémarra, engagea son camion sur la pente. Il se gara, mit pied à terre, claqua la portière bruyamment derrière lui.

Krause pivota sur lui-même, criant quelque chose et montrant du doigt un panneau accroché à son pick-up où figurait, en lettres manuscrites : SI VOUS POUVEZ LIRE ÇA VOUS ÊTES FOUTREMENT TROP PRÈS.

Leaphorn s'immobilisa. Il cria :

– Il faut que je vous parle.

Krause hocha la tête. Il montra un cercle formé de son pouce et de son index, puis un seul doigt, s'assura que le visiteur avait compris son message et retourna à son travail, qui consistait à tenir un petit rongeur d'une main au-dessus d'un plateau en émail blanc et à passer un peigne dans sa fourrure avec l'autre main. Cette tâche une fois menée à bien, il souleva le minuscule cadavre d'une souris par sa longue queue afin que Leaphorn la voie. Il la mit dans un autre piège, retira une paire de gants en latex, les jeta dans un boîtier d'un rouge vif placé à côté du camion. Il s'avança vers l'ancien policier en repoussant son masque en arrière.

– Hantavirus, annonça-t-il avec un rictus. Celui-là même que nous avions pour habitude de surnommer la grippe navajo, à l'époque où nous véhiculions une profonde inconscience culturelle.

– Une appellation que nous n'appréciions pas plus que la Légion américaine n'a aimé le nom donné à la maladie du légionnaire.

– Donc, maintenant, nous leur donnons à toutes les deux leur très sérieuse dénomination grecque, et tout le monde est content. Enfin bon, ce que je faisais consistait à dégager les puces des poils d'une *peromyscus*, pour être tout à fait exact, une *peromyscus maniculatus*, et comme quatre-vingt-dix-neuf fois sur cent, lorsque nous aurons effectué des tests aussi bien sur les puces que sur l'animal, ils

229

montreront que j'ai assassiné une souris des champs en excellente santé qui n'a jamais été porteuse d'un seul virus de toute sa vie. Mais nous ne le saurons pas avant d'avoir fait effectuer le travail de laboratoire.

– Est-ce que vous en avez terminé ici, maintenant ? Est-ce que vous avez le temps de répondre à quelques questions ?

– Quelques-unes, répondit Krause qui se retourna et désigna d'un geste du bras l'alignement de boîtes métalliques disposées à l'ombre. Mais avant que je puisse me débarrasser de cet uniforme, dont le nom officiel est respirateur d'air purifié et filtré, ou RAPF dans le jargon des contrôleurs des vecteurs de maladies, il faut que j'en termine avec les souris prises dans ces pièges. Que je sépare les puces des bestioles et après, c'est bistouri et autopsie pour les pauvres petites souris.

– J'ai tout mon temps, affirma Leaphorn. Je vais simplement vous regarder travailler.

– À une distance respectable, quand même. Ça ne risque probablement rien. Pour ce que nous en savons, le hantavirus a une propagation aérobie. En d'autres termes, il est présent dans l'urine des souris puis, quand elle sèche, dans la poussière que les gens respirent. Le problème c'est que si on est infecté, il n'existe aucun moyen de guérir.

– Je vais rester à l'écart. Et je vais garder mes questions pour le moment où vous pourrez vous extraire de ce costume. Je parie que vous devez cuire.

– Mieux vaut cuire que mourir. Et ce n'est pas si pénible que ça le paraît. L'air qui est insufflé dans la capuche vous garde la tête au frais. Approchez votre main et vous le sentirez.

– Je vous crois sur parole.

Il regarda Krause vider l'un après l'autre les pièges en forme de boîtes, faire tomber avec un peigne, dans des sacs individuels, les puces contenues dans la fourrure des animaux, puis extraire les organes internes pertinents. Il les rangea dans des bocaux et mit les cadavres dans la poubelle métallique. Il se dévêtit du RAPF qu'il jeta dans le même récipient collecteur.

– Ça grève le budget, dit-il. Quand nous dépistons la peste, nous n'utilisons pas les RAPF si nous ne faisons que poser les pièges. Et une fois que nous avons terminé le travail d'autopsie, nous les gardons pour les réutiliser, sauf si on les a éclaboussés de boyaux de chiens de prairie. Mais avec le hantavirus, on ne prend aucun risque. Mais que puis-je vous raconter qui pourrait vous être utile ?

– Eh bien, d'abord, laissez-moi vous dire que nous avons trouvé la Jeep que mademoiselle Pollard conduisait. Elle a été abandonnée dans un arroyo, non loin de la route qui passe par Goldtooth.

– Ah, au moins, elle allait dans la direction qu'elle m'avait indiquée, commenta Krause avec un sourire forcé. Pas de message à mon intention pour m'annoncer qu'elle prenait ses congés en avance ou ce genre de choses ?

– Seulement une tache de sang.

Le sourire de Krause disparut.

– Oh, merde, fit-il. Du sang. Le sien ? (Il secoua la tête.) Dès le tout début j'ai considéré comme acquis qu'un jour elle allait soit téléphoner soit entrer juste comme ça, probablement sans me fournir d'explication avant que je lui en demande. On ne s'imagine tout simplement pas que quelque chose puisse arriver à Cathy. Rien qu'elle ne souhaite voir lui arriver.

– Nous ne savons pas si quelque chose lui est arrivé. Pas de manière certaine.

L'expression de Krause changea à nouveau. Un immense soulagement.

– Ce n'était pas son sang ?

– Ce qui nous amène à ma question. Est-ce que vous avez une idée de l'endroit où nous pourrions trouver un échantillon du sang de mademoiselle Pollard ? Suffisant pour que le laboratoire puisse procéder à une comparaison ?

– Oh, fit Krause. Alors vous n'avez aucune certitude pour l'instant ? Mais à qui d'autre pourrait appartenir ce sang ? Il n'y avait personne avec elle.

– Vous en êtes sûr ?

– Oh, fit à nouveau Krause. Enfin, non, je suppose que non. Je ne l'ai pas vue ce matin-là. Mais dans son message elle ne me dit absolument pas qu'elle était accompagnée. Et elle travaillait toujours seule. C'est souvent le cas dans ce genre de boulot.

– Une possibilité que Hammar ait pu être avec elle ?

– Vous vous souvenez ? Hammar a dit qu'il avait ses tâches d'enseignement à remplir à l'université, ce jour-là.

– Je m'en souviens. Cela n'a pas encore été vérifié définitivement à ma connaissance. Quand le laboratoire dira à la police qu'il s'agit bien du sang de mademoiselle Pollard, dans la Jeep, les alibis seront vérifiés en détail.

– Y compris le mien ?

– Bien sûr. Y compris celui de tout le monde.

Leaphorn attendit, donnant à Krause le temps de revenir sur ses déclarations concernant ce matin-là. Mais le scientifique ne disait rien, l'air songeur.

– Est-ce qu'elle s'était coupée récemment ? Est-ce qu'elle faisait don de son sang ? Vous avez une idée de l'endroit où on pourrait en trouver un peu pour le labo ?

Krause ferma les yeux pour réfléchir.

– Elle fait attention, répondit-il. Dans ce travail, c'est une obligation. Elle est vraiment emmerdante, quand on fait équipe avec elle, mais c'est une pro. Je n'ai pas conservé le souvenir qu'elle se soit jamais coupée dans le labo. Et dans une salle consacrée au contrôle des vecteurs de transmission, se couper, ce n'est pas rien. Et si elle était donneuse de sang, elle ne m'en a jamais parlé.

– Quand vous êtes arrivé ce matin-là, où est-ce que vous avez trouvé son message ?

– En plein sur mon bureau.

– Vous deviez regarder si vous pouviez le retrouver. Vous l'avez cherché ?

– J'ai eu beaucoup de choses à faire. Je vais essayer.

– Il m'en faudra une copie, insista Leaphorn. D'accord ?

– Pourquoi pas, fit-il, tandis que Leaphorn remarquait qu'une partie de sa cordialité avait disparu. Mais vous n'êtes pas de la police. Je parie que les flics vont le vouloir.

– Assurément. Une photocopie me conviendrait très bien. Est-ce que vous pouvez vous souvenir de ce qu'il disait exactement ? Mot pour mot ?

– Je me souviens du sens général. Elle n'allait pas venir au bureau ce jour-là. Elle prenait la Jeep pour partir vers le sud-est, du côté de Black Mesa et de Yells Back Butte. Pour travailler sur le décès de Nez causé par la peste.

– Est-ce qu'elle disait qu'elle allait mettre des pièges à mammifères ? Chiens de prairie ou autre chose ?

– Probablement. Je crois que oui. Soit elle le disait, soit je suis naturellement parvenu à cette conclusion. Elle n'avait pas encore réussi à déterminer l'endroit où il a été mortellement infecté.

– Et c'était forcément par une puce de chien de prairie ?

– Euh, probablement. La *yersinia pestis* est une bactérie qui se propage par les puces. Mais certaines

233

peromyscus sont porteuses de puces elles aussi. Nous en avons prélevé deux cents sur un écureuil des rochers, un jour.

– Est-ce qu'elle avait emporté un RAPF ?

– Elle en a un avec son matériel dans la Jeep. Est-ce qu'il y était toujours quand on a retrouvé le véhicule ?

– Je l'ignore. Je demanderai. Et j'ai encore une question. Dans son message, est-ce qu'elle vous disait pour quelle raison elle avait l'intention de démissionner ?

Krause fronça les sourcils.

– De démissionner ?

– De son travail ici.

– Elle n'allait pas démissionner.

– C'est sa tante qui me l'a dit. Dans un coup de téléphone qu'elle lui a passé juste avant sa disparition, elle lui a dit qu'elle démissionnait.

– Ben merde alors.

Il dévisagea Leaphorn en se mordant la lèvre inférieure :

– Elle a dit pourquoi ?

– Je crois que c'est parce qu'elle ne s'entendait pas avec vous.

– Ça c'est foutrement vrai. Une drôle de bourrique.

21

L'été était arrivé avec une force effrayante à Phoenix et la climatisation du bâtiment du palais de Justice fédéral contrait la chaleur sèche, à l'extérieur de ses fenêtres à double vitrage, en produisant une fraîcheur moite dans la salle de conférences. J.D. Mickey, adjoint temporaire au procureur des États-Unis, avait rassemblé les diverses forces chargées de faire respecter la loi sur le haut pays désertique afin de décider s'il devait tenter d'obtenir la première peine de mort prononcée en application de la nouvelle loi votée par le Congrès, autorisant pareille sentence pour certains crimes commis sur les réserves fédérales.

Le lieutenant temporaire de la police tribale navajo Jim Chee était au nombre des personnes présentes, mais comme il se trouvait au niveau le plus bas de la hiérarchie, il était inconfortablement assis sur une chaise métallique pliante, contre le mur, avec un assortiment de policiers de l'État, d'adjoints aux shérifs et de marshals des États-Unis de rang inférieur. Dès le début de la réunion, il avait été clair pour Chee que la décision était prise depuis longtemps. Monsieur Mickey avait été nommé, pour une raison ou une autre, sur un poste provisoire, et il avait l'intention d'en tirer le maximum. La mort de Benjamin Kinsman, survenue très à propos, lui ouvrait le genre de créneau qui ne se rencontre qu'une fois dans une vie. Il n'y avait qu'à tendre la main pour profiter d'une publicité nationale ou, au moins, régionale, couvrant la circonscription électorale pour accéder au Congrès. Il allait s'efforcer de réaliser une première historique. Ce qui se déroulait en ce lieu était connu dans les cercles supérieurs du fonctionnariat comme « la manœuvre PDF », destinée à se protéger la peau des fesses en répartissant les responsabilités au cas où les choses tourneraient mal.

– Bon, disait Mickey. À moins que quelqu'un ait d'autres questions, notre politique consistera à définir cet homicide comme passible de la peine capitale et à constituer un jury dans le but d'obtenir la sentence suprême. Je pense que je n'ai nul besoin de rappeler à chacun d'entre vous que cela va signifier pour nous tous beaucoup plus de travail.

La femme qui se trouvait sur le fauteuil à la droite de Chee était une jeune policière kiowa-comanche-polonaise-irlandaise qui portait l'uniforme des services de maintien de l'ordre du Bureau des Affaires indiennes.

– Nous tous ! marmonna-t-elle. Plus de travail pour nous, ça c'est sûr. Pas pour lui. Ce qu'il veut dire c'est qu'il pense qu'il n'a pas besoin de nous rappeler qu'il brigue l'élection au Congrès sous la bannière de la loi et de l'ordre.

Maintenant, Mickey soulignait la nature de ces tâches supplémentaires. Il présenta John Reynald, l'agent spécial responsable. C'était lui qui allait coordonner tous les efforts, donner les ordres, diriger l'enquête.

– Nous ne rencontrerons aucun problème pour obtenir la condamnation, poursuivit Mickey. Nous avons arrêté l'auteur du crime alors qu'il avait littéralement les mains rougies du sang de sa victime. Ce qui rend les choses absolument infaillibles, c'est que le sang de Jano était mêlé à celui de sa victime sur leurs vêtements respectifs. Ce que la défense a trouvé de mieux consiste à prétendre que l'aigle qu'il braconnait lui a entaillé les chairs.

Ces paroles déclenchèrent des gloussements.

– Le problème, c'est que l'aigle n'a pas voulu coopérer. Il n'y avait pas la moindre trace du sang de Jano sur lui. Ce dont nous allons avoir besoin, pour arracher la peine de mort, c'est d'apporter la preuve de la préméditation. Il nous faut des témoins qui ont entendu monsieur Jano parler de son arrestation antérieure par l'agent Kinsman. Nous devons trouver des personnes qui se souviennent l'avoir entendu parler de vengeance. Dire à quel point Kinsman l'avait maltraité au cours de cette première arrestation. Ou même dire du mal des Navajos en général. Ce genre de choses. Allez enquêter dans les bars, des endroits comme ça.

– D'où il sort, ce crétin ? demanda la femme du BIA à Chee. Il ne connaît pas beaucoup les Hopis, ça c'est clair.

– De l'Indiana, je crois. Mais il doit être en Arizona depuis assez longtemps pour justifier de la période de résidence suffisante l'autorisant à briguer un mandat fédéral.

Mickey bouclait la réunion, serrait la main des gens qui comptaient. Il arrêta Chee sur le seuil.

– Restez dans le coin une minute, lui dit-il. Je veux échanger un mot ou deux avec vous.

Chee resta. De même que Reynald et l'agent spécial Edgar Evans qui referma la porte derrière les derniers partants.

– Il y a plusieurs points que je souhaite aborder, commença Mickey. Le premier, c'est que la victime de ce crime ne présentait peut-être pas un passé inattaquable, vous comprenez ce que je veux dire, étant un homme jeune, plein d'énergie et tout. S'il y a des bruits qui courent, parmi ses collègues de travail, et que la défense pourrait mettre à profit pour salir son nom, je veux qu'il y soit mis un terme. Comme nous voulons obtenir la peine capitale, vous comprenez pourquoi.

– Bien sûr, fit Chee en hochant la tête.

– Dans ce cas, j'en viens directement au second point. La rumeur publique dit que vous êtes fiancé à cette Janet Pete. L'avocate de la défense. Que vous l'êtes, ou que vous l'étiez.

Il avait donné à ces propos la forme d'une question. Il attendait une réponse, tout comme Reynald et Evans.

– Ah bon ? fit Chee.

Mickey fronça les sourcils.

– Dans une affaire comme celle-ci, dans un domaine aussi délicat que celui-là, culturellement sensible, avec la presse qui surveille nos moindres faits et gestes, nous devons être à l'affût de tout ce qui pourrait se rapprocher d'un conflit d'intérêts.

– Cela me paraît tout à fait raisonnable, acquiesça Chee.

– Je n'ai pas le sentiment que vous me compreniez, dit Mickey.

– Si, monsieur. Je vous comprends.

Mickey attendit. Chee également. Le visage du procureur adjoint vira légèrement au rose.

– Bon alors, c'est quoi, ces bruits qui courent, bon Dieu ? Vous avez une liaison avec Ms Pete, ou quoi ?

Chee sourit.

– J'avais une vieille grand-mère maternelle très sage qui m'enseignait des tas de choses. Ou qui essayait de le faire quand j'étais assez intelligent pour l'écouter. Elle m'a appris que seuls les imbéciles se préoccupent de ce que racontent les gens.

Le teint de Mickey vira au rouge.

– D'accord, dit-il. Soyons bien clairs. Il s'agit ici du meurtre d'un représentant de la loi dans l'exercice de ses fonctions. Un de vos propres hommes. Vous êtes dans le camp de l'accusation. Ms Pete est à la tête de celui de la défense. Vous n'êtes pas juriste, mais vous travaillez dans le domaine du maintien de l'ordre depuis suffisamment longtemps pour savoir comment les choses fonctionnent. Nous sommes tenus d'appliquer la règle de divulgation afin que les défenseurs du criminel aient accès aux preuves que nous présentons devant le tribunal.

Il se tut un instant, dévisageant Chee.

– Mais parfois, la justice exige que l'on n'abatte pas son atout majeur. Parfois, il faut garder une partie de ses plans et de sa stratégie sous clef. Vous comprenez ce que je vous dis là ?

– Je crois que vous êtes en train de me dire que si les bruits qui courent sont exacts, je ne devrais pas parler pendant mon sommeil. C'est à peu près ça ?

Mickey afficha un sourire forcé :

– Exactement.

Chee hocha la tête. Il avait remarqué que Reynald suivait cette conversation très attentivement. L'agent Evans avait l'air de s'ennuyer ferme.

– Et je pourrais ajouter, poursuivit Mickey, que si quelqu'un d'autre parle pendant son sommeil, vous pourriez en profiter pour tendre l'oreille.

– Ma grand-mère disait autre chose sur les commérages. Elle disait qu'ils ne se conservent pas longtemps. Parfois vous apprenez que la soupe est servie et qu'elle est trop chaude pour être mangée, et le temps que la nouvelle vous parvienne, elle est dans le congélateur.

Le signal d'appel de Mickey commença à émettre sa stridulation au moment où Chee achevait sa remarque. Quel que soit le sujet de l'appel, il rompit le groupe sans l'échange rituel de poignées de main qu'exigent les conventions.

Chee n'avait pas eu la chance de trouver une place ombragée où laisser sa voiture. Il utilisa son mouchoir pour ouvrir la portière sans se brûler la main, démarra, baissa toutes les vitres pour laisser s'échapper la fournaise, mit le climatiseur sur puissance maximum et abandonna la housse brûlante de son siège pour attendre à l'extérieur que l'habitacle devienne supportable. Ça lui donna un peu de temps pour décider de ce qu'il allait faire. Il allait appeler Joe Leaphorn pour voir s'il y avait du nouveau. Appeler son bureau afin d'apprendre ce qui l'y attendait, puis prendre vers le nord la route des Monts Chuska, le paysage de sa jeunesse, et le campement à moutons où Hosteen Frank Sam Nakai passait ses étés.

De Phoenix, et de pratiquement n'importe où, cela signifiait un drôle de trajet. Mais Chee était un homme de foi. Il faisait tout son possible pour garder en lui la valeur fondamentale de son peuple, le sens de la paix, de l'harmonie* et de la beauté que les Navajos nomment *hozho**. Il avait grandement besoin des conseils de Hosteen Nakai pour savoir comment réagir à la mort d'un homme et à celle d'un aigle.

Hosteen Nakai était son grand-oncle maternel, ce qui lui conférait un statut particulier dans la tradition navajo. C'était lui qui avait donné à Chee son vrai nom, ou nom de guerre, qui était « Celui-qui-Pense-Longuement », un nom révélé uniquement aux gens dont on est extrêmement proche et utilisé uniquement pour des raisons cérémonielles. Les circonstances, et le décès prématuré du père de Chee, avaient amplifié l'importance de Nakai pour lui, en avaient fait son mentor, son conseiller spirituel, son confesseur et son ami. De son métier il était éleveur et shaman, et sa maîtrise du cérémonial de la Voie* de la Bénédiction et d'une demi-douzaine d'autres rites guérisseurs était si respectée qu'il les enseignait à des apprentis *hataalii** à l'institut universitaire navajo. Si quelqu'un était capable d'indiquer à Chee une manière sage de se comporter dans le profond gâchis de l'affaire Kinsman-Jano-Mickey, c'était bien Nakai.

Plus spécifiquement, il lui fournirait des conseils sur la façon d'aborder le problème posé par le premier aigle. Si ce rapace existait et s'il l'attrapait, il mourrait. Chee ne se faisait aucune illusion quant au destin qui l'attendait au laboratoire. Il y avait un chant qu'il fallait lui dédier avant la chasse, exhortant la proie à comprendre qu'elle était respectée et à accepter la nécessité de sa mort. Mais si Jano mentait, l'aigle que Chee allait tenter d'attirer vers le piège mourrait en vain. Chee violerait le code moral du Dine qui n'envisageait pas à la légère le meurtre d'un être vivant.

Aucune ligne de téléphone ne s'avançait à moins de nombreux kilomètres du hogan d'été de Nakai, mais Chee roulait sur la Route Navajo 12 sans douter un seul instant que son grand-oncle allait s'y trouver. Où donc pourrait-il aller? C'était l'été. Son troupeau était forcément en altitude, sur les pâturages de montagne. Les coyotes attendaient à la lisière des arbres, comme ils le faisaient toujours. Les moutons avaient besoin de lui. Nakai était toujours là où on avait besoin de lui. Il serait donc sous son abri, dans les pâturages, près de ses moutons.

Mais Hosteen Nakai n'était pas sous son toit dans les prairies d'altitude.

Le crépuscule était bien avancé quand Chee quitta la piste qui menait à l'habitation de Nakai et engagea son petit camion sur la terre tassée. Le faisceau de ses phares balaya le bouquet d'arbres à côté du hogan. Ils épinglèrent aussi la silhouette d'un homme, appuyé sur des oreillers dans un lit portable, le genre de couche que proposent les sociétés de location de matériel médical. Le cœur de Chee se serra. Son grand-oncle n'était jamais malade. Le lit placé à l'extérieur était un sinistre présage.

Femme Bleue se tenait sur le seuil du hogan, le regard tourné vers Chee lorsqu'il descendit du camion ; elle le reconnut, courut vers lui en disant :

– Comme c'est bien. Comme c'est bien. Il voulait que tu viennes. Je crois qu'il a envoyé ses pensées vers toi et que tu l'as entendu.

Femme Bleue était la seconde femme de Hosteen Nakai, ainsi nommée en hommage à la beauté de la turquoise qu'elle portait sur son corsage de velours quand la cérémonie de sa *kinaalda* l'avait initiée à sa féminité. Elle était la sœur cadette de la première femme de Nakai qui était morte des années avant la naissance de Chee. Puisque la tradition navajo est matrilinéaire et que l'homme entre dans la famille de l'épouse, la pratique va dans le sens d'un remariage du veuf avec une de ses belles-sœurs, conservant de la sorte la même résidence et la même belle-mère. Nakai, qui était extrêmement traditionaliste et qui étudiait déjà pour devenir shaman, avait honoré cette tradition. Femme Bleue était la seule grand-mère Nakai que Chee eût jamais connue.

Elle le serrait maintenant dans ses bras.

– Il voulait te voir avant de mourir, lui dit-elle.

– Avant de mourir ? Qu'est-ce qu'il a ? Qu'est-ce qui s'est passé ?

Il ne lui semblait pas possible que Hosteen Nakai puisse être mourant. Femme Bleue n'avait pas de réponse à apporter à cette question. Elle le conduisit jusqu'aux arbres et lui fit signe de s'installer dans un fauteuil à bascule près du lit.

– Je vais chercher la lanterne, dit-elle.

Hosteen Nakai l'étudiait.

– Ah, Celui-qui-Pense-Longuement est venu me parler. Je nourrissais cet espoir.

Chee n'avait aucune idée de ce qu'il pourrait dire :

– Comment vas-tu, mon père ? Tu es malade ?

Nakai émit un rire rauque qui provoqua une toux déchirante. Il chercha à tâtons sur la couverture, récupéra un objet en plastique, l'inséra dans ses narines et inhala. Le tube qui y était attaché disparaissait derrière le lit. Relié, pensa Chee, à une réserve d'oxygène. Nakai essayait de respirer à fond, ses poumons faisant un bruit bizarre. Mais il souriait à son visiteur.

– Qu'est-ce qui t'est arrivé ? demanda Chee.

– J'ai fait une erreur. Je suis allé trouver un médecin *bilagaana* à Farmington. Il m'a dit que j'étais malade. Ils m'ont mis dans un hôpital et ils m'ont brisé les côtes, après ils ont coupé un peu partout à l'intérieur et ils ont remis les morceaux ensemble.

Sa voix était presque inaudible quand il finit cette explication et il dut observer une pause. Quand il eut retrouvé son souffle, il eut un petit rire :

– Je crois qu'ils ont oublié de remettre des morceaux. Maintenant je suis obligé de trouver mon air avec ce tube.

Femme Bleue accrochait une lanterne à gaz à la grosse branche qui avançait au-dessus de la tête du lit.

– Il a un cancer des poumons, dit-elle. Ils lui en ont enlevé un mais ça s'était déjà propagé à l'autre.

– Et à toutes sortes d'autres endroits aussi, dont on n'a même pas envie d'entendre parler, fit Nakai avec un sourire. Quand je mourrai, mon *chindi* va être fou furieux. Il va être plein de tumeurs malignes. C'est pour ça que je leur ai fait porter mon lit ici. Je ne veux pas que ce *chindi* habite mon hogan. Je veux qu'il soit ici, à l'extérieur, où le vent l'emportera.

– Quand tu mourras, ce sera seulement parce que tu seras devenu trop vieux pour vouloir continuer à vivre, lui dit Chee.

Il posa la main sur le bras de Nakai. Là où il avait toujours senti des muscles durs, il ne rencontra plus qu'une peau sèche entre sa paume et l'os. Il poursuivit :

– Ce sera dans très longtemps. Et souviens-toi de ce que Femme-qui-Change * a enseigné au peuple : si tu meurs de vieillesse, tu ne laisses pas de *chindi* derrière toi.

– Vous, les jeunes... commença Nakai mais une grimace interrompit ses paroles.

Il ferma fort les yeux et les muscles de son visage se crispèrent et se raidirent. Femme Bleue, à son côté, lui tendait un verre rempli de liquide. Elle lui saisit la main.

– C'est le moment de prendre les médicaments pour la douleur, lui dit-elle.

Il ouvrit les yeux.

– Il faut que je parle un peu avant. Je crois qu'il est venu me demander quelque chose.

– Tu parleras un peu plus tard. Les médicaments te donneront du temps pour ça.

Et Femme Bleue lui souleva la tête de l'oreiller et lui donna le contenu du verre à boire. Elle regarda Chee.

– Il y a des médicaments qu'ils lui ont donné pour le faire dormir. De la morphine peut-être. Avant, c'était très efficace. Maintenant ça aide un peu.

– Je devrais le laisser se reposer.

– Tu ne peux pas. En plus, il t'attendait.

– Moi ?

– Il y a trois personnes qu'il voulait voir avant de partir. Les deux autres sont déjà venues.

Elle replaça le tube d'oxygène dans les narines de Nakai, lui humidifia le front avec un tissu, se pencha pour déposer un baiser sur sa joue et rentra dans le hogan.

Chee resta là à regarder son grand-oncle, se remémorant sa jeunesse, les histoires de l'hiver racontées dans son hogan, les histoires de l'été racontées auprès du feu, au hogan du campement à moutons, se remémorant la fois où Nakai l'avait surpris à être ivre, se remémorant sa gentillesse et sa sagesse. Puis Nakai, les yeux toujours fermés, lui dit :

– Assieds-toi. Installe-toi.

Chee s'assit.

– Maintenant, dis-moi pourquoi tu es venu.

– Je suis venu pour te voir.

– Non. Non. Tu ne savais pas que j'étais malade. Tu as beaucoup de choses à faire. C'est une raison particulière qui t'a incité à venir. La dernière fois, tu parlais d'épouser une fille, mais si tu l'as épousée, tu ne m'as pas invité pour célébrer la cérémonie. Alors je pense que tu ne l'as pas fait.

Ses mots sortaient lentement, si doucement que Chee se penchait pour l'entendre.

– Je ne l'ai pas épousée.

– Un autre problème avec une femme, alors ?

– Non.

La morphine faisait son effet. Nakai se détendait un peu.

– Alors tu es monté jusqu'ici pour me dire que tu n'as aucun problème dont tu souhaites me parler. Tu es le seul homme dans tout Dinetah* qui soit content de son sort.

– Non, dit Chee. Pas vraiment.

– Alors, dis-le-moi. Qu'est-ce qui t'amène ?

Et donc, Chee relata à Hosteen Frank Sam Nakai la mort de Benjamin Kinsman, l'arrestation du braconnier d'aigles hopi, l'histoire peu vraisemblable de Jano concernant le premier puis le second aigle. Il lui parla de la peine de mort et même de Janet Pete. Et finalement il lui dit :

– Maintenant j'ai terminé.

Nakai l'avait écouté tellement silencieusement que, par moments, s'il ne l'avait pas connu aussi bien, il aurait pu le croire endormi. Chee attendit. Le crépuscule s'était fondu dans l'obscurité totale pendant qu'il parlait et maintenant, le ciel nocturne, très haut et sec, étincelait d'étoiles.

Chee les contempla, se souvenant de la manière dont l'esprit coyote impatient les avait disséminées dans les ténèbres. Il chercha des yeux les constellations de l'été que Nakai lui avait appris à repérer et, en les trouvant, tenta de les associer aux histoires qu'ils portaient dans leurs bourses à *medicine*. Et tout en réfléchissant, il adressa au Créateur, à tous les esprits qui se souciaient de ce genre de choses, une prière pour que les médicaments aient été efficaces, que Nakai se soit endormi, qu'il ne se réveille plus jamais à cette douleur.

Le vieil homme soupira. Il dit :

– Dans un petit moment je vais te poser des questions.

Et il retomba dans le silence.

Femme Bleue ressortit avec une couverture, la disposa avec des gestes doux sur le mourant et ajusta la lanterne.

– Il aime la lumière des étoiles. Vous en avez besoin ?

Chee fit non de la tête. Elle éteignit la flamme et retourna dans le hogan.

– Est-ce que tu pourrais capturer l'aigle sans lui faire de mal ?

– Probablement. J'ai essayé deux fois quand j'étais jeune. J'ai attrapé le deuxième.

– Pour vérifier ensuite s'il y a du sang séché sur les serres et les plumes, est-ce que le laboratoire le tuerait ?

Chee réfléchit, se rappelant la férocité des aigles, pensant aux priorités du laboratoire.

– Certains essaieraient de le sauver, mais il mourrait.

Nakai hocha la tête.

– Tu crois que Jano dit la vérité ?

– Avant, j'étais sûr qu'il n'y avait qu'un seul aigle. Maintenant je ne sais plus. Il ment probablement.

– Mais tu n'en es pas sûr ?

– Non.

– Et tu ne le serais jamais. Même après que les représentants fédéraux aient tué ce Hopi, tu te poserais la question.

– Bien sûr.

Nakai garda à nouveau le silence. Chee repéra une autre des constellations. La petite, bas sur l'horizon. Il ne se souvenait pas de son nom navajo, ni de l'histoire qui lui était associée.

– Dans ce cas, tu dois t'emparer de l'aigle. Est-ce que tu as toujours ta *jish* * *medicine* ? Est-ce que tu as du pollen ?

– Oui.

– Alors prends ton bain * de vapeur. Assure-toi que tu te souviens bien des chants de la chasse. Tu dois dire à l'aigle, exactement comme nous le faisions pour le cerf, que nous le respectons. Lui expliquer la raison pour laquelle nous devons l'envoyer avec notre bénédiction vers son autre vie. Lui dire qu'il meurt pour sauver un homme précieux appartenant au peuple hopi.

– Je le ferai.

– Et dis à Femme Bleue que j'ai besoin des médicaments qui me font dormir.

Mais Femme Bleue l'avait déjà senti. Elle s'approchait.

Cette fois, il y eut des comprimés en plus d'un liquide à boire.

– Je vais essayer de dormir maintenant, fit-il en souriant à Chee. Dis à l'aigle qu'il te sauvera aussi en même temps, mon petit-fils.

22

Où avait bien pu passer Jim Chee ? Il s'était rendu à Phoenix hier et n'était pas venu au bureau ce matin. Peut-être était-il resté là-bas. Peut-être était-il sur la route du retour. Il faudrait rappeler plus tard. Leaphorn raccrocha et réfléchit à ce qu'il devait faire. D'abord, prendre une douche. Il alluma la télévision, toujours réglée sur la station de Flagstaff qu'il regardait avant que le sommeil ne s'empare de lui, et fit couler l'eau.

Les pommeaux de douche étaient de bonne qualité dans ce motel de Tuba City, ils donnaient un jet d'eau chaude bien dense et plus agréable que celui qu'il avait dans sa salle de bains. Il se savonna, se frotta, écoutant la voix du présentateur de la télévision relater ce qui semblait être un accident de la circulation mortel, puis une échauffourée lors de la réunion du conseil d'administration d'une école. Puis il entendit « ... meurtre du policier navajo Benjamin Kinsman ». Il arrêta la douche et vint se placer devant l'appareil, dégoulinant d'eau savonneuse.

Apparemment, l'adjoint temporaire du procureur des États-Unis, J.D. Mickey, avait tenu une conférence de presse la veille au soir. Il se tenait derrière une batterie de microphones, sur une estrade, en compagnie d'un grand gaillard aux cheveux foncés

249

et à l'allure empruntée, posté légèrement derrière lui. Ce second personnage portait une chemise blanche, une cravate foncée et un costume sombre bien coupé qui conduisirent aussitôt Leaphorn à l'identifier comme un agent du FBI, apparemment un nouveau venu dans cette partie du monde puisqu'il ne le reconnaissait pas, et probablement un responsable sur le terrain puisqu'il était venu s'octroyer les mérites des découvertes vraisemblablement réalisées dans le type d'affaire qui générait les titres dont le Bureau se repaissait.

« Les preuves réunies par le FBI font clairement apparaître que ce crime n'a pas été uniquement un meurtre perpétré durant l'accomplissement d'un délit, ce qui en aurait fait un crime aggravé sous le régime antérieur de la loi, mais qu'il correspond tout à fait aux intentions exprimées par le Congrès en adoptant une législation qui autorise la peine capitale dans le cas de crimes de ce genre commis sur des réserves fédérales. »

Mickey marqua un moment d'interruption, consulta ses notes, rajusta ses lunettes et poursuivit :

« Ce n'est pas à la légère que nous avons décidé de demander la sentence suprême. Nous avons pris en compte le problème que doivent affronter la police tribale navajo et les forces de police des Hopis et des Apaches ainsi que de toutes les autres tribus des réserves, et ces mêmes problèmes partagés par les polices des différents États. Ces hommes et ces femmes couvrent d'immenses distances, seuls dans leur voiture de patrouille, sans bénéficier du soutien rapide sur lequel peuvent compter les représentants de la loi qui œuvrent dans des États plus petits et plus peuplés. Notre police est totalement vulnérable dans pareille situation, et les meurtriers ont le temps de parcourir des kilomètres et des kilomètres avant que les secours ne puissent arriver. J'ai en ma possession le nom des représentants de la loi qui ont été tués en l'espace d'à peine... »

Leaphorn coupa avant la liste des pertes et replongea sous la douche. Il avait connu plusieurs de ces hommes. Forcément, six d'entre eux étaient des policiers navajo. Et c'était une situation qui devait être publiquement dénoncée. Alors pourquoi en voulait-il à Mickey d'en parler ? Parce que Mickey était un hypocrite. Il décida de se passer de petit déjeuner et d'aller attendre Chee au poste de police.

Le véhicule de ce dernier était déjà sur le parking, son conducteur installé à son bureau. L'air abattu et épuisé. Il leva les yeux du dossier qu'il lisait et se força à sourire.

– J'ai juste deux questions à vous poser et après je vous laisse tranquille, dit Leaphorn. La première c'est, est-ce que vous avez le rapport des gars de la police scientifique ? Est-ce qu'ils ont établi la liste de ce qu'ils ont trouvé dans la Jeep ?

– Le voilà, répondit Chee en agitant le dossier. Je viens de le recevoir.

– Oh, fit Leaphorn.

– Installez-vous. Je regarde ce qu'il y a dedans.

Leaphorn s'assit, le chapeau posé sur les cuisses. Ça lui rappela l'époque où il débutait dans le métier et où il attendait que le capitaine Largo décide de ce qu'il allait faire de lui.

– Pas d'empreintes digitales à l'exception de celles du voleur de l'autoradio. Je crois que ça, je vous l'ai déjà dit. Du travail d'essuyage soigneux. Il y avait des empreintes sur le manuel d'utilisation, dans la boîte à gants, mais on pense que ce sont celles de Catherine Pollard.

Il leva les yeux sur Leaphorn, tourna la page et reprit sa lecture.

– Voici la liste des objets retrouvés dans la Jeep, fit-il en la tendant à l'ancien lieutenant par-dessus son bureau. Je n'ai rien vu d'intéressant dedans.

Elle était assez longue. Leaphorn passa sur ce qu'il y avait dans la boîte à gants et les vide-poches des portières, et commença par le siège arrière. Les spécialistes avaient trouvé trois mégots de cigarettes Kool à bout filtre, un papier d'emballage de bonbon Baby Ruth, un Thermos contenant du café froid, une boîte en carton renfermant quatorze pièges à rongeurs métalliques pliés, huit pièges de taille plus importante pour chiens de prairie, deux pelles, de la corde et une mallette à l'intérieur de laquelle se trouvaient cinq paires de gants en latex et divers autres objets qui, si la personne qui avait rédigé la liste n'avait pu fournir qu'une approximation du terme technique correspondant, étaient visiblement les outils du métier de contrôleur des vecteurs de transmission des maladies.

Leaphorn leva les yeux. Chee l'observait.

– Est-ce que vous avez remarqué que la roue de secours, le cric et les instruments de démontage de la roue ont disparu ? demanda Chee. Il faut croire que notre voleur d'autoradio ne s'est pas limité à ça et à la batterie.

– C'est tout ce qu'il y avait ? L'intégralité de ce qu'ils ont trouvé dans la Jeep ?

– Oui, fit Chee en fronçant les sourcils. Pourquoi ?

– Krause m'a dit qu'elle avait toujours une combinaison de respiration dans la Jeep avec elle.

– Une quoi ?

– Ils appellent ça des RAPF. Le sigle de respirateur d'air purifié et filtré. Ça ressemble un petit peu à ce que portent les astronautes, ou les gens qui fabriquent des puces électroniques.

– Oh. Peut-être qu'elle l'a laissé à son motel. Nous pouvons vérifier si vous pensez que c'est important.

Le téléphone sonna sur le bureau de Chee. Il s'en empara. Dit :

– Oui. Parfait, c'est beaucoup plus rapide que je ne l'espérais.

Puis il dit :

– Bien sûr, j'attends.

Il couvrit le combiné avec sa main :

– Ils ont le rapport sur les analyses de sang.

– C'est bien, dit Leaphorn mais Chee avait recommencé à écouter.

– C'est le bon nombre de jours, dit-il dans l'appareil.

Il écouta encore, fronça les sourcils, dit :

– Non ? Alors qu'est-ce que ça pouvait être ?

Écouta encore, dit :

– Bien, merci beaucoup.

Et raccrocha.

– Ce n'était pas du sang humain, annonça-t-il à Leaphorn. Mais il appartenait à une espèce de rongeur. Il m'a dit que d'après lui c'était du sang de chien de prairie.

Leaphorn s'appuya contre son dossier.

– Ça alors.

– Ouais.

Chee pianota un moment sur le dessus de son bureau, puis il décrocha le téléphone, appuya sur un bouton et dit :

– Mettez tous les appels en attente pour l'instant, s'il vous plaît.

– Est-ce que vous l'avez vu, le sang séché du siège ? demanda Leaphorn.

– Oui.

– Quelle impression il donnait ? Je veux dire, est-ce qu'il avait été renversé là, ou étalé, ou est-ce que, peut-être, un chien de prairie blessé avait été posé là, ou y avait perdu son sang, ou autre chose ?

– Je ne sais pas. Je sais que ça ne donnait pas l'impression que quelqu'un avait été poignardé sur place, ou y avait été touché par balle et avait saigné.

Ça n'avait vraiment pas l'air naturel... comme le genre de chose qu'on s'attend à voir sur le lieu d'un homicide. (Il eut une grimace.) Ça donnait davantage l'impression d'avoir été versé sur le bord du siège en cuir. Après, ça avait coulé sur le devant et goutté un peu sur le sol.

– Elle avait facilement accès à du sang.

– Ouais. J'y ai pensé.

– Mais pourquoi faire ça ? dit Leaphorn en riant. Ça laisse à supposer qu'elle n'avait pas une très haute opinion de la police tribale navajo.

Chee eut l'air surpris, comprit ce qu'il sous-entendait.

– Vous voulez dire que nous allions naturellement conclure que c'était son sang à elle et que nous n'irions pas vérifier. (Il secoua la tête.) Oh, ça pourrait se produire. Et à ce moment-là, c'est son cadavre que nous essaierions de trouver et non pas elle.

– Si c'était elle qui avait fait ça.

– Absolument. Si. Vous savez, lieutenant, d'une certaine façon, j'aimerais qu'on soit encore à Window Rock, là, avec votre carte sur le mur, et vous qui y enfonceriez vos épingles. (Il lui adressa un sourire forcé.) Et qui m'expliqueriez ce qui s'est passé.

– Vous pensez à l'endroit où la Jeep a été abandonnée ? À l'écart de tout comme ça ?

– Oui.

– Bien trop loin pour marcher jusqu'à Tuba City. Trop loin pour revenir à pied à Yells Back Butte. Donc quelqu'un devait venir la récupérer, elle ou la personne qui conduisait la Jeep, pour les conduire quelque part.

– Qui, à votre avis ?

– Est-ce que je vous ai parlé de Victor Hammar ?

– Hammar ? Si vous l'avez fait, je n'en ai pas gardé le souvenir.

– C'est un étudiant de troisième cycle de l'université d'État d'Arizona. Un biologiste, comme Pollard. Ils étaient amis. Madame Vanders le considère comme un danger pour sa nièce, quelqu'un capable de la suivre avec de mauvaises intentions. Il est venu quelques jours à peine avant qu'elle disparaisse, pour travailler avec elle. Et il y était aussi le jour où je suis venu pour commencer ma petite enquête.

Le visage de Chee s'éclaira.

– Eh bien, je crois que nous devrions avoir une discussion avec monsieur Hammar.

– Le problème c'est qu'il m'a dit qu'il avait des travaux dirigés à l'université le jour de la disparition. Il n'était pas dans son laboratoire, mais il était peut-être ailleurs dans l'université. Quand un alibi est aussi facile à vérifier, on se dit qu'il est au moins partiellement exact.

Chee hocha la tête et eut un nouveau sourire forcé.

– J'ai une carte, fit-il en ouvrant son tiroir de bureau pour fouiller à l'intérieur et en sortir une carte du Pays Indien pliée. Exactement comme la vôtre.

Il l'étala sur le dessus de son bureau, poursuivit :

– Sauf qu'elle n'est pas montée sur cadre alors je ne peux pas y planter d'épingles.

Leaphorn s'empara d'un crayon, se pencha et ajouta rapidement quelques indications concernant le relief. Il traça de petites lignes pour symboliser les falaises de Yells Back Butte et la passe qui la reliait à Black Mesa. Un point signala l'emplacement du hogan de Tijinney. Ceci fait, il s'arrêta.

– Qu'est-ce que vous pensez ? lui demanda Chee.

– Je pense que nous perdons notre temps. Il nous faut une carte à une plus grande échelle.

Chee sortit de son tiroir une feuille de papier à machine et y dessina au crayon la zone qui entourait la butte, avec les routes et les éléments du relief. Il traça un *h* minuscule pour le hogan de Tijinney, un *l* pour le laboratoire de Woody, une ligne irrégulière peu marquée partant du hogan pour représenter la piste qui arrivait de la route de terre, puis un petit *j* et un *k* pour l'endroit où Jano et Kinsman avaient laissé leurs véhicules. Il étudia son travail un instant, ajouta une autre ligne peu visible reliant la passe à la route.

Leaphorn regardait.

— C'est quoi, ça ?

— J'ai vu un troupeau de chèvres du mauvais côté de la passe et une piste qui y menait. Je crois que c'est un passage que la propriétaire des bêtes emprunte pour ne pas avoir à escalader jusqu'en haut.

— Je n'en avais pas connaissance, dit Leaphorn.

Il prit le crayon et ajouta un *x* près des falaises de Yells Back.

— Et là, c'est l'endroit où une vieille dame que McGinnis appelle Vieille Femme Notah a raconté qu'elle avait vu un bonhomme de neige. La même femme ? Probablement.

— Un bonhomme de neige ? Quand était-ce ?

— Nous ne savons pas quel jour. Peut-être le jour de la disparition de mademoiselle Pollard. Le jour où Ben Kinsman a eu le crâne défoncé. (Leaphorn s'adossa à son siège.) Elle a cru voir un porteur-de-peau. D'abord c'était un homme, puis il s'est éloigné derrière un groupe de genévriers et quand elle l'a vu à nouveau, il était tout blanc et brillant.

Chee frotta le côté de son nez avec son index, quitta le plan des yeux, regarda Leaphorn.

— Et c'est la raison pour laquelle vous m'avez posé la question sur le costume respirateur d'air filtré, n'est-ce pas ? Vous avez pensé que Pollard le portait.

– Peut-être mademoiselle Pollard. Peut-être le docteur Woody. Je suis prêt à parier qu'il en a un. Ou peut-être quelqu'un d'autre. Quoi qu'il en soit, je vais aller questionner cette vieille dame si je peux la retrouver.

– Le docteur Woody, lui aussi, aurait accès à du sang d'animal. Et Krause aussi, d'ailleurs.

– Sans oublier Hammar, notre homme à l'alibi en béton mais en partie inexact. Je crois que nous devrions nous assurer de l'endroit où il se trouvait vraiment au moment où il prétend avoir enseigné des travaux dirigés.

Ils réfléchirent un instant.

– Est-ce que vous connaissiez Frank Sam Nakai ? lui demanda Chee.

– Le *hataalii* ? Je l'ai rencontré plusieurs fois. Il enseignait les rites guérisseurs à l'institut universitaire de Tsaile. Et il a exécuté un *yeibichai* pour un des oncles d'Emma qui avait eu une crise cardiaque. Un vieux monsieur très bien, Nakai.

– C'est mon grand-oncle maternel. Je suis allé le voir hier soir. Il est en train de mourir du cancer.

– Oh, fit Leaphorn. Encore un homme de bien que nous perdons.

– Est-ce que vous avez vu les informations à la télévision ce matin ? La conférence de presse que J.D. Mickey a réunie à Phoenix ?

– Partiellement.

– Il va tenter d'obtenir la peine de mort, bien sûr. Le salopard.

– Il est candidat au Congrès. Ce qu'il a dit sur les policiers, chez nous, qui ne peuvent pas espérer recevoir de renforts, sur les communications radio pourries, tout cela est on ne peut plus vrai.

– C'est drôle, dit Chee. J'arrête Jano, quasiment en flagrant délit, penché sur Kinsman. Il était là, et il n'y avait personne d'autre alentour. Il avait un magnifique mobile avec la vengeance. Sans compter le sang de Jano mélangé à celui de Kinsman sur le devant de son uniforme... pratiquement à l'endroit où il aurait pu se couper sur sa boucle de ceinture s'il y avait eu lutte. La mise en accusation est acquise d'avance... et tout ce que Jano trouve, c'est inventer une histoire à dormir debout concernant un aigle qu'il braconnait et qui lui a entaillé les chairs, alors que l'aigle est juste à côté, sans une seule trace de sang sur tout le corps, et il répond que ce n'est pas cet aigle-là. Celui-là, il dit, c'est le deuxième aigle. J'en ai capturé un autre avant et je l'ai relâché. (Il secoua la tête.) Et pourtant, je commence à avoir des doutes. C'est délirant.

Leaphorn le laissa parler tout ce temps et ne proposa aucun commentaire.

– Cette histoire du second aigle est tellement bidon que je suis surpris de voir que Janet ne se sent pas gênée de la présenter aux jurés.

Leaphorn eut une grimace, haussa les épaules.

– Jano prétend qu'il avait arraché deux des plumes de la queue du premier aigle, poursuivit Chee. J'en ai vu un qui décrivait ses cercles dans le ciel, au-dessus de Yells Back, et il y avait un cran dans son plumage de queue.

– Vous allez faire quoi, alors ? interrogea Leaphorn.

– Jano m'a expliqué comment je peux trouver le piège où il a attrapé le premier aigle. Je vais me procurer un lapin pour m'en servir comme appât afin de l'attirer, et je vais monter là-haut demain pour le capturer. Ou pour le tirer si je n'y parviens pas. S'il n'y a pas du vieux sang dans les rainures de ses serres, ou sur les plumes du bas de ses pattes, je n'aurai plus aucun doute.

Leaphorn réfléchit.

– Euh, fit-il, les aigles ont leur territoire de chasse individuel. Il y a de très grandes chances que ce soit le même rapace. Mais le sang pourrait provenir d'un rongeur qu'il a attrapé.

– S'il y a du sang séché à quelque endroit que ce soit, je ramène l'aigle et je laisse le laboratoire fournir la réponse. Vous voulez venir avec moi?

– Non, merci. Je vais me mettre à la recherche de la femme aux chèvres pour en apprendre davantage sur ce bonhomme de neige qu'elle a vu.

23

Jim Chee arriva à Yells Back Butte de bon matin et bien préparé. Il escalada la passe alors que la lumière de l'aube commençait tout juste à éclaircir le ciel au-dessus de Black Mesa, portant ses jumelles, une cage d'aigle, son déjeuner, une gourde d'eau, un Thermos d'un litre de café, un lapin et son fusil. Il trouva la plaque rocheuse qui avait basculé, à l'endroit exact que Jano lui avait indiqué, réorganisa les branchages en désordre qui composaient le toit du piège. Il prit sa bourse à *medicine*, sortit du petit sac en peau de biche la pierre polie en forme de blaireau que Frank Sam Nakai lui avait offerte comme fétiche de chasse, et un flacon d'aspirine qui renfermait du pollen. Il plaça le fétiche dans sa main droite, le saupoudra d'une pincée de pollen. Puis il se tourna vers l'est et attendit. Au moment précis où le bord du soleil apparaissait, il chanta son chant du matin et répandit une offrande de pollen. S'étant acquitté de ce devoir, il passa au chant de la chasse, assurant l'aigle du respect qu'il lui portait, lui demandant de venir à lui pour ce sacrifice qui allait amorcer le voyage de l'oiseau vers sa nouvelle vie avec la bénédiction du chasseur et, peut-être, sauver la vie du Hopi dont il avait tailladé le bras.

Puis il descendit dans le piège.

À dix heures, il avait observé deux aigles qui patrouillaient à la frange de la butte, à l'ouest de sa position, mais aucun n'était celui qu'il voulait. Il avait retrouvé la plume qu'il avait laissée sur place lors de sa visite initiale à l'autre piège, l'avait ramassée et enveloppée dans son mouchoir puis l'avait rangée. Il avait consommé environ la moitié de son café, la pomme prévue pour son pique-nique, et lu deux nouveaux chapitres de *Execution Eve*, le livre de Bill Buchanan qu'il avait apporté pour passer le temps. À dix heures vingt-trois, l'aigle qu'il voulait se montra.

Il arriva de l'est, planant au-dessus de Black Mesa en cercles paresseux qui le rapprochaient de plus en plus. À travers des fentes dans la toiture de broussailles, Chee le suivait à l'aide des jumelles, obtenant confirmation de l'irrégularité dans les plumes qui constituaient l'éventail de sa queue. Il prit dans la cage à aigle le lapin qui se débattait, s'assura que la corde en nylon était solidement attachée autour de sa patte et attendit que le rapace s'éloigne un peu en décrivant son cercle de chasse. Puis il plaça le lapin sur le toit, se contorsionna pour adopter la meilleure position de guet possible et attendit.

Lors du cercle suivant, l'aigle dériva vers le sud, perdit de l'altitude et inspecta le désert de sauge qui ondulait, loin de la butte, sortant du champ de vision de Chee. Le chasseur déplaça le fusil pour le mettre à un endroit mieux adapté et patienta, tendu. Un instant plus tard, l'aigle réapparut, se laissant porter par un courant ascensionnel, quelques mètres à peine au-dessus du rebord de la butte et à moins de cinquante mètres du piège, puis il s'éleva au-dessus de lui, sur la gauche.

Le lapin avait depuis longtemps abandonné la lutte et restait assis sur le toit, immobile. Avec le canon de son fusil, Chee secoua les broussailles sur lesquelles il reposait. Effrayé, le rongeur s'enfuit aussi loin que la longueur de l'attache l'y autorisait, tira dessus, s'immobilisa à nouveau. L'aigle tourna, resserrant son cercle à la verticale. Chee tira sur la corde, provoquant une recrudescence d'agitation frénétique.

Puis le rapace lança un sifflement éraillé et s'abattit.

Chee ramena le lapin vers le centre du piège. Au moment où il le faisait, l'aigle frappa dans un violent impact, oblitérant totalement le ciel de ses ailes déployées. Chee tira la corde à lui, bataillant contre la poussée opposée engendrée par le battement des ailes, tendant les bras vers les pattes du rapace.

Il eut de la chance. Quand l'aigle avait frappé, il avait planté ses deux jeux de serres, l'une dans le dos du lapin, l'autre dans sa tête. Chee empoigna les deux pattes et tira à lui l'oiseau, le lapin et une grande partie des branchages du toit qui s'effondrèrent. Il ramena son blouson au-dessus de l'aigle, emprisonna sa tête et ses ailes, inspecta les pattes. Il vit du sang frais sur les serres. À la base de la collerette de plumes encerclant la patte gauche, il repéra quelque chose de noir qui semblait s'écailler. Du sang coagulé. Du vieux sang de lapin, peut-être. Ou celui de Jano. Le labo l'établirait. Quel que soit le résultat, il pouvait désormais s'en reposer sur lui.

Il poussa aigle, lapin et blouson dans la cage, bloqua la porte. Alors il s'adossa à la roche, se versa ce qui lui restait de café et inspecta les dommages qu'il avait subis. Ils étaient minimes : une seule et unique coupure sur le côté de sa main gauche où l'oiseau l'avait touché avec son bec.

L'aigle s'extirpa du vêtement, libéra les serres de sa proie et entra en une lutte furieuse contre les barreaux de métal rigides dont la cage était constituée.

– Premier Aigle, lui dit Chee. Trouve le calme. Trouve la paix. Je te traiterai avec respect...

L'oiseau cessa de se débattre et posa sur l'homme un œil fixe qui ne cillait pas.

– ... Tu iras là où vont tous les aigles.

Mais c'était avec tristesse qu'il avait prononcé ces paroles.

Quand il arriva au poste de police de Tuba City, il se gara à l'ombre. Il porta la cage à l'intérieur et la posa à côté du bureau de Claire Dineyahze.

– Ben ça alors, fit-elle. Ça a l'air d'être un drôle de client. De quoi il est accusé ?

– Rébellion à représentant de la force publique lors de son arrestation, et morsure à agent, répondit Chee en lui montrant la blessure de sa main.

– Aïe ! Vous devriez y mettre du désinfectant.

– C'est ce que je vais faire. Mais d'abord, il faut que je signale cette capture au Bureau Fédéral des Inepties à Phoenix. Est-ce que vous pouvez les appeler pour moi ?

– Tout de suite, dit-elle en commençant à composer le numéro. Sur la ligne trois.

Il décrocha le téléphone de la table voisine.

La standardiste de l'antenne du FBI lui dit que l'agent Reynald était occupé et lui demanda s'il souhaitait laisser un message.

– Dites-lui que cela concerne l'affaire Benjamin Kinsman. Dites-lui que c'est important.

Il attendit.

– Oui, dit la voix suivante. Reynald à l'appareil.

– Jim Chee. Je veux vous signaler que nous avons l'autre aigle, dans l'affaire Jano.

– Qui ?

– Jano, répéta Chee. Le Hopi...

– Je le sais, qui est Jano, le coupa Reynald. Je veux dire, à qui est-ce que je parle, là ?

– Jim Chee. Police tribale navajo.

– Oh, oui. Alors, qu'est-ce que c'est que cette histoire d'aigle ?

– Nous l'avons attrapé aujourd'hui. Où voulez-vous qu'on l'apporte pour les analyses de sang ?

– Nous l'avons déjà, l'aigle. Vous vous souvenez ? Le policier qui a procédé à l'arrestation l'a saisi quand il a conduit le coupable en détention. Les résultats des tests ont été négatifs. Il n'y avait pas de sang dessus.

– C'est l'autre aigle que j'ai là.

Silence.

– L'autre aigle ?

– Vous vous souvenez ? fit Chee en essayant d'inclure dans sa question le même degré d'impatience que Reynald y avait mis lui-même. La défense de l'accusé va être fondée en partie sur sa déclaration selon laquelle l'entaille qu'il porte au bras a été causée par un premier aigle qu'il a ensuite relâché. (Il avait récité tout cela à la vitesse qu'un instituteur adopterait pour lire un passage difficile à une classe de soutien scolaire.) À la suite de quoi Jano soutient qu'il a attrapé un second aigle qui, affirme-t-il pour sa défense, était l'oiseau que le policier ayant procédé à l'arrestation a confisqué. Il affirme que le sang...

– Je le sais, ce qu'il affirme, fit Reynald en riant. Je n'avais pas rêvé un seul instant que vous, les gars... pas plus que qui que ce soit d'autre, d'ailleurs... vous preniez cela au sérieux.

Pendant que Reynald s'amusait joyeusement, Chee fit signe à Claire d'écouter et de brancher le magnétophone.

– Sérieux ou pas, reprit-il, nous avons l'aigle, maintenant. Quand le labo du FBI l'examinera pour vérifier s'il y a du sang humain dans les rainures de ses serres ou dans la collerette de plumes de ses pattes, soit on en trouvera soit on n'en trouvera pas. Ça règle le problème.

Reynald ricana.

– Je n'arrive pas à y croire. Vous voulez dire que vous êtes vraiment allé choper un oiseau pour le faire analyser par le labo ? Qu'est-ce que vous croyez prouver ? Comme le labo ne trouvera rien, vous allez continuer à attraper des aigles jusqu'à ce qu'il n'y en ait plus du tout, et après vous direz au jury que Jano a dû inventer toute cette histoire.

– En revanche, si le sang de Jano...

Mais Reynald riait.

– Et après, l'avocate de la défense va dire que vous avez raté celui qu'il a relâché. Ou, encore mieux, la défense en attrape un elle-même, elle met du sang de Jano dessus et elle présente ça devant le tribunal comme élément de preuve.

– D'accord, fit Chee. Mais je veux une réponse claire sur ce point. Qu'est-ce que le Bureau Fédéral d'Investigations veut que je fasse de cet aigle que j'ai là en ma possession ?

– Exactement ce que vous voudrez. Tant que vous ne me le collez pas sur les bras. Je suis allergique aux plumes.

– C'est entendu, agent Reynald. Ça a été un plaisir de travailler avec vous.

– Une petite minute. Ce que je veux que vous fassiez de cet oiseau c'est vous en débarrasser. Tout ce qu'il a des chances de faire, c'est de compliquer cette affaire, et nous ne tenons pas à ce qu'elle le soit. Vous comprenez ? Débarrassez-vous de cette saleté de bestiole.

– Je comprends. Vous me dites de me débarrasser de l'aigle.

– Et de vous attaquer au travail que vous êtes censé faire. Est-ce que vous progressez dans votre recherche de témoins pouvant témoigner que Jano avait l'intention de se venger de Kinsman ? De gens qui peuvent jurer qu'il était furieux à cause de son arrestation antérieure ?

– Pas encore. Je me suis consacré à tenter de capturer ce premier aigle.

Ceci une fois réglé, Chee appela le bureau du service d'assistance juridique et demanda à parler à Janet Pete. Elle était là.

– Janet, nous avons le premier aigle.

– Vraiment ? fit-elle d'un ton qui semblait incrédule.

– En tout cas, je suis presque certain que c'est le bon. Il lui manque deux plumes de queue, ce qui correspond à ce que Jano nous a dit.

– Mais comment vous l'avez eu ?

– De la même façon que Jano. En utilisant le même piège, en fait. Seul le lapin qui a servi d'appât était différent.

– Est-il déjà parti pour le labo ? Quand est-ce que nous saurons ce qu'ils vont trouver ?

– Il n'est pas parti au labo. Reynald n'a pas voulu.

– Il a quoi ? Il a dit ça ? Quand ?

– Je l'ai appelé il y a tout juste un petit moment. Il m'a soutenu que personne ne croirait à l'histoire de Jano et que si nous respections sa parole en vérifiant si un autre aigle porte des traces de son sang, tu dirais simplement que nous avons capturé le mauvais aigle et tu voudrais qu'on continue à aller en attraper d'autres, etc.

– Quel salopard, s'exclama Janet.

Le silence régna un instant pendant qu'elle réfléchissait.

– Mais je pense que je comprends sa logique. Si on ne trouve rien, ça n'apportera rien à la partie civile. Si on trouve son sang sur l'aigle, ça peut leur être néfaste. Ce qui donnerait, soit un bénéfice nul, soit un désavantage.

– À moins qu'il ne veuille que justice soit rendue.

– Ben, je ne pense pas qu'il ait le moindre doute que Jano ait tué Kinsman. Toi non plus, n'est-ce pas ?

– Je n'en avais pas.

– Tu en as maintenant? Vraiment?

– Je veux savoir s'il dit la vérité.

– Il se peut que tu sois obligé de laisser un jury en décider.

– Janet, force la main à Reynald. Dis-lui que tu insistes pour que ce soit fait. Dis-lui que s'il refuse de faire pratiquer les analyses, tu introduiras une requête auprès de la cour afin qu'elle l'ordonne.

Long silence.

– Qui est-ce qui a attrapé l'aigle? Combien de gens savent qu'il a été capturé?

– C'est moi qui l'ai capturé. Claire Dineyahze l'a à côté d'elle, posé sur son bureau, au moment où je te parle. Point final.

– Est-ce qu'il y avait du sang séché sur ses plumes? Ou ailleurs?

– Pas que je puisse affirmer avec certitude. Quelque chose a séché sur ses plumes. Dis à ce salaud que s'il refuse d'ordonner ce travail de laboratoire, tu le feras faire toi-même.

– Jim, ce n'est pas si simple.

– Pourquoi ça?

– Beaucoup de raisons. Pour commencer, je ne suis même pas censée être au courant, pour l'aigle, tant que Reynald ne m'en parle pas. S'il ne pense pas que ça ait la moindre importance, il ne le fera pas.

– Mais il y a la règle de la divulgation des preuves. Mickey est tenu d'annoncer à l'avocat de la défense de quelles preuves il dispose.

– Pas si elles ne sont pas assez importantes pour qu'il en fasse usage. Mickey te dira qu'il n'avait même pas l'intention de mentionner l'aigle en rapport avec le sang trouvé sur Kinsman. La défense peut en faire usage si ça lui plaît. Il dira qu'il considère que c'est trop bête pour mériter une réponse.

– Tout cela est probablement exact. Alors tu lui dis que tu sais que l'aigle a été pris, tu lui dis que...

– Et il me répond : « Comment le savez-vous ? Qui vous l'a dit ? »

– Et tu dis que tu le tiens de source confidentielle.

– Allons, Jim, fit-elle avec de l'impatience dans la voix. N'aie pas l'air aussi naïf. Le monde de la justice pénale fédérale est petit et l'acoustique y est excellente. Combien de temps penses-tu qu'il m'a fallu pour savoir que Mickey t'a mis en garde contre les fuites que tu risquais de commettre en ma présence ? Ma source confidentielle m'a dit qu'elle le tenait de troisième main, mais selon elle, Mickey a parlé de confidences sur l'oreiller. C'est bien ça ?

– C'est effectivement ce qu'il a dit. Mais fais-le quand même.

Il écouta tandis qu'elle passait brièvement en revue le genre de difficultés que cela pouvait entraîner pour le policier navajo Jim Chee, qui remplissait les fonctions de lieutenant. Certes, il n'était pas un employé fédéral, mais les liens entre le système judiciaire américain et le fonctionnement de la justice tribale étaient forts, très proches et souvent personnels. Et cela voulait dire un sacré problème pour elle aussi. Elle tenait absolument à gagner ce procès, au grand minimum à sauver Jano de la peine capitale. C'était une grande première pour elle dans ce nouvel emploi et elle voulait réussir de manière nette, claire et indiscutable, surtout pas dans la confusion car cela la ferait passer pour une individualiste forcenée qui ne comprend rien au système, etc. Et tout en écoutant, Chee comprit ce qu'il avait à faire. Et comment s'y prendre. Et comprit que le cours de sa vie pourrait en être modifié.

– Tu sais quoi, débuta-t-il. Tu dis à Mickey que tu as accès à un enregistrement magnétique, dont deux témoins dignes de foi sont prêts à attester l'authenticité. Dis-lui que sur cette bande, on entend très clairement l'agent du FBI auquel monsieur Mickey a confié l'affaire Jano ordonner à un policier de se débarrasser d'une preuve qui pourrait être bénéficiaire à la défense.

– Mon Dieu ! s'écria Janet. Ce n'est pas vrai, si ?

– Si.

– Tu as enregistré une conversation avec Reynald ? Celle où tu lui as dit que tu avais l'aigle ? Il ne t'a sûrement pas donné son autorisation d'enregistrer un truc pareil. S'il ne l'a pas fait, c'est un délit fédéral.

– Je ne lui ai pas demandé. Je me suis contenté de l'enregistrer avec un témoin qui écoutait en même temps.

– C'est illégal. Tu pourrais aller en prison. Tu vas sûrement perdre ton travail.

– Tu es très naïve, là, Janet. Tu sais quelle est l'attitude du FBI vis-à-vis de la mauvaise publicité.

– Je refuse d'être mêlée à ça de quelque manière que ce soit.

– C'est tout à fait normal et honnête de ta part. Et moi, je veux être honnête avec toi. Voici ce que je vais devoir faire. Je vais prendre le téléphone et me renseigner sur la façon dont je peux faire effectuer les analyses de laboratoire voulues. Peut-être au labo de l'université d'Arizona Nord ou de l'université de l'État d'Arizona. Je suis obligé d'être ici, au bureau, jusqu'à demain midi. Je te contacterai à ce moment-là, ou bien tu peux m'appeler ici, comme ça je saurai ce qui se passe. Après, j'emmènerai l'aigle au laboratoire et je leur demanderai de t'envoyer une copie de leur rapport.

– Non, Jim. Non. Ils vont t'accuser de dissimulation ou de manipulation de preuves. Ils trouveront quelque chose. C'est de la folie de ta part.

– Ou tout simplement de l'obstination. En tout cas, passe-moi un coup de fil demain.

Puis il s'adossa à son fauteuil et réfléchit. Est-ce que ça avait été du bluff de sa part ? Non, il le ferait s'il y était contraint. L'amie de Leaphorn ne manquerait pas de connaître quelqu'un, à la faculté de biologie d'Arizona Nord, qui serait à même de procéder aux analyses... et de le faire dans les règles pour que les résultats tiennent le coup devant le tribunal. Et s'ils découvraient qu'il ne s'agissait pas du sang de Jano, alors peut-être que celui-ci n'était rien d'autre qu'un fichu menteur.

Mais Chee ne se faisait aucune illusion sur ses motivations personnelles. L'une des raisons pour lesquelles il avait parlé de l'enregistrement à Janet consistait à lui fournir une arme si elle en avait besoin. Mais en partie, c'était pur égoïsme, le genre de motivation contre laquelle Frank Sam Nakai l'avait toujours mis en garde. Il voulait savoir comment elle allait se servir de cette arme qu'il lui avait offerte.

Pour cela, il lui faudrait attendre jusqu'au lendemain. Peut-être quelques jours de plus, mais il pensait que le lendemain lui apporterait la réponse.

24

Chee dormit par à-coups. L'obscurité, à l'intérieur de sa petite caravane, était pleine de mauvais rêves. Il arriva tôt à son bureau, pensant qu'il allait se libérer d'une pile de papiers administratifs. Mais le téléphone était à côté de son coude et la concentration difficile.

L'appareil sonna alors que huit heures étaient passées de dix-huit minutes. Joe Leaphorn voulait savoir s'il pouvait obtenir un exemplaire de la liste des objets trouvés dans la Jeep de mademoiselle Pollard.

– Bien sûr, lui répondit Chee. Nous allons la photocopier. Vous voulez qu'on vous l'envoie ?

– Je suis à Tuba. Je vais passer la prendre.

– Vous êtes sur un truc que je devrais savoir ?

– J'en doute. Je veux montrer la liste à Krause pour voir s'il remarque quelque chose de bizarre. Quelque chose qui ne s'y trouve pas et qui devrait y être. Ce genre de chose.

– Est-ce que vous avez réussi à rencontrer madame Notah ?

– Non. J'ai trouvé plusieurs de ses chèvres. Les chèvres de quelqu'un, en tout cas. Mais elle n'était pas à proximité. Après avoir fait perdre un peu de son temps à Krause, ce matin, je crois que je vais y

271

retourner pour jeter un nouveau coup d'œil. Voir si elle peut préciser un peu ce qu'elle a dit à McGinnis sur le porteur-de-peau qui ressemblait à un bonhomme de neige. Est-ce que le FBI est passé prendre l'aigle ?

– Ils n'en ont pas voulu, répondit Chee avant de lui raconter ce que Reynald avait dit sans lui indiquer qu'il avait enregistré la conversation.

– Ça ne me surprend pas trop. Mais vous ne pouvez pas en vouloir aux individus. J'ai connu beaucoup d'agents qui étaient bien. C'est le système inhérent à une police gouvernementale. Je vous ferai savoir si madame Notah a vu quelque chose qui pourrait vous servir.

Les deux appels suivants concernèrent des affaires courantes. Quand la sonnerie numéro quatre arriva, Claire ne se contenta pas de lui transmettre le signal. Elle agita les bras en l'air et écrivit FBI dans le vide avec son doigt.

Chee respira à fond, décrocha et dit :

– Jim Chee.

– Reynald, ici. Vous l'avez toujours, cet aigle ?

– Il est là. Qu'est-ce que...

– L'agent Evans est en route pour passer le prendre. Il sera chez vous vers midi. Soyez-y parce qu'il va avoir besoin que vous lui signiez un formulaire.

– Qu'est-ce que vous...

Mais Reynald avait raccroché.

Chee s'appuya à son dossier. Une question avait désormais sa réponse, pensa-t-il. Janet avait dit à Reynald qu'elle était au courant pour l'aigle, ce qui l'avait poussé à l'action, ou alors elle en avait parlé à J.D. Mickey, qui avait indiqué à Reynald comment il devait réagir. Ce qui résolvait la première partie du problème. Le FBI allait se charger de demander les analyses au laboratoire. À plus ou moins brève échéance, il allait savoir si Jano avait menti. Ce qui laissait la deuxième question. Comment Janet s'était-elle servie du bâton qu'il lui avait tendu ?

La nuit précédente, entre deux mauvais rêves, il avait imaginé trois scénarios concernant Janet. Dans le premier, elle resterait simplement spectatrice, comme elle l'avait laissé envisager, et elle attendrait de voir ce qui allait se passer. S'il ne se passait rien, lorsqu'il viendrait témoigner à la barre en son rôle de policier ayant procédé à l'arrestation de Jano, elle l'amènerait à parler de l'aigle pendant son contre-interrogatoire.

– Lieutenant Chee, demanderait-elle, est-il exact qu'il vous a été dit par monsieur Jano qu'il avait attrapé un second aigle après que le premier lui eut déchiré le bras, et que vous avez tenté de recapturer ce premier aigle ?

Ce à quoi il serait obligé de répondre :

– Oui.

– L'avez-vous capturé ?

– Oui.

– L'avez-vous alors porté au laboratoire de l'université d'Arizona Nord et avez-vous pris les dispositions nécessaires pour qu'y soit effectué un examen de l'oiseau afin de déterminer s'il portait des traces du sang de monsieur Jano sur les serres ou les ailes ?

– Oui.

– Et qu'a indiqué ce rapport ?

La réponse à cette question, bien sûr, dépendrait du rapport du laboratoire.

Il pouvait désormais éliminer ce scénario-là. Elle n'était pas restée spectatrice. Elle était intervenue. Mais comment ?

Dans le second scénario, celui qu'il appelait ardemment de ses vœux, Janet allait trouver l'un des responsables fédéraux majeurs, elle lui disait qu'elle avait des raisons de penser que le premier aigle avait été attrapé et exigeait de voir les résultats des examens pratiqués sur le sang. Mickey ou Reynald, ou les deux, demeuraient évasifs, ils niaient, arguaient que sa requête était ridicule, laissaient entendre qu'elle mettait en péril sa carrière au sein du ministère de la Justice si elle était trop stupide pour le comprendre, voulaient absolument savoir la source de cette fuite erronée, etc. Janet défendait bravement sa position, menaçait d'engager une action devant les tribunaux ou de laisser filtrer ces informations vers la presse. Et il l'aimerait pour son courage, il saurait qu'il s'était trompé en ne lui faisant pas confiance.

Dans le troisième scénario, la cause des mauvais rêves de la nuit précédente, Janet allait trouver Mickey, lui disait qu'elle avait un problème : le lieutenant Chee était parti capturer un aigle, il affirmait avec force que c'était celui-là même qui, ne manquerait pas de témoigner son client, lui avait taillardé le bras et qu'il avait ensuite relâché. Elle lui recommandait de prendre en charge ledit rapace, et de faire pratiquer des analyses afin de déterminer s'il y avait sur lui du sang appartenant à Jano. Ce sur quoi Mickey lui disait que tout ce qu'elle avait à faire consistait à se calmer et à laisser le FBI s'occuper de rassembler les éléments de preuve à sa manière habituelle. Alors elle disait que le FBI avait pris le parti de ne pas pratiquer de tests sur l'aigle. Et Mickey lui demandait si c'était Reynald qui le lui avait dit. Elle répondait non. Il insistait pour savoir comment dans ce cas elle l'avait su. Elle répondait que c'était le lieutenant Chee qui le lui avait dit. Mickey disait que Chee l'avait induite en erreur, qu'il essayait de flanquer la pagaille. Et parvenue environ à ce point de la discussion, Janet comprenait qu'elle avait déjà, dans l'esprit de Mickey, fait naître des difficultés assez graves pour briser une carrière et que la seule façon de réparer cela consistait à faire usage de l'arme secrète de Chee. Elle faisait alors jurer à Mickey de garder le secret. Elle lui confiait que pendant qu'il disait à Chee qu'il refusait de faire pratiquer les analyses sur l'aigle, Reynald avait commis la négligence de laisser enregistrer leur conversation et que, sur la bande, on pouvait entendre l'agent Reynald donner imprudemment l'ordre au policier navajo de se débarrasser de l'aigle et donc de la preuve qu'il représentait.

Qu'est-ce que cela démontrerait ? Il le savait mais ne voulait pas l'admettre ni l'envisager. Et il n'aurait pas à le faire tant que l'agent Evans ne serait pas arrivé pour prendre livraison de l'aigle. Pas même à ce moment-là, si la conduite d'Evans ne lui fournissait aucune indication.

Edgar Evans se présenta onze minutes avant midi. Par la porte de son bureau, demeurée ouverte, Chee le regarda entrer, observa Claire qui lui montrait du doigt la cage avec l'oiseau, dans le coin derrière elle, la vit lui indiquer son propre bureau.

— Entrez, l'invita-t-il. Asseyez-vous.

— Il faut que je vous fasse signer ça, déclara Evans en lui tendant un document en triple exemplaire. Ça certifie que vous m'avez remis l'élément de preuve. Et moi je vous donne ce papier qui certifie que je l'ai reçu.

— Voilà qui rend extrêmement difficile d'égarer quoi que ce soit, remarqua Chee. Vous faites toujours ça ?

Evans le dévisagea :

— Non, dit-il. Pas souvent.

Chee signa.

— Faites bien attention avec cet aigle, prévint-il. Il est mauvais et son bec est comme un couteau. J'ai une couverture, dehors, dans ma voiture, dont vous pouvez le recouvrir pour qu'il se tienne tranquille.

Evans ne fit aucun commentaire.

Il mettait la cage sur le siège arrière de sa voiture quand Chee lui tendit la couverture. Il l'étala sur la cage.

– Je croyais que Reynald avait décidé le contraire, fit Chee. Qu'est-ce qui l'a fait changer d'avis ?

Evans claqua la portière, se tourna vers lui.

– Ça vous ennuie si je vous soumets à une fouille rapide ?

– Pourquoi ? demanda Chee qui tendit néanmoins ses bras devant lui.

Rapidement, avec des gestes d'expert, Evans tâta autour de sa taille, vérifia le devant de sa chemise, appuya sur ses poches, recula d'un pas.

– Vous le savez bien, espèce de salopard. Pour être sûr que vous n'êtes pas équipé.

– Équipé ?

– Vous n'êtes pas aussi idiot que vous en avez l'air. Mais pas aussi intelligent que vous vous l'imaginez, et de loin.

Sur ces mots, Evans monta dans sa voiture et laissa Jim là, à le regarder, immobile sur le parking, n'ignorant plus quelle tactique Janet avait utilisée et en ressentant une immense tristesse.

25

Pour Leaphorn, la journée avait été toute de frustration. Il s'était arrêté au bureau de Chee pour prendre la liste. Il l'avait étudiée de nouveau et n'y avait rien vu qui le fasse progresser. Krause allait peut-être remarquer quelque chose d'intéressant. Krause n'était pas à son bureau et le message accroché sur sa porte disait : « Parti à Inscription House, puis à la Mission Navajo. Reviens bientôt. » Pas vraiment bientôt, avait conclu Leaphorn, puisque ce circuit allait dépasser largement les cent cinquante kilomètres. Il avait donc repris la route de Yells Back Butte, s'était garé, avait grimpé sur la passe et commencé sa seconde tentative pour trouver Vieille Femme Notah.

Après avoir une nouvelle fois copieusement crapahuté à proximité des chèvres, vingt et une au total à moins qu'il en ait compté certaines deux fois (chose facile avec les chèvres) ou qu'il en ait oublié d'autres, il ne l'avait pas trouvée. Franchir la passe en sens inverse lui avait coûté maints essoufflements et halètements, deux ou trois pauses pour se reposer, et cela avait fait naître la résolution de surveiller son régime et de prendre davantage d'exercice. Quand il avait atteint son camion, il avait bu environ la moitié de l'eau de son bidon qu'il avait négligemment oublié derrière lui, puis il s'était reposé un moment sans rien faire. Ce cul-de-sac délimité par les falaises de Yells Back et la masse de Black Mesa constituait un vide de transmission radio à l'exception, pour des raisons qui dépassaient largement ses connaissances en électronique, de KNDN, la Voix de la Nation Navajo qui émettait en langue navajo depuis Gallup.

Il avait écouté un peu de musique country-western et le programme à micro ouvert en navajo, et, tout en écoutant, il avait mis de l'ordre dans ses pensées. Qu'allait-il dire à madame Vanders quand il l'appellerait ce soir ? Pas grand-chose. Pourquoi ressentait-il cette joie paradoxale ? Parce que la tension avait disparu avec Louisa. Il n'avait plus le sentiment qu'il trahissait Emma, ou qu'il se trahissait lui-même. Ni que Louisa attendait plus de lui qu'il ne pouvait lui donner. Elle avait été claire à cet égard. Ils étaient amis. Comment avait-elle exprimé ce qu'elle pensait du mariage ? Elle avait essayé une fois mais ça ne lui convenait pas. Assez sur ce sujet. Retour à la Jeep de Cathy Pollard. Qui soulevait une multitude d'interrogations.

La Jeep était arrivée tôt en cet endroit, comme le suggérait le message laissé par la conductrice. Jano avait dit qu'il l'avait vue arriver, et Leaphorn ne voyait pas ce qui aurait pu l'inciter à mentir là-dessus. Elle avait dû repartir pendant la brève averse de grêle et de pluie, peu après que Chee eut arrêté le Hopi. Avant, Chee l'aurait entendue. Après, elle n'aurait pas laissé les traces de pneus dans le sable de l'arroyo où elle avait été abandonnée. Ce qui laissait la question de savoir qui était au volant, et ce qu'il ou elle avait fait après l'avoir garée là-bas. Personne n'avait suivi l'arroyo pour venir chercher le conducteur ou la conductrice. Mais un ou une complice avait pu arrêter son véhicule près du point où la route d'accès franchissait l'arroyo, et attendre que la personne qui avait conduit la Jeep jusque-là vienne le ou la rejoindre en marchant sur le versant rocailleux.

Cela impliquait un certain degré d'entente, et non une action menée sous l'effet d'une panique soudaine. Son imagination ne parvenait pas à lui fournir de mobile pour une telle préméditation. Mais il avait abouti à une autre possibilité. Pas une certitude, mais une possibilité. Il avait démarré et s'était éloigné à la recherche de Richard Krause.

Une halte à Tuba lui avait appris que le bureau du scientifique était toujours désert, avec le même message sur la porte. Leaphorn avait refait le plein et commencé son circuit. Krause n'était pas à Inscription House. La femme qui était venue lui répondre quand il avait cogné à la porte du bureau de la Mission Navajo lui avait dit que l'homme du Service de la Santé était parti trente minutes auparavant à peu près. Pour quelle destination ? Il ne l'avait pas spécifié.

En conséquence, Leaphorn avait repris la longue route du retour vers Tuba City, traçant un trait sur cette journée perdue et observant le coucher de soleil qui, à l'ouest sur l'horizon, éclairait à contre-jour les hauts nuages d'orage et leur conférait ce genre de beauté que seule la nature est capable d'engendrer. Le temps qu'il atteigne son motel, il était plus que décidé à en rester là. L'appel à madame Vanders pouvait attendre. Demain il se lèverait tôt et il mettrait la main sur Krause avant qu'il quitte son bureau.

Il se trompait encore. Le message accroché sur la porte, le lendemain matin, lui apprit que Krause était parti travailler dans l'arroyo qui se trouvait à l'ouest de la piste d'atterrissage de Shonto. Une heure et près de cent kilomètres plus tard, il repéra

le camion de Krause depuis la route et son propriétaire qui, à genoux, semblait scruter quelque chose
sur le sol. Lorsqu'il entendit Leaphorn s'approcher,
il se releva, épousseta ses jambes de pantalon.

– Je prélève des puces, dit-il avant de lui serrer la
main.

– Vous donniez l'impression de souffler dans le
trou.

– Vous avez l'œil. Les puces détectent notre respiration. Si quelque chose tue le mammifère qui les
héberge et si elles sont à la recherche d'un nouvel
hôte, elles y sont très sensibles. Quand on souffle
dans le trou, elles viennent à l'embouchure de la
galerie. (Il eut un sourire.) Certains prétendent
qu'elles préfèrent l'haleine parfumée à l'ail, mais
moi j'aime le poivron.

Il fixa du regard l'entrée du tunnel. Tendit le
doigt :

– Vous les voyez ?

Leaphorn s'accroupit et regarda.

– Non, dit-il.

– Les petits points noirs. Posez votre main, là.
Elles vont sauter dessus.

– Non, merci.

– Bon, qu'est-ce que je peux faire pour vous ? Et
quoi de neuf ?

Il prit une tige métallique flexible sur le plateau
de son pick-up et déploya la surface de tissu en flanelle blanche fixée à son extrémité.

– Je voudrais que vous jetiez un coup d'œil sur
cette liste d'objets qu'on a trouvés dans la Jeep, dit
Leaphorn. Voir s'il manque quelque chose qui
devrait y être, ou s'il y a quelque chose dessus qui
vous donne une indication.

Krause avait ramené la flanelle autour de la tige.
Il poussait maintenant l'ensemble lentement dans le
trou des rongeurs, de plus en plus profondément.

– Parfait, dit-il. Je leur donne une minute pour s'agglutiner sur la flanelle. Après, je vais tirer pour ressortir tout ça, le tissu s'écartera et se repliera dans l'autre sens en emprisonnant un paquet de puces.

Quand il libéra la flanelle de la tige, il la glissa dans un sac Ziploc qu'il referma hermétiquement, puis vérifia qu'il n'avait pas de puces sur lui, en trouva une sur son poignet et s'en débarrassa.

Leaphorn lui tendit la liste. Krause chaussa une paire de lunettes à double foyer pour l'étudier.

– Des Kool, dit-il. Cathy ne fumait pas, donc elles devaient être à quelqu'un d'autre.

– Je crois qu'ils précisent qu'elles étaient vieilles, intervint Leaphorn. Elles étaient peut-être là depuis des mois.

– Deux pelles ? s'étonna Krause. Tout le monde en emporte une parce que nous avons besoin de creuser. Je me demande pourquoi elle avait la deuxième ?

– Laissez-moi voir, fit Leaphorn en reprenant la liste.

Dans « par terre derrière siège avant » on avait inventorié « pelle à manche long ». Et dans « espace de rangement arrière », on trouvait également « pelle à manche long ».

– Peut-être une erreur, fit Krause en haussant les épaules. La même pelle indiquée deux fois.

– Peut-être, dit Leaphorn mais il en doutait.

– Et ici. Qu'est-ce qu'elle pouvait bien foutre avec ça ?

Il montra la ligne correspondant à l'espace de rangement arrière, qui disait : « Un récipient de petite taille contenant une substance poudreuse grise étiquetée " cyanure de calcium " ».

– On dirait du poison, remarqua Leaphorn.

– Un peu, que c'en est. On s'en servait avant pour anéantir les terriers infectés. On pulvérise cette poussière dedans et ça anéantit tout. Rats des bois, serpents à sonnette, chouettes des terriers, vers de terre, araignées, puces, tout ce qui est vivant. Mais c'est dangereux à manipuler. Maintenant, on utilise la « pilule ». C'est de la phostoxine que l'on dépose simplement dans la terre à l'entrée d'un terrier et ça se charge du travail.

– Alors où est-ce qu'elle a pu se procurer ce bidule avec du cyanure ?

– Il nous en reste en réserve. C'est sur une étagère, dans notre local à matériel.

– Et elle y a accès ?

– Bien sûr. Et regardez ça. (Il montra du doigt la ligne suivante.) « Réservoir d'air avec tuyau et embout. » C'est avec ça qu'on repoussait la poussière de cyanure dans le terrier. C'était dans la réserve, ça aussi.

– Qu'est-ce que ça veut dire, à votre avis... qu'elle ait eu ça dans sa Jeep ?

– D'abord, ça signifie qu'elle enfreignait le règlement. Elle n'a pas le droit de sortir ce matériel sans me le signaler, sans m'avoir expliqué ce qu'elle veut en faire et pourquoi elle n'utilise pas la phostoxine à la place. Et deuxièmement, elle ne s'en servirait pas à moins de vouloir stériliser vraiment des terriers. Bousiller les bestioles. Quelque chose de gros comme des chiens de prairie. Pas seulement pour tuer des puces.

Il rendit la liste à Leaphorn.

– Il y a autre chose, là, qui a de quoi étonner ?

– Non, mais il y a quelque chose qui devrait y être et qui ne s'y trouve pas. Son RAPF.

– Vous l'emmenez toujours avec vous ?

– Non, mais quelqu'un qui s'apprêterait à se servir de cette poussière de cyanure de calcium l'aurait, ça c'est sûr. (Il fit la grimace.) Il paraît que le signal de danger c'est une odeur d'amande, mais le problème, c'est que le temps qu'on la sente, c'est déjà trop tard.

– Ce n'est pas un produit à utiliser sans précautions, alors.

Krause rit :

– Ça ne risque pas. Et avant que j'oublie, je l'ai retrouvé, le message que Cathy m'a laissé. Je vous en ai fait une photocopie.

Il sortit son portefeuille de sa poche, en tira une feuille de papier pliée de nombreuses fois et la remit à l'ancien policier en disant :

– Mais je ne vois rien dedans qui puisse vraiment aider.

Le texte était rédigé de cette écriture à demi lisible de Pollard qu'il connaissait bien :

« Patron – Entendu trucs à Flag sur l'infection de Nez. Crois qu'on nous a menti. Retourne à Yells Back, prélever puces et vérifier – Vous raconterai à mon retour. Pollard. »

Leaphorn reporta son regard sur Krause qui observait sa réaction, l'air contrit.

– Sachant ce que je sais maintenant, je vois bien que j'aurais dû m'inquiéter plus vite quand elle n'est pas rentrée. Mais, bon Dieu, elle était toujours à faire des trucs et à expliquer seulement après. Quand elle expliquait. Par exemple, je ne savais pas où elle était la veille. Elle ne m'a pas dit qu'elle descendait à Flag. Ni pourquoi. (Il haussa les épaules, secoua la tête.) Alors j'ai simplement pensé qu'elle était partie bosser ailleurs.

– Je continue à me demander pourquoi elle ne vous a pas dit qu'elle s'apprêtait à démissionner.

Krause le dévisagea.

– Je ne crois pas qu'elle allait le faire. Mais nous ne nous sommes jamais bien entendus, tous les deux.

Il entreprit de ranger son équipement dans le camion. Sur son T-shirt trempé de sueur, l'inscription proclamait : SOUTENEZ LA SCIENCE : ÉTREIGNEZ UN HERPÉTOLOGISTE.

26

Quand Chee arriva à son bureau, deux messages téléphoniques étaient piqués sur la tige qui ornait sa table. L'un venait de Leaphorn, lui demandant de le rappeler à son motel. L'autre était de Janet Pete. Il disait : « On soumet l'aigle aux analyses aujourd'hui. Appelle-moi s'il te plaît. »

Chee n'était pas vraiment prêt à le faire. Il composa d'abord le numéro de Leaphorn. Le Légendaire Lieutenant avait eu l'intention de montrer à Krause une liste d'objets trouvés dans la Jeep. Peut-être cela avait-il donné des résultats.

– Vous avez déjeuné ? lui demanda Leaphorn.

– Je ne suis pas trop petit déjeuner, moi. Qu'est-ce qui vous ennuie ?

– Ça vous dirait de venir boire un café, alors, au restaurant du motel ? Je veux retourner à Yells Back Butte. Est-ce que vous pouvez vous échapper ? Je pense qu'il serait préférable que je sois accompagné d'un policier en exercice.

Un policier en exercice !

– Oh... fit Chee.

Il ressentit une exaltation aussitôt teintée d'une légère déception. Le Légendaire Lieutenant avait encore frappé. Il avait résolu le mystère entourant la personne qui avait abandonné la Jeep. Il avait entretenu la légende. Il avait une nouvelle fois démontré sa supériorité de réflexion.

– ... Bien sûr. Je serai là dans dix minutes.

Leaphorn était assis à une table proche de la vitre, et il tartinait de beurre une pile de galettes. Il posa le message sur la table devant Chee, défroissa le papier.

– J'ai montré la liste à Krause. Il y a eu deux ou trois surprises.

– Oh, fit à nouveau Chee qui se sentait un peu sur la défensive car il n'avait rien remarqué d'anormal.

– Surtout des trucs techniques qui nous passent largement au-dessus de la tête. Ce pulvérisateur, par exemple, et le récipient de cyanure de calcium. J'avais pris ça pour un des moyens qu'ils utilisent pour tuer les puces. Il se trouve qu'ils ne s'en servent plus de nos jours, hormis dans des circonstances sortant un peu de l'ordinaire. (Il leva les yeux vers Chee.) Comme, disons, quand il est nécessaire d'anéantir une colonie entière de chiens de prairie.

Chee s'adossa à son siège, comprenant une fois de plus pourquoi il admirait Leaphorn au lieu d'être agacé par lui. Il lui donnait la possibilité de trouver la solution tout seul. Ce qu'il avait lui-même, bien sûr, déjà fait.

– Comme, disons, la colonie sur laquelle travaille le docteur Woody.

Leaphorn arborait un large sourire.

– C'est une idée qui m'est venue, à moi aussi. Je ne pense pas qu'il aurait beaucoup apprécié que cela se produise.

Chee hocha la tête. Et attendit. Il voyait bien à l'expression de Leaphorn que ce n'était pas tout.

– Et il y a aussi ça, reprit l'ancien lieutenant. J'ai demandé à Krause pour quelle raison il pouvait bien y avoir deux de ces pelles à long manche dans la Jeep. Il m'a répondu qu'ils en emportent tous une parce qu'ils en ont besoin pour creuser, en plus du risque de s'ensabler. Mais une seule.

Chee s'appuya à nouveau à son dossier en réfléchissant.

– Il serait utile d'en avoir une si on envisageait de creuser une tombe.

Leaphorn hocha la tête.

– Ça aussi, j'y ai pensé. Et de s'en débarrasser en la jetant à l'intérieur, sans savoir qu'il y en avait déjà une dans la Jeep.

– Par conséquent, quelque part entre Yells Back Butte et l'endroit où la Jeep a été laissée, nous pourrions aller vérifier les endroits où il est facile de creuser pour voir s'il n'y aurait pas de la terre fraîchement retournée.

– C'est ce que je vous proposerais de faire.

– Je demanderai aussi aux gens de regarder s'il y a des traces de bicyclette sur la route de Goldtooth. Mais il n'y a pas beaucoup de chances d'en trouver. Trop sec.

Ce qui fit lever les sourcils à Leaphorn :

– Une bicyclette ?

– J'ai remarqué que Woody avait un porte-vélo fixé par des boulons à l'arrière de son camion laboratoire itinérant. Il y avait une bicyclette dessus.

Leaphorn abattit sa main sur le dessus de la table, faisant trembler son assiette.

– Je dois me faire vieux, dit-il. Pourquoi est-ce que je n'y ai pas pensé ?

– Ça n'aurait rien d'un trajet difficile, en vélo, pour revenir de l'endroit où la Jeep a été laissée jusqu'à Yells Back. Il a très bien pu descendre de la Jeep sur les rochers, en sortir la bicyclette et la porter jusqu'à la route.

– Bien sûr, confirma Leaphorn. Bien sûr que oui. Mais ça n'aurait pas été pratique de porter la pelle en même temps. J'avais le cerveau débranché.

Chee en doutait. Ça lui rappelait la fois où il avait vu à la télévision la chasse aux œufs de Pâques sur la pelouse de la Maison Blanche. Quand le grand frère avait fait semblant de ne pas remarquer un œuf pour que le cadet puisse le trouver.

La serveuse arriva et leur proposa de remplir leurs tasses. Mais maintenant ils étaient pressés tous les deux.

Ils prirent la voiture de patrouille de Chee, foncèrent sur l'Arizona 264, tournèrent à droite sur la route de Goldtooth, furent secoués par le revêtement en tôle ondulée.

– Ça me rappelle autrefois, commenta Leaphorn. Quand on travaillait ensemble.

– Ça vous manque ? Je veux dire, le métier de policier ?

– Cette partie-là du métier me manque. Et les gens avec qui je travaillais. La paperasse ne me manque pas, elle. Je parie que vous pourriez vous en passer aussi.

– C'est l'aspect que je déteste. En plus je ne suis pas doué pour ça.

– Vous remplissez les fonctions de lieutenant, actuellement. En général, quand on s'en est acquitté pendant un certain temps, on vous propose le poste de manière permanente. Est-ce que vous seriez prêt à l'accepter ?

Chee roula un moment sans répondre. Des nuages s'amoncelaient déjà, des flottes de grands bateaux blancs sur fond de ciel bleu foncé. La veille, en fin de soirée, ils avaient acquis assez d'épaisseur pour donner quelques gouttes de pluie par-ci par-là. D'ici l'après-midi, la saison des fortes pluies d'été allait peut-être vraiment commencer. Elle s'était fait attendre.

– Non, dit Chee. Sans doute pas.

– Quand j'ai appris que vous vous étiez porté candidat pour cette promotion, je me suis un peu demandé pourquoi.

Chee lui jeta un coup d'œil, ne distingua qu'un profil. Leaphorn fixait les nuages.

– J'imagine que vous ne vous tromperiez pas beaucoup si vous essayiez de deviner. En partie pour le prestige, surtout parce que la paye est meilleure.

– Mais vous n'en avez pas besoin ? Vous habitez toujours dans votre vieille caravane rouillée, non ?

Chee décida de lui retourner ses questions.

– Vous pensez qu'ils me proposeront le poste ?

Un long silence.

– Probablement pas.

– Pourquoi ça ?

– Je présume que les autorités en place auront le sentiment que vous ne vous associeriez pas au jeu d'équipe comme souhaité. Vous ne coopéreriez pas bien avec les autres agences chargées du maintien de l'ordre.

– Vous pensez à une agence en particulier ?

– Euh, peut-être le FBI.

– Oh, fit Chee. Vous avez entendu dire quoi ?

– On prétend que le FBI aurait des réticences à traiter de données sensibles avec vous par téléphone.

Chee s'esclaffa.

– Ça alors ! On peut dire que les nouvelles vont vite. Vous l'avez appris ce matin ?

– Hier soir déjà.

– Par qui ?

– Kennedy m'a appelé d'Albuquerque. Vous vous souvenez de lui ? Nous avons travaillé ensemble une ou deux fois puis le Bureau l'a transféré. Il me demandait des renseignements sur une affaire sur laquelle nous travaillions juste avant que je prenne ma retraite. Lui, ça va être à la fin de l'année, et il voulait savoir si j'appréciais la vie de simple citoyen. Il m'a aussi demandé de vos nouvelles. Et il m'a dit que vous vous étiez fait quelques ennemis. Alors je lui ai demandé comment vous vous y étiez pris.

– Et il vous a répondu que j'avais enregistré une conversation téléphonique sans autorisation. Violant de la sorte le code fédéral.

– Oui. Il ne s'est pas trompé ?

Chee confirma de la tête.

– C'est aussi bien que vous n'en vouliez pas, de cette promotion, reprit Leaphorn. Est-ce que vous aviez pris votre décision avant ou après avoir activé le magnétophone ?

Chee réfléchit un instant.

– Avant, je crois. Mais je n'en avais pas véritablement pris conscience.

Ils s'engagèrent sur la piste qui menait vers Yells Back Butte, contournèrent une barrière de gigantesques roches effondrées et se retrouvèrent engloutis au milieu des chèvres. Et il n'y avait pas que des chèvres. Là, juste au bord de la piste, une femme âgée assise sur un gros cheval rouan les observait.

– La chance nous sourit, fit Leaphorn.

Il descendit de voiture, dit : « *Ya'eeh te'h* » à Vieille Femme Notah et se présenta, récitant son appartenance aux clans auxquels et pour lesquels il était né. Puis il présenta Jim Chee, par ses clans maternel et paternel, et en tant que membre de la police tribale navajo de Tuba City. Le cheval posait sur Chee un regard soupçonneux, les chèvres s'activaient autour d'eux. Madame Notah leur retourna la politesse.

– C'est loin, Tuba City, remarqua-t-elle. Et je vous ai déjà vus. Je pense que ça doit être parce que l'autre policier a été tué ici. Ou parce que le Hopi est venu nous voler nos aigles.

– Il y a même encore plus que ça, mère, répondit Leaphorn. Une femme qui travaillait pour le Service de la Santé est venue ici le jour où le policier a été tué. Personne ne l'a revue depuis. Sa famille m'a demandé de la chercher.

Madame Notah attendit un instant pour voir si Leaphorn avait autre chose à ajouter. Puis elle dit :

– Je ne sais pas où elle est.

Leaphorn hocha la tête.

– On raconte que vous avez vu un porteur-de-peau quelque part par ici. Était-ce le jour où le policier a été tué ?

Elle acquiesça de la tête.

– Oui. C'était le jour où il a plu. Maintenant je pense que c'était peut-être quelqu'un qui aide l'homme qui travaille dans cette grosse maison mobile.

Chee retint sa respiration.

Leaphorn demanda :

– Qu'est-ce qui vous fait penser ça ?

– Après ce jour, j'ai vu cet homme sortir de chez lui et il emportait une combinaison blanche. Il a remonté la pente, il est entré dans les genévriers, et puis il l'a enfilée et il a mis un capuchon blanc sur sa tête. (Elle rit.) Je crois que c'est pour se protéger de la maladie. J'ai vu quelque chose comme ça à la télévision.

– Je pense que vous avez raison, dit Leaphorn.

Puis il lui demanda d'essayer de leur dire tout ce qu'elle avait vu ou entendu du côté de Yells Back Butte ce matin-là. Elle le fit, ce qui prit un bon moment.

Elle s'était levée avant l'aube, avait allumé son chauffage au gaz, réchauffé son café et mangé du pain frit. Puis elle avait sellé son cheval et était allée là-haut. Pendant qu'elle rassemblait ses chèvres, elle avait entendu un camion qui remontait la piste en direction de la butte. À peu près au moment où le soleil s'était levé, elle avait vu un homme escalader la passe et disparaître derrière le rebord du sommet de la butte.

— Je me suis dit que ce devait être un des Hopis chargés d'attraper les aigles qui venait en capturer un. Ils venaient souvent ici avant que le gouvernement change la frontière, et j'avais vu le même homme l'après-midi précédent. Il avait juste regardé. C'est comme ça qu'ils faisaient autrefois. Ensuite ils revenaient le lendemain matin avant qu'il fasse jour, et ils montaient pour en attraper un.

Chee demanda :

— En avez-vous parlé à quelqu'un ?

— J'étais en bas, près de la route, quand un policier est arrivé en voiture. Je lui ai dit qu'à mon avis les Hopis allaient encore voler un aigle.

Chee hocha la tête. Madame Notah avait été la source d'information confidentielle de Kinsman.

Puis vint, dans le récit de madame Notah, l'arrivée de la Jeep noire.

— Elle roulait trop vite pour les pierres qu'il y a ici. J'ai pensé que ça devait être la jeune femme aux cheveux courts, mais je n'ai pas pu voir qui c'était.

— Pourquoi la jeune femme aux cheveux courts ? s'enquit Leaphorn.

— Je l'ai déjà vue conduire cette voiture. Elle roule trop vite. (Elle souligna sa désapprobation d'un geste de la tête négatif.) Après, il a fallu que j'aille rechercher cette chèvre, là.

Du doigt elle montra un mâle noir et blanc qui s'était écarté d'eux sur la piste. Elle reprit :

— Une demi-heure plus tard peut-être, quand j'ai fait remonter les chèvres vers la butte, j'ai vu quelqu'un qui bougeait derrière les arbres et c'est après que j'ai vu la chose dans le costume blanc.

Elle marqua une légère pause, les récompensa par une petite grimace :

– Je me suis éloignée un moment, après, et en retournant vers les chèvres j'ai entendu une voiture qui s'approchait très très lentement sur la piste. C'était une voiture de police et je me suis dit, ce policier-là, il sait comment conduire sur les pierres. Quand je suis arrivée aux chèvres, j'ai vu que l'homme qui travaille dans la maison mobile était là-bas, au vieux hogan Tijinney. Il était rentré à l'intérieur, et je me suis dit que les *bilagaana* ne savent pas ce que c'est qu'un hogan habité par la mort, ou alors que c'était le porteur-de-peau. Un sorcier, les *chindis*, ça lui fait rien.

– Que faisait-il ? demanda Leaphorn.

– De l'endroit où j'étais, je n'ai pas bien vu par-dessus le mur. Mais quand il est ressorti, j'ai vu qu'il avait une pelle à la main.

Chee arrêta sa voiture de patrouille sur le tertre qui dominait le hogan de Tijinney. Ils descendirent la pente ensemble, Chee portant la pelle qu'il avait sortie de son coffre, et ils s'immobilisèrent pour contempler l'amas de pierres. Le sol de terre tassée était jonché de fragments du toit écroulé, d'herbes-qui-roulent poussées par le vent, et des vestiges que les vandales avaient laissés. Il était plat et lisse à l'exception d'une demi-douzaine de trous et de l'excavation comblée correspondant à l'emplacement du trou du feu.

– C'est sûrement là, fit Chee en tendant le doigt.

Leaphorn acquiesça.

– Ça fait à peu près une semaine que je ne fais rien d'autre que rester assis sur un siège de voiture. Passez-moi la pelle. J'ai besoin de prendre un peu d'exercice.

Rivages/noir

Dernières parutions

André Allemand
Au cœur de l'île rouge (n° 329)
Un crime en Algérie (n° 384)

Claude Amoz
L'Ancien crime (n° 321)

Cesare Battisti
Dernières cartouches (n° 354)

William Bayer
Labyrinthe de miroirs (n° 281)

Marc Behm
Crabe (n° 275)
Tout un roman ! (n° 327)

Bruce Benderson
Toxico (n° 306)

Abdel H. Benotman
Les Forcenés (n° 362)

Stéphanie Benson
Un meurtre de corbeaux (n° 326)
Le Dossier Lazare (n° 390)

Michel Boujut
Souffler n'est pas jouer (n° 349)

Daniel Brajkovic
Chiens féroces (n° 307)

Wolfgang Brenner
Welcome Ossi ! (n° 308)

Yves Buin
Kapitza (n° 320)
Borggi (n° 373)

Edward Bunker
Les Hommes de proie (n° 344)

James Lee Burke
Le Bagnard (n° 272)
Une tache sur l'éternité (n° 293)

– Mais, euh, fit Chee qui céda néanmoins l'outil.

Pour un Navajo aussi traditionaliste que lui, creuser pour déterrer un cadavre dans un hogan où quelqu'un est mort n'est pas une tâche qui s'entreprend à la légère. Cela exige au minimum un bain de vapeur et, de manière plus conforme aux traditions, un rite guérisseur destiné à redonner *hozho* à celui qui viole pareils tabous.

– Facile à creuser, commenta Leaphorn en rejetant sur le côté sa sixième pelletée.

Quelques instants plus tard il s'interrompit, posa la pelle, s'accroupit à côté du trou. Il creusa avec ses mains.

Il se tourna pour regarder Chee.

– Je crois que nous avons trouvé Catherine Pollard, lui annonça-t-il.

Il exhuma un avant-bras recouvert du plastique blanc de son costume RAPF, en chassa la terre.

– Elle porte encore son double jeu de gants protecteurs.

27

Le docteur Woody ouvrit au deuxième coup frappé à sa porte. Il dit :

– Bonjour messieurs.

Il s'appuya au montant et leur fit signe d'entrer. Il portait un short de marche et un tricot de corps sans manches. Il sembla à Leaphorn que l'étrange couleur rose de sa peau, qu'il avait remarquée lors de leur première rencontre, était un ton plus rouge.

– Ça doit être ce qu'on appelle le don de clairvoyance, ou un concours de circonstances heureux. En tout cas, je suis content de vous voir.

– Et pourquoi donc ? interrogea Leaphorn.

– Asseyez-vous d'abord, les invita Woody.

Il oscilla, se retint en posant une main contre le mur, puis indiqua la chaise à Leaphorn et, à Chee, un lit étroit qui était déplié. Lui-même prit place sur le tabouret proche de la section consacrée au travail de laboratoire.

– Bon, reprit-il, je suis content de vous voir parce que j'ai besoin qu'on me conduise. Il faut que j'aille à Tuba City passer plusieurs coups de téléphone. Normalement, je conduirais ce truc. Mais il est dur à manier. Je me sens affreusement mal. J'ai la tête qui tourne. La dernière fois que j'ai pris ma tempéra-

ture, elle approchait des quarante degrés. Je craignais de ne pas parvenir à arriver jusque là-bas.

– Nous serons heureux de vous y conduire, dit Chee. Mais d'abord, nous avons plusieurs questions à vous poser.

– D'accord. Mais plus tard. Pendant le trajet. Et l'un d'entre vous devra rester ici pour veiller sur tout ça.

Il s'appuya sur la table et se passa une main sur le visage. Leaphorn remarqua alors une décoloration foncée, sous son bras, qui s'étendait vers le bas sous le tricot de corps en direction de la cage thoracique.

– C'est une sacrée ecchymose que vous avez là, sur le côté, fit-il. C'est à l'hôpital qu'il faut que nous vous conduisions.

– Malheureusement, ce n'est pas une ecchymose. Ce sont les capillaires qui éclatent sous la peau. Ils libèrent le sang dans les tissus. Nous allons nous rendre au centre médical de Flagstaff. Mais d'abord, j'ai des coups de téléphone à passer. Et il faut que quelqu'un reste ici. Pour veiller sur tout ça. Les animaux dans les cages. Les dossiers.

– Nous avons trouvé le corps de Catherine Pollard enterré là-bas, dit Chee. Vous avez quelque chose à nous dire là-dessus ?

– C'est moi qui l'ai enterrée. Mais, bon Dieu, on n'a pas le temps de parler de ça maintenant. Je peux vous en parler pendant qu'on roulera vers Tuba City. Mais il faut que j'y arrive avant d'être trop malade pour parler, et les téléphones portables refusent de fonctionner ici.

– C'est vous qui l'avez tuée ?

– Bien sûr. Vous voulez savoir pourquoi ?

– Je crois que je pourrais deviner.

– Cette idiote ne m'a pas laissé le choix. Je lui ai dit qu'elle ne pouvait pas exterminer cette colonie de chiens de prairie et je lui ai expliqué pourquoi. Ils

295

pourraient détenir la clef qui permettra de sauver des millions de vies. (Il rit.) Elle a dit que je lui avais menti une fois et qu'elle ne se laisserait plus avoir.

– Menti, reprit Chee. Vous lui avez dit que les rongeurs n'étaient pas infectés. C'est ça?

Woody fit oui de la tête.

– Elle a enfilé sa combinaison protectrice et elle se préparait à pomper de la poussière de cyanure dans le terrier quand je l'en ai empêchée. Et après, il y a le flic qui m'a vu l'enterrer.

– Et vous l'avez tué aussi?

Il hocha à nouveau la tête.

– Même problème. Exactement le même. Je ne peux rien laisser interférer avec ça.

D'un geste circulaire du bras il engloba le laboratoire. Puis il eut un petit rire étouffé et secoua la tête :

– Mais c'est raté. C'est la maladie elle-même qui s'en est chargée. Ce n'est pas ironique, ça? La nouvelle version évoluée de *yersinia pestis*, celle qui résiste aux traitements, est en train de faire de moi un nouveau spécimen de laboratoire.

Il tendait la main vers un tiroir en disant cela. Lorsqu'elle réapparut, elle tenait un pistolet à canon long. Probablement un calibre 22, pensa Chee. La bonne taille pour tirer sur des rongeurs, mais pas une arme avec laquelle on souhaite être pris pour cible.

– Je n'ai pas le temps pour répondre à vos questions maintenant, dit Woody avant de s'adresser à Leaphorn. Vous, vous restez là. Occupez-vous de tout. Je vais partir avec le lieutenant Chee. Nous enverrons quelqu'un pour vous remplacer quand j'arriverai à un téléphone.

Chee regarda l'arme, puis Woody. Son propre revolver se trouvait dans son étui de hanche. Mais il n'allait pas en avoir besoin.

– Je vais vous dire ce que nous allons faire. Nous allons emmener monsieur Leaphorn avec nous. Dès que nous serons sortis de ce vide de transmission radio, nous appellerons une ambulance afin qu'elle vienne à notre rencontre. J'enverrai un de nos hommes s'occuper de votre laboratoire. Nous allons mettre la sirène et nous aurons vite fait d'atteindre Tuba City.

Il se leva, avança d'un pas vers la porte et l'ouvrit.

– Venez, dit-il à Woody. Vous avez l'air de plus en plus malade.

– Je veux qu'il reste, insista le scientifique en agitant le revolver dans la direction de Leaphorn.

Chee tendit le bras, arracha l'arme de la main de Woody et la tendit à Leaphorn.

– Venez, répéta-t-il. Dépêchez-vous.

Woody n'était pas en état de se dépêcher. Chee dut le porter à moitié jusqu'à sa voiture.

Ils parvinrent à contacter l'agence au moment où, secoués par les cahots, ils échappaient à l'obstacle que Yells Back Butte opposait aux liaisons radio. Chee donna l'ordre de faire envoyer une ambulance sur la route menant à Goldtooth et un policier pour monter la garde au laboratoire mobile, à la butte. Leaphorn était assis à l'arrière avec Woody, et Woody parlait.

La veille, en se réveillant, il avait trouvé deux puces dans la région de l'aine et avait immédiatement repris une dose d'antibiotiques, espérant que les puces, si elles étaient infectées, étaient porteuses des bactéries qui n'avaient pas connu de mutation. Lorsqu'il était arrivé ce matin, la fièvre avait fait son apparition. Il avait alors su que c'était la manifestation de la maladie qui résistait au traitement et qui avait tué Nez avec une telle rapidité. Il s'était hâté de compiler ses notes les plus récentes en les rendant lisibles, avait abrité les objets qui risquaient d'être cassés, rangé dans le réfrigérateur les échantillons de sang sur lesquels il travaillait afin de les préserver, puis il avait démarré. Mais arrivé à ce moment-là, il avait la tête qui lui tournait tellement qu'il se savait incapable de conduire ce véhicule lourd et massif jusqu'à la ville. Alors il avait commencé à rédiger une note expliquant où il en était de sa recherche afin qu'elle puisse être transmise à un de ses collègues du Centre de contrôle des maladies infectieuses.

— Elle est là-bas, dans le dossier posé sur la table avec son nom dessus... un microbiologiste nommé Roy Bobbin Hovey. Mais j'ai oublié de mentionner qu'il va vouloir une autopsie. Son nom et son numéro sont dans mon portefeuille au cas où je ne serais plus dans le coup quand nous atteindrons un téléphone. Dites-lui de pratiquer l'autopsie. Il saura quels organes vérifier.

— Vos organes à vous ? interrogea Leaphorn.

Le menton de Woody tombait maintenant sur son sternum.

— Bien sûr, marmonna-t-il. Lesquels voulez-vous que ce soit ?

Chee roulait bien trop vite pour la route au revêtement semblable à un égouttoir à vaisselle, et il avait l'œil rivé sur le rétroviseur intérieur.

— Comment avez-vous réussi à frapper l'agent Kinsman à la tête ? demanda-t-il. Pourquoi ne vous a-t-il pas passé les menottes ?

— Il a été imprudent. Je lui ai dit : « Vous n'allez pas me mettre ces menottes ? » Et quand il s'est détourné pour les prendre derrière son dos, c'est là que je l'ai frappé.

— Et après, quand nous sommes partis avec Kinsman, vous avez pris le volant de la Jeep pour l'abandonner plus loin, vous avez versé du sang sur le siège pour que ça ait l'air d'un enlèvement suivi d'un meurtre ? C'est ça ? Et vous avez emporté votre bicyclette pour pouvoir revenir de là-bas avec ? C'est bien ça ?

Mais maintenant le docteur Woody avait sombré dans le coma. À moins qu'il ne juge que sa réponse n'avait pas d'importance.

Ils rencontrèrent l'ambulance à une quinzaine de kilomètres de Moenkopi, prévinrent les infirmiers que Woody était probablement dans les phases terminales de la peste bubonique et la réexpédièrent à grande vitesse vers le Centre médical d'Arizona Nord. De retour à son lieu de travail, Chee sortit le papier du portefeuille de Woody, laissa Leaphorn en conversation avec Claire et disparut dans son bureau afin de passer un coup de fil.

Il reparut, l'air furieux, se laissa tomber sur un siège en face de Leaphorn, s'essuya le front et dit :

– Pffff, quelle journée !

– Vous avez réussi à le joindre ? s'enquit l'ancien policier.

– Ouais. Le docteur Hovey m'a dit qu'il allait prendre l'avion pour Flagstaff aujourd'hui.

– Ça a dû lui faire un coup, j'imagine. D'apprendre que son collègue a assassiné deux personnes.

– Ça n'a pas paru le toucher beaucoup. Il m'a questionné sur l'état de santé de Woody, sur ses notes, il m'a demandé qui gardait ses papiers, où il pouvait passer les prendre, s'ils étaient en sécurité, sans parler des animaux sur lesquels il travaillait, et si la colonie de chiens de prairie était protégée.

– Comme ça, là ?

– Ça m'a foutu en colère, si vous voulez savoir la vérité. Je lui ai répondu que j'espérais que nous allions réussir à maintenir ce salopard en vie jusqu'à ce qu'on puisse le juger pour le meurtre de deux personnes. Et ça l'a énervé. Il a eu un grognement méprisant et il m'a répondu : « Deux personnes. Nous essayons de sauver l'humanité toute entière. »

Leaphorn soupira.

– En réalité, je crois bien que Woody essayait *vraiment* de sauver l'humanité.

28

Pour Chee, les heures qui suivirent furent occupées par le travail qui consistait à boucler l'affaire. Il appela le Centre médical d'Arizona Nord, obtint la communication avec la responsable des urgences, lui dit que Woody allait arriver en ambulance et la prévint de ce à quoi elle devait s'attendre. Puis il appela l'agence du FBI à Phoenix. L'agent Reynald n'était pas disponible. À la place, il eut l'agent Edgar Evans.

– Jim Chee à l'appareil. Je veux vous signaler que l'homme qui a tué l'agent Ben Kinsman est en état d'arrestation. Il s'appelle Woody. Il est docteur en médecine et...

– Hé là ! Hé là ! fit Evans. De quoi vous me parlez, là ?

– De l'arrestation, ce matin, de l'homme qui a tué Kinsman. Vous feriez bien de prendre des notes parce que votre chef va avoir des questions à poser. Après s'être vu rappeler en présence de Joe Leaphorn les droits qui lui sont garantis par la loi, le docteur Woody m'a avoué en détail l'agression dont il s'est rendu coupable sur Kinsman. Il a également avoué le meurtre de Catherine Pollard, une spécialiste du contrôle des vecteurs de transmission des maladies infectieuses employée par le Service indien de la Santé. Woody est dans un état critique du fait de la maladie, et actuellement en route pour l'hôpital de Flagstaff dans une amb...

– Qu'est-ce que c'est que cette histoire, bordel ? l'interrompit Evans. Une plaisanterie ou quoi ?

– Dans une ambulance, reprit Chee. Je vous conseille de transmettre ces informations à Reynald, afin qu'il puisse en faire part à Mickey, lequel pourra abandonner les poursuites engagées contre Jano. Et si vous voulez en faire un grand spectacle télévisé, le poste de la police navajo de Tuba City peut vous indiquer où vous pourrez trouver le corps de Catherine Pollard et obtenir les détails sur la façon dont vous êtes parvenus, vous, au FBI, à résoudre cette affaire.

– Hé là, Chee. Qu'est-ce que vous...

– Pas le temps de répondre à des questions idiotes, déclara Chee avant de raccrocher.

Ensuite, il fit le tour des agences de maintien de l'ordre réquisitionnées par J.D. Mickey pour travailler sur l'affaire Kinsman et leur communiqua les renseignements pertinents. Puis il appela le Service d'assistance juridique à Phoenix. Il obtint la secrétaire. Ms Pete n'était pas dans son bureau. Ms Pete était partie il y avait environ une heure à destination de Tuba City. Oui, il y avait le téléphone dans sa voiture. Oui, elle allait notifier à Ms Pete qu'elle devait le contacter à Tuba City pour avoir communication d'informations cruciales dans l'affaire Jano.

– Je crois que c'est pour vous parler, lieutenant Chee, qu'elle est partie à Tuba City, lui dit la secrétaire. Mais ces « informations cruciales », elle va me demander de quoi il s'agit.

– Dites à Ms Pete qu'elle avait raison dans l'affaire Kinsman. J'avais arrêté un innocent. Maintenant nous avons le coupable.

Enfin il composa le numéro de la chambre de Leaphorn au motel. Pas de réponse. Il appela la réception.

– Il est dans la salle de restaurant, lui répondit-on. Il a dit que si vous appeliez, je devais vous dire de venir le rejoindre.

Leaphorn avait été très occupé, lui aussi. D'abord, il avait contacté le cabinet juridique de Peabody, Snell et Glick, et persuadé la réceptionniste de le laisser s'entretenir avec monsieur Peabody en personne. Il avait relaté les événements à ce dernier et lui avait suggéré que, eu égard à la santé fragile de madame Vanders, ce soit quelqu'un dont elle était proche qui lui annonce la nouvelle. Il avait expliqué que le corps de mademoiselle Pollard ne serait pas rendu à la famille avant que les spécialistes de l'équipe d'enquête criminelle l'aient exhumé comme il se devait et que l'autopsie requise eût été pratiquée. Il lui avait communiqué le nom de ceux qui étaient à même de lui fournir des renseignements supplémentaires.

Cela une fois fait, il avait appelé Louisa et avait enregistré sur son répondeur les précisions concernant ce qui s'était passé. Il lui avait dit qu'il quittait sa chambre, qu'il allait reprendre la route de Window Rock et qu'il la rappellerait de là-bas le lendemain. Puis il avait pris une douche, avait récupéré ce qu'il restait de savon et de shampooing dans la salle de bains pour compléter ses réserves en cas d'urgence, avait fait ses bagages, laissé un message pour Chee à la réception, et s'était tranquillement rendu dans la salle de restaurant pour manger.

Il dégustait la version snack du taco navajo en regardant une publicité Nike sur la télévision murale quand le lieutenant Chee entra dans la salle, le repéra et vint vers lui. Il enleva le sac que l'ancien policier avait posé sur une chaise et s'installa.

– Vous repartez ?

– Je rentre à Window Rock. Je retourne laver ma vaisselle, faire ma lessive, jouer à la ménagère.

Il devait hausser le ton parce que la publicité Nike avait été remplacée par une autre concernant les ventes de voitures d'occasion, avec bruits et cris à l'appui.

– Je voulais vous remercier de votre aide, dit Chee.

Leaphorn eut un petit hochement de tête.

– Je vous remercie à mon tour. Ça a été réciproque. Comme dans le temps.

– Quoi qu'il en soit, si un jour il y a quelque chose...

Mais maintenant il parlait sur une annonce préludant à ce que la station de Phoenix appelait une intervention de la rédaction. Un joli garçon leur expliquait qu'il y avait eu un rebondissement inattendu dans l'affaire du meurtre de Ben Kinsman et qu'il allait établir la communication avec Alison Padilla qui se trouvait « en direct du bâtiment fédéral ».

Alison n'était pas aussi jolie que le présentateur, mais elle semblait compétente. Elle leur apprit que J.D. Mickey, qui remplissait les fonctions d'adjoint au procureur des États-Unis, avait convoqué une conférence de presse un peu plus tôt. Elle allait le laisser s'exprimer par lui-même. Monsieur Mickey, l'air grave, alla droit à l'essentiel.

« Le Bureau Fédéral d'Investigations a procédé à l'arrestation d'un suspect dans le cadre de l'homicide dont a été victime le policier Benjamin Kinsman, et du décès d'une employée du Service indien de la Santé qui était portée disparue depuis plusieurs jours. Le FBI a également accumulé des informations qui authentifient les déclarations faites par Robert Jano, précédemment arrêté par la police tribale navajo et accusé du meurtre de Kinsman. Les poursuites engagées contre monsieur Jano vont dorénavant être abandonnées. D'autres renseignements seront communiqués à mesure que les précisions nous parviendront. »

Pendant que Mickey lisait cette déclaration, l'agent Bernadette Manuelito effectua son entrée. Chee lui fit signe de venir les rejoindre, lui désigna un siège. Mickey en était à repousser les questions et à mettre un terme à la conférence de presse, et la caméra revint sur Ms Padilla qui commença à fournir des informations en toile de fond.

– Lieutenant, dit l'agent Manuelito. Madame Dineyahze m'a demandé de vous dire que le bureau du procureur essaye de vous joindre.

Elle pointa le doigt sur l'écran et ajouta :

– Lui.

– D'accord, fit Chee. Merci.

– Et le Service fédéral d'assistance juridique. Ils ont dit que c'était urgent.

– D'accord, dit à nouveau Chee. Et Bernie, vous vous souvenez de monsieur Leaphorn, n'est-ce pas ? De l'époque où nous travaillions tous les deux à Shiprock ? Asseyez-vous. Joignez-vous à nous.

Bernie sourit à Leaphorn et dit qu'elle devait retourner au poste.

– Mais vous avez entendu ce que cet homme a dit ? Je trouve ça horrible. À l'écouter, ça donne l'impression que nous avons tout foiré.

Chee haussa les épaules.

– Ce n'est pas juste, dit-elle.

– Ils ont tendance à faire ça, expliqua Leaphorn. C'est pour ça que beaucoup de policiers qui travaillent sur le terrain ont du mal à supporter les agents fédéraux.

– N'empêche que moi, je trouve simplement...

Elle s'interrompit, cherchant les mots pour exprimer son indignation.

Chee désirait changer de sujet. Il dit :

– Bernie, quand m'avez-vous dit qu'allait avoir lieu la *kinaalda* pour votre cousine ? Maintenant que nous avons le FBI pour s'occuper de l'affaire Kinsman, je ne vais plus avoir autant de choses à faire. Est-ce que c'est toujours possible, que je vienne ?

La messagerie qu'elle portait à sa ceinture émit son bruit désagréable.

– Toujours, oui, confirma-t-elle avant de se hâter de franchir le seuil.

Leaphorn prit la note, la regarda, sortit son portefeuille et posa un dollar de pourboire sur la table.

– La route entre ici et Window Rock me paraît de plus en plus longue, dit-il. Il faut que j'y aille.

Mais à la porte, il fit halte pour échanger une poignée de main avec une femme qui entrait, et ils discutèrent un bref moment. Il montra la salle derrière lui et disparut. Janet Pete était arrivée de Phoenix.

Elle resta sur le seuil un moment, balaya les tables du regard. Elle portait un chemisier à motifs avec une jupe longue et des bottes, et ses cheveux soyeux étaient coupés courts comme les portaient en ce moment les femmes chic des émissions de télévision. Elle paraissait fatiguée, pensa Chee, et tendue, mais néanmoins si belle qu'il ferma les yeux un instant et détourna le regard.

Quand il regarda à nouveau, elle venait vers lui, son visage exprimant qu'elle était contente de l'avoir trouvé. Mais il ne révélait rien de plus.

Il se leva, tira une chaise afin qu'elle s'assoie et dit :

– Je suppose que tu as eu mon message.

– Le message oui, mais pas son sens.

Elle s'assit, ajusta sa jupe et ajouta :

– Qu'est-ce qu'il veut dire ?

Chee lui expliqua qu'ils avaient retrouvé le corps de Pollard, lui parla des aveux de Woody concernant le meurtre de Kinsman, lorsque celui-ci l'avait surpris en train d'enterrer la jeune femme, lui parla de son état désespéré à cause de la maladie. Elle l'écouta sans prononcer un mot.

– Mickey vient de passer à la télévision, il a annoncé que l'accusation d'homicide retenue contre ton client avait été abandonnée. Il ne reste plus que celle de « braconnage d'une espèce en voie de disparition ». C'est une récidive, perpétrée alors qu'il se trouvait libéré sous condition au titre de la condamnation précédente. Mais au vu des circonstances, je pense fort que le juge va se contenter de le condamner à une peine de prison équivalente à celle qu'il a déjà passée en détention dans l'attente du grand procès.

Janet contemplait ses mains croisées sur la table devant elle.

– Il ne reste plus que ça, dit-elle. Ça et le sabordage.

Il attendit une explication. Qui ne vint pas. Elle fixait simplement sur lui un regard interrogateur.

– Je vais te chercher une tasse, dit Chee.

Il repoussa sa chaise mais elle fit non de la tête. Il reprit :

– J'ai reçu ton appel concernant les analyses pratiquées sur l'aigle. J'avais l'intention de te rappeler mais j'ai eu trop de choses à faire. Qu'est-ce qui en est sorti ? Mickey a donné l'impression qu'on a découvert du sang.

– Ça n'a plus d'importance, désormais, si ?

– C'est vrai, oui. Mais ce serait agréable de savoir que monsieur Jano ne nous mentait pas.

– Je n'ai pas encore vu le rapport.

Il but son café en l'observant. La balle était dans son camp à elle.

Elle prit une profonde inspiration.

– Jim. Cela faisait combien de temps que tu savais pour ce Woody ? Qu'il a tué Kinsman ?

– Pas très longtemps, répondit-il en se demandant où elle voulait en venir.

– Avant que tu me dises que tu avais attrapé l'aigle ?

– Non. Pas avant ce matin.

Elle baissa à nouveau les yeux sur ses mains. Additionnant tous les éléments, pensa-t-il. Arrivant à un total. Cherchant une conclusion. Qu'elle trouva.

– Je veux savoir pourquoi tu m'as dit que tu avais enregistré la conversation téléphonique avec Reynald.

– Pourquoi pas ?

– Pourquoi pas ! (La colère se lisait sur son visage ainsi que dans le ton de sa voix.) Parce que, comme tu le savais pertinemment, je fais partie des membres assermentés de la cour dans cette affaire. Tu me dis que tu as commis un délit. (Elle leva les bras au ciel.) Qu'est-ce que tu pensais que j'allais faire ?

Il haussa les épaules.

– Non, protesta-t-elle, tu ne peux pas traiter ça à la légère comme ça. Je suis sérieuse. Tu avais forcément une raison pour me le dire. Qu'est-ce que tu pensais que j'allais faire ?

Chee réfléchit. Selon les règles de l'éthique navajo, il ne serait pas tenu de lui révéler la vérité absolue à moins qu'elle ne lui pose la question quatre fois. C'était la deuxième.

– Je pensais que soit tu ferais pression auprès du FBI afin qu'ils fassent analyser l'aigle, soit tu t'en chargerais toi-même.

– Ce n'est pas ce que je voulais dire. Qu'est-ce que j'allais faire pour la conversation téléphonique enregistrée ? Et, par la même occasion, pour l'agent responsable de l'enquête qui te demandait de détruire une preuve.

– Je me suis dit que ce renseignement te serait utile, répondit Chee en songeant « C'est la troisième fois ». Qu'il te donnerait un moyen de pression si tu en avais besoin.

Elle le dévisagea, soupira.

– Tu n'es pas doué pour jouer les naïfs, Jim. Je te connais trop bien. Tu avais une raison...

Chee leva la main, l'arrêtant juste avant qu'elle ait énoncé la quatrième question. Pourquoi la contraindre à le faire ? Il parla en choisissant prudemment ses mots.

– J'ai pensé que tu irais trouver Mickey pour lui dire que tu avais appris que le premier aigle de Jano avait été capturé, que le FBI avait refusé de faire pratiquer les tests prétextant que ce serait une perte de temps et d'argent, et avait donné l'ordre de se débarrasser de l'aigle. Je supposais que si tu disais ça, Mickey te répondrait qu'il partageait l'avis du FBI. Qu'il allait te suggérer à toi, nouvelle venue dans la grande famille de la justice fédérale, de te joindre à l'équipe et de tirer un trait sur le sujet. Et qu'alors, soit tu abonderais dans son sens, soit tu le défierais et tu lui dirais que tu allais faire analyser l'aigle toi-même.

Il se tut, respira à fond, détourna le regard.

Janet attendait.

Chee lâcha un soupir.

– Ou alors, il était possible que tu ailles dire à Mickey que tu avais eu connaissance d'un risque potentiel dans le cadre de cette affaire. La police navajo avait attrapé l'aigle, l'agent du FBI représentant Mickey avait ordonné de le détruire et l'appel téléphonique pendant lequel il ordonnait cela avait été enregistré. Par conséquent, tu lui recommandais instamment de donner l'ordre de faire analyser le premier aigle immédiatement et de rendre les résultats publics.

Le visage de Janet était écarlate. Elle détourna les yeux, secoua la tête, ramena son regard sur lui.

– Et qu'est-ce que je répondais quand Mickey me demandait qui avait réalisé cet enregistrement délictueux illicite ? Et qu'est-ce que je disais au jury de mise en accusation quand Mickey allait le convoquer pour les besoins de l'enquête ?

– Il n'aurait pas réuni de jury. Cela aurait mis Reynald sur la sellette, Reynald lui aurait renvoyé la responsabilité et voilà les espoirs de carrière politique de Mickey qui passent à la trappe. De plus, il n'aurait eu absolument aucune difficulté à deviner qui avait enregistré la conversation.

– Et tu le savais pertinemment. Alors qu'as-tu fait ? Tu as délibérément sabordé ta carrière dans les forces de l'ordre. Tu m'as mise dans une position intolérable. Qu'est-ce qui se passe s'il y a constitution d'un jury ? Qu'est-ce que je leur dis sous serment ?

– Tu serais obligée de leur dire la vérité tout simplement. Que je t'ai dit que j'avais enregistré la conversation avec Reynald. Mais Mickey ne convoquera jamais un jury.

– Et même s'il ne le fait pas. Ça n'enlève rien au fait que tu as reconnu un délit en ma présence et que moi, qui suis aussi une représentante assermentée de la cour, j'ai manqué à mon devoir d'en avertir qui de droit.

– Et le FBI sait que tu ne l'as pas fait. Mais le FBI le savait, lui aussi, et il ne l'a pas fait non plus.

– Pas encore.

– Ils ne le feront pas.

– Et s'ils le font, il se passe quoi ?

– Tu dis que Jim Chee t'a confié qu'il avait, sans autorisation, enregistré une conversation téléphonique de l'agent Reynald.

Il se tut un instant, ajouta :

– Et que tu l'avais cru.

Elle le dévisagea.

– Que je l'avais cru ?

– Puis tu dis qu'après que tu en aies fait part à l'adjoint au procureur des États-Unis, Jim Chee t'a informée que, quand bien même Reynald avait tenu les propos exacts qu'il avait mentionnés, Chee n'avait pas pareil enregistrement en sa possession.

Janet se levait de sa chaise. Elle resta là à le regarder. Combien de temps ? Cinq ou six secondes, mais la mémoire n'obéit pas à l'écoulement conscient du temps. Et Chee se souvenait des jours les plus heureux de sa vie : le moment où leur romance était devenue une histoire d'amour. Il s'était imaginé que cet amour pouvait réussir la fusion de l'huile et de l'eau. Elle deviendrait une Navajo autrement que de nom et travaillerait sur la réserve. Elle oublierait le clinquant, le pouvoir et le prestige de la société très aisée de Washington dont elle était issue. Il mettrait de côté son espoir de devenir shaman. Il deviendrait ambitieux, accepterait assez de compromissions avec le matérialisme pour qu'elle se satisfasse de ce qu'elle devait, il ne l'ignorait pas, considérer comme la pauvreté et l'échec. Il avait été suffisamment jeune pour y croire. Janet y avait cru, elle aussi. Ils avaient cru à l'impossible. Elle ne pouvait pas davantage rejeter le seul système de valeurs qu'elle ait jamais connu qu'il ne pouvait abandonner la Voie Navajo. Il n'avait pas été juste envers elle.

– Janet, commença-t-il.

Il s'arrêta, ne sachant quoi dire d'autre.

Elle dit :

– Va te faire voir, Jim.

Et tourna les talons.

Chee finit son café, écouta sa voiture démarrer et rouler sur les graviers du parking. Il se sentait tout engourdi. Elle l'avait aimé à une époque, à sa façon. Il savait que lui l'avait aimée. Il l'aimait toujours, probablement. Il en saurait plus, demain, quand viendrait la souffrance.

GLOSSAIRE

Arroyo : terme espagnol désignant le lit à sec, en général au fond d'une gorge ou d'un canyon, d'une rivière dont l'eau se tarit en été.

Bain de vapeur : il a vocation purificatrice, de même que le lavage des cheveux.

Bâtiment administratif : la réserve navajo est divisée en 78 chapters ou divisions administratives ; on trouve donc 78 sièges administratifs locaux, ou *chapter houses*, placés sous l'autorité du Conseil Tribal.

Bâton de prière : offrande faite chez les Hopis aux esprits tutélaires. Le plus souvent, il s'agit d'une tige de saule rouge décorée de plumes que l'on plante dans le sol.

Bilagaana : homme blanc.

Bourse à *medicine* (*jish* en navajo) : indispensable pour assurer les rites guérisseurs et les gestes religieux quotidiens, elle symbolise l'harmonie, la substance de la vie et la force de vie (v. dualisme), et est constituée d'un ensemble d'objets parmi lesquels des échantillons provenant du sol des Quatre Montagnes sacrées.

Butte : v. mesa.

Chant : v. chanteur, rite guérisseur et voie.

Chanteur (*hataalii* ou *hatathali* en navajo) : chez les Navajos il est celui que l'on appelle pour tenir les rites guérisseurs car il est le dépositaire de ces procédures extrêmement complexes destinées à libérer le malade de l'emprise d'un sorcier (par exemple), au moyen de prières et de chants associés à des peintures de sables. Un chanteur ne peut donc connaître que plusieurs « chants » et certains rites disparaissent actuellement car ils appartiennent exclusivement à la tradition orale. Mais le chanteur n'est ni un *medicine-man* ni un shaman : la guérison est collective, profite d'abord au patient puis, par voie de fait, à l'univers tout entier qui retrouve l'harmonie (*hozho*). Encore convient-il de comprendre qu'il s'agit souvent davantage d'un retour à la sérénité morale du patient au sein de son environnement que d'une véritable guérison au sens médical du terme.

Chindi : mot navajo désignant le fantôme. Les Navajos ne croient pas à un au-delà après la mort. Au mieux ils trouvent le néant. Au pire, la partie malsaine et malfaisante de l'individu revient hanter les vivants et leur apporter la maladie et la mort.

Clan (ou peuple) : concept familial très élargi. Chez les Navajos, on en dénombre 65 (v. famille). La quatrième partie du *Diné bahané* (transcription par Paul G. Zolbrod du cycle relatant les origines des Navajos) relate leur création et la façon dont ils ont reçu leur nom.

Dine, Dinee ou **Dineh** : le Peuple (également le Clan); tel est le nom que se donnent les Navajos. Ils habitent la région qu'ils appellent Dinetah, la plus grande réserve des USA, d'une superficie de 64 750 km ^{2}.

Dinetah ou **Dineh Bike'yah** (mot à mot, « parmi le Peuple ») : les limites des Terres du Peuple marquées par les Quatre Montagnes sacrées qui correspondent grossièrement aux quatre points cardinaux et sont associées aux quatre couleurs, coquillages et moments de la vie ; Sis no jin ou Tsisnadzhini à l'Est (Blanca Peak, Nouveau-Mexique, couleur blanche, coquille blanche, l'enfance) ; Tso'dzil ou Tsotsil au Sud (Mont Taylor, Nouveau-Mexique, couleur bleue, turquoise, l'âge adulte) ; Dook o'ooshid ou Dokoslid à l'Ouest (Monts San Francisco, Arizona, couleur jaune, abalone, la mort), Debe'ntsa ou Depentsa au Nord (La Plata Mountains, Colorado, couleur noire, obsidienne, le recommencement).

Dualisme : Dieu-qui-Parle et Dieu-qui-Appelle, Premier Homme et Première Femme, Garçon Abalone et Fille Abalone, la source de vie qui contient à la fois la « matière » nécessaire à la vie et le moyen lui permettant de passer l'épreuve du temps, la forme non-physique dissimulée à l'intérieur de la forme physique des choses, tous ces éléments de la mythologie navajo relèvent d'un dualisme presque systématique pouvant être associé à un pôle positif et un pôle négatif, un caractère masculin et un caractère féminin ; ces contraires complémentaires sont ensuite regroupés pour donner des séquences de quatre dont le premier couple est à son tour considéré comme « positif », le second comme « négatif », l'association des « contraires » pouvant culminer dans la fusion finale et le recommencement symbolisés par le chiffre neuf.

Famille : système matrilinéaire chez les Navajos ; les jeunes époux se mettent en quête d'un endroit où construire leur hogan (v. ce mot), tant pour s'isoler que pour avoir suffisamment d'espace afin de pratiquer l'élevage des moutons. Il faut ici distinguer la notion de clan de ce que Hillerman appelle « outfit » en américain et que nous avons traduit par famille élargie : une sorte de clan géographique élargi permettant aux Navajos isolés de se regrouper à trois ou quatre « familles » afin de coopérer pour certains travaux ou certains rites. Cet « outfit » peut regrouper de 50 à 200 personnes. Ce terme peut également s'appliquer aux habitations et installations attenantes.

Fantôme : v. chindi.

Femme-qui-Change (*Asdzaa nadleehé*) : dans la mythologie navajo, elle est une des deux « filles jumelles » de Premier Homme et de Première Femme, créée en présence de nombreux autres représentants du Peuple Sacré à partir d'une figurine de turquoise lors d'une cérémonie complexe et poétique. Elle s'accouple avec Shivanni (*Johonaa'éi*), le Soleil-Père, pour donner naissance aux Jumeaux Héroïques, Tueur-de-Monstres et Fils-Né-des-Eaux (ou Né-de-L'Eau, son nom changeant à plusieurs reprises durant le cycle des origines). Plus tard, Dieu-qui-Parle et Dieu-qui-Appelle, associés à d'autres membres du Peuple Sacré au cours d'une cérémonie de création nécessitant l'utilisation d'objets sacrés, d'épis de maïs, et le souffle du Vent (*Nilch'i*), lui transmettent ce don de création qu'elle réalisera en frottant diverses parties de son corps et en recueillant la couche de peau superficielle dans sa main. Elle est avec sa sœur, Femme Coquillage Blanc (*Yoolgai asdzaa*) la seule représentante du

Peuple Sacré à être à la fois entièrement bonne et hantée par la solitude.

Four Corners : la région des États-Unis où, fait unique dans le pays, les frontières séparant quatre États (Arizona, Utah, Colorado, Nouveau-Mexique) se coupent à angle droit.

Grand-père : terme qui, du fait du système clanique des Navajos, s'applique aux hommes âgés appartenant au clan de la mère. De même des termes comme oncle, voire père ou mère n'ont qu'un rapport très lointain avec le sens que nous leur donnons quotidiennement.

Haatali, hataalii, hathatali ou **yataalii** : terme navajo pour désigner le chanteur.

Harmonie : v. hozho.

Heure : selon Tony Hillerman, le concept navajo le plus déroutant car « ... pour eux, ce n'est pas un continuum, un flot régulier. Ils se la représentent sous la forme de blocs. De rencontres. Et par voie de conséquence des mots comme " en avance " ou " en retard " n'ont pour eux aucun sens. (...) Les Navajos ne sont jamais où ils sont censés être. Les autres Indiens appellent cela " l'heure navajo ", ce qui signifie " Dieu sait quand ! " » (interview accordée au traducteur, octobre 1987, publiée dans *Polar nº 1*, Rivages, 1990).
Pourtant, lors de l'Éveil des Masques qui marque la quatrième nuit du Yeibichai (v. ce mot), c'est toujours à minuit que le chanteur « réveille » les dieux.

Hogan : la maison du Navajo, sorte de structure au toit arrondi faite de rondins et de boue séchée. Un abri et un corral au minimum viennent la compléter. Le hogan d'été utilisé pendant le pacage des moutons est de facture plus grossière. Des règles précises commandent l'orientation de l'habitation traditionnelle (v. points cardinaux).

Hopi : dans la langue de ces Indiens pueblo, *hopitu* signifie « le peuple paisible ». Leur réserve se trouve enclavée dans la réserve navajo du nord de l'Arizona : le recensement de 1989 indiquait que 9617 personnes habitaient sur la réserve hopi mais ils ne seraient pas plus de trois mille à vivre réellement dans les villages ancestraux des trois mesas. Ce sont avant tout des cultivateurs et des chasseurs.

Hosteen : mot navajo qui exprime le respect dû à la personne (en général l'homme adulte) à laquelle on s'adresse.

Hozho ou **hohzho** : mot navajo qui signifie la beauté, l'harmonie de l'individu avec le monde qui l'entoure.

Jish : v. bourse à *medicine*.

Kinaalda : rite de la puberté pour les filles, comportant de nombreux chants et enseignements mettant notamment l'accent sur l'esprit de groupe, la générosité, l'endurance mentale et physique. D'une durée de quatre jours, ce rite est suivi de quatre autres jours durant lesquels la jeune fille doit se comporter en modèle des valeurs navajo qui viennent de lui être enseignées. Une version complète de ce rite a été publié en 1983 par le Navajo Curriculum Center, Rough Rock Demonstration School, relaté par Shirley M. Begay.

Kiva : chez les Hopis (et autres Indiens pueblo), une chambre cérémonielle souterraine (on y accède par une échelle) où se tiennent de nombreux rites et danses ; il en existe plusieurs par village. Le terme désigne également une fraternité religieuse regroupant des membres appartenant à des clans différents, renforçant ainsi la cohésion de la tribu.

Maïs : l'une des quatre plantes sacrées des Navajos. Quantité de rites font appel à la farine de maïs qui peut être offrande faite aux dieux mais également symbole de purification ou de fécondité.

Medicine-man : v. shaman.

Mesa (mot espagnol) : montagne aplatie caractéristique des États du Sud-Ouest. Lorsqu'elle ressemble plus à une colline qu'à un plateau elle devient une butte. Et une butte au sommet arrondi est une colline. Parmi les mesas les plus connues, citons Mesa Verde, dans le Colorado, haut-lieu archéologique, et les Première, Deuxième et Troisième Mesa sur lesquelles se perchent les villages hopis ancestraux.

Montagnes Sacrées : v. Dineh Bike'yah.

Mort : les Navajos ont une crainte maladive de la mort au point de s'entourer de toutes sortes de précautions et d'éprouver une intense répugnance à toucher un cadavre qu'ils enterrent le plus rapidement possible dans un lieu secret. Pour eux, il n'y a pas de « paradis », au mieux le repos. Dans la mythologie navajo, deux habitants du cinquième monde meurent quatre jours après avoir observé un fantôme, d'où cette répulsion. Plus tard dans le cycle, les Jumeaux Héroïques, après avoir obtenu du Soleil les armes nécessaires pour triompher des monstres qui apportaient la mort au Peuple, épargnent plusieurs maux nécessaires : Sa, Celle-qui-Apporte-le-Grand-Âge, et d'autres qui correspondent à la Misère, à la Faim et au Froid. Puis Tueur-de-Monstres conclut : « Et maintenant l'ordre et l'harmonie règnent en ce monde. »

Navajo : les prêtres espagnols les appelaient « Apaches del nabaxu »; le terme actuel est donc la corruption espagnole du mot pueblo signifiant « grands champs cultivés », « Apache » signifiant ennemi en zuñi. Arrivés tardivement en Arizona, ils se rendirent odieux par leur violence et leurs rapines avant d'acquérir, au contact des autres civilisations, nombre de techniques et de connaissances. Leur faculté d'adaptation s'est une nouvelle fois vérifiée dans le domaine des transmissions lors de la Seconde Guerre mondiale. Ils habitent la plus grande réserve des USA, la terre de leurs ancêtres, et exploitent eux-mêmes les ressources naturelles d'un sous-sol riche par l'intermédiaire du Conseil Tribal. Par le passé ce peuple ne constituait pas une tribu à proprement parler, ce qui explique le non-respect de certains traités au XIXe siècle : la parole d'un chef de clan n'engageait pas les autres Navajos (ce dont les envahisseurs blancs ont parfois largement tiré profit). Ils constituent la nation indienne la plus importante du pays (près de 200 000 membres).

Oiseaux : aigle royal (*aquila chrysaetos*), buse à queue rousse (*buteo jamaicensis*), chouette des terriers (*speotyto cunicularia*), geai des pins pignons (*gymnorhinus cyanocephalus*).

Origines : avant d'atteindre la surface de la terre, les hommes durent émerger des mondes inférieurs (de quatre à douze suivant les mythologies) en suivant le tronc d'un arbre perçant les différentes couches successives. Les Navajos émergent du dernier monde souterrain, alors envahi par les eaux, en empruntant un roseau (*sipapu*). Le monde actuel est la fusion des quatre mondes précédents (v. Femme-qui-Change, quatre et surtout dualisme). Chez les Hopis, on appelle *sipapuni* le lieu de l'émergence dans le Quatrième Monde.

Peuple : le nom que se donnent les Navajos. Également synonyme de Clan.

Points cardinaux : ils jouent un très grand rôle dans les rites religieux. Chez les Navajos la porte du hogan fait face à l'Est qui symbolise le souffle de vie ; le Sud représente la piste de vie ou piste de la beauté, de l'harmonie ; l'ouverture pratiquée dans un mur après un décès doit être dirigée vers le Nord qui représente le mal ; l'Ouest figure la mort. (Voir également Dinetah.)

Pollen : il intervient dans quantité de rites navajo au même titre que la farine de maïs (v. ce mot).

Porteur-de-peau : les sorciers, hommes ou femmes, décidés à apporter le mal à leurs congénères, commettent leurs méfaits la nuit en se dissimulant souvent sous des peaux d'animaux.

Premier Homme : sa création, associée à celle de Première Femme, est l'œuvre du Peuple Sacré, à partir de deux épis de maïs, et avec l'aide du Vent (v. dualisme et Femme-qui-Change).

Quatre : ce chiffre joue un grand rôle chez les Navajos qui dénombrent quatre montagnes sacrées, quatre plantes sacrées, quatre bijoux sacrés, etc. (v. également dualisme).

Religion : pour l'essentiel, les Indiens du Sud-Ouest croient à l'interdépendance des choses de la nature ou à l'harmonie ou beauté, *hozho* en navajo, qui doit régner dans leur réserve et par suite dans l'univers tout entier.

Mais les rites navajo sont, à l'exception de la Voie de la Bénédiction, destinés à guérir alors que chez les pueblos, les cérémonies religieuses ont pour but d'appeler les bienfaits que les kachinas, ou esprits ancestraux, pourront leur apporter sous la forme de nuages de pluie.

Des Navajos convertis au christianisme on dit qu'ils suivent la route de Jésus. Certains se convertissent à la foi mormone. D'autres adhèrent par exemple aux croyances de la Native American Church, organisation religieuse regroupant plusieurs tribus ; elle adapte le christianisme à des croyances et à des rites locaux, autorisant en particulier l'utilisation sacramentelle du peyotl hallucinatoire.

Chez les pueblos, il existe une pluralité de prêtrises et de fraternités qui se partagent l'administration du sacré en renforçant la cohésion de la tribu et ses principes moraux.

Réserve-aux-Mille-Parcelles ou réserve en damier : selon les propres termes de Tony Hillerman, « au XIXe siècle, lorsque la politique nationale fut de construire des voies de chemin de fer d'un bout à l'autre du continent, le Congrès attribua aux compagnies ferroviaires des portions de terre qui s'étendaient sur presque cinquante kilomètres (30 miles) de part et d'autre de la voie. Une parcelle sur deux, chacune de 2,5 km², était donnée à la compagnie alors que l'autre restait la propriété du gouverne-

ment, c'est ce que nous appelons les terres appartenant au domaine public. Par la suite, une part de ce
domaine public a été attribuée aux Navajos comme
faisant partie intégrante de leur réserve. D'où le
damier que constituent terres navajo et terres privées. Aujourd'hui, une grande partie de ces terres
privées ont été acquises par la tribu. »

Riche : le désir de posséder est, chez les Navajos, le
pire des maux, pouvant même s'apparenter à la sorcellerie. Citons Alex Etcitty, un Navajo ami de
l'auteur : « On m'a appris que c'était une chose juste
de posséder ce que l'on a. Mais si on commence à
avoir trop, cela montre que l'on ne se préoccupe pas
des siens comme on le devrait. Si l'on devient riche,
c'est que l'on a pris des choses qui appartiennent à
d'autres. Prononcer les mots " Navajo riche "
revient à dire " eau sèche " ». (*Arizona High-
ways*, août 1979).

Rites guérisseurs : à chaque maladie correspond
un rite guérisseur qui peut durer jusqu'à neuf
jours. Parfois, pour un seul chant, plusieurs centaines de prières et d'incantations doivent être
exécutées au mot près. Si le chanteur est à la
hauteur, le patient retrouvera l'harmonie. Par
exemple, la Voie de l'Ennemi permet de guérir
celui qui est sous l'emprise d'un sorcier, la Voie du
Sommet de la Montagne celui qui s'est trop appro-
ché d'un ours...

Shaman : terme quelque peu impropre (de même
que *medicine-man*) pour désigner le chanteur
navajo.

Sorcier : homme ou femme décidé à faire le mal.

Végétation : genévrier (*juniperus*), pin pignon (*pinus pinea*), pin ponderosa (*pinus ponderosa*), saule pour les arbres.

Pour herbes et buissons : agropyrum (*wheatgrass* en américain), arroche (*chenopodiaceae* ou *salt bush* en américain), herbe-aux-serpents (*snakeweed* en américain, terme collectif désignant des plantes associées aux reptiles par la forme, les vertus curatives, etc.), herbes-qui-roulent (*tumbleweeds* en américain, terme collectif qui désigne ces plantes que le vent arrache et fait rouler sur le sol), sauge (*artemisia tridentata*), thé mormon (*ephedra*, le nom de cette plante se référant à l'usage qui en était fait dans le traitement de la blennorragie, par allusion à l'ancienne polygamie des Mormons), yucca. Pour certaines de ces plantes nous avons préféré le terme local au terme français.

Voie (de la Bénédiction, du Sommet de la Montagne, etc.) : rite guérisseur navajo. La Voie de la Bénédiction est seule à posséder un but préventif en enseignant comment le Peuple Sacré a créé le Peuple de la Surface de la Terre à cinq doigts (*Nihookaa' dine'é*) et comment il lui a communiqué les techniques nécessaires pour y vivre.

Voie Navajo : ce terme désigne l'ensemble de la culture et des coutumes traditionnelles des Navajos.

Wash : le lit, souvent asséché, d'un cours d'eau d'importance variable que des pluies torrentielles parfois tombées très loin en amont peuvent soudain transformer en un fleuve ou un torrent en furie.

Yeibichai : ce chant navajo, qui dure neuf nuits, est le seul faisant appel à des masques.

Zuñis : peu nombreux, vivant en accord avec leurs coutumes ancestrales, ils ont su préserver leur identité au fil des siècles. Ce sont avant tout des agriculteurs travaillant une terre aride. Ils sont cinq mille cinq cents à vivre sur la réserve du pueblo le plus important du Nouveau-Mexique.

Achevé d'imprimer en juillet 2001
sur les presses de l'Imprimerie Maury-Eurolivres
45300 Manchecourt
pour le compte
des Éditions Payot & Rivages
106, bd Saint-Germain - 75006 Paris

Dépôt légal : juillet 2001
N° d'imprimeur : 88164

208